陈应松散文随笔集

鼓岭遇雨

陈应松 著

江苏凤凰文艺出版社
JIANGSU PHOENIX LITERATURE AND ART PUBLISHING

目　录

恩施大峡谷记

恩施大峡谷，为大器晚成之地。因山闭塞，久不闻名，累石巨柱，独啸旷野，深壑纵谷，藏于山中。因隐姓埋名，更比他山阅历深久，沉静世外。任他熙攘浮嚣，人景杂沓，而此大峡谷新境一开，万众瞩目成绝响。

以亿万斯年的驻颜相守，待深闺人识。一跃而起，举世皆惊。深闭神秘，迷障重重，未尝不是最后辉煌的见证。尽管峰无其名，谷无其姓，山固有奇，名不畏俗，一炷香也好，玉笔峰也罢，岩湾天路也好，母子情深也罢，无甚要紧。山本奇诡，志在大雅。崔嵬难述，无可旁类。天容我自巍然，岂有他哉！

从马者村吃过午饭出发，微雨渐收，空气润如花房，茶园青青，草色如黛。突见峡谷绝壁横亘，为雨龙山绝壁。其气势磅礴，斩切而下，如狂雷砰訇，砸于足前。往上仰视，此绝壁喷薄而出，直可上天。再环顾四周，全为神剜鬼削之势，如巨人城栅，满座皆栗。如此庞然大物，其势汹汹，意绝尘寰。

再往前，是朝东岩绝壁，在雪照河之对岸，如斧劈去一半，另一半失落云空，一半留与人间。雪照河水，如雪照景，白如素练，悠然东去，注入清江。其大峡谷之势，已全在眼前。真是罕世绝景！古代写山高手明·袁宏道说：“如井者曰峡。”科罗拉多、雅鲁藏布、长江三峡，皆曰大峡谷。科罗拉多荒凉可怖，雅鲁藏布诡异迂回，长江三峡狭长逶迤，独有恩施大峡谷为天下大井，函泉万方，开阔森朗，胸有大壑，喉如天啸。百多公里，其域广袤。大河碥、前山绝壁、大中小龙门、板桥、龙桥、云龙河、后山、雨龙山、朝东岩、铜盆水，在屯堡、沐抚、马者、木贡、板桥诸地恣肆狂欢，傲若无人。

云龙河地缝在去七星寨路上，忽见前有大罅，如大地裂骨，天斫一刀，何等瘆人！地下奇景，飞瀑狂注，晴雷喷碧雪，地心贯长虹，如巨蚌之含玉，石榴之咧嘴，五彩缤纷，不可名状。

一线天又名七星门。两山对垒，令人晕眩。进去则四山巉壁绝渊，千围万仞，处处孤根拔地，支支独笋插天。仰望则帽落，长啸则音回。往山上攀去，到处鬼泣神叹之崖，如入狼嚎虎阚之地，岌岌莫知其端。

兴致大增时，顺山势诱入绝壁长廊。才知已到半山。如有恐高症、心脏病者，辄不能往，可循另一平缓岔道行。但大胆者十有八九。万丈绝壁，千尺断崖，有我一路。脚下万里苍翠，山坡梯田隐隐，人间城郭，尽收眼底。但山太高，人悬半空，远荒云路遥迢，腋下风急，两股战战，四肢瑟瑟。周遭烟蹄雾爪，不知天上人间，神思苍茫。但也有在此谈笑风生者，奔跃摆pose者，长歌狂吼者，做征服状，无畏相。本是无路客，却从云中行。如今人们看山确比古人有福。可在如此险峻绝壁上凿出一条路来，让人们近距离深入山之腹地，看清它的面目。但也许不对，山只可远观，不可近玩。特别是那些气魄非凡之山，本不是凡间物，何必以区区之俗我扰赫赫之神圣，讨狎昵之嫌。有人在此寸步难行，如黏岩之鼯鼠，窘态尽出，那就是山之高远不可犯，威严不可欺。你群群蕞尔小人，穿山腰而过，既如英雄，也可忽略不计。人之渺小，如蚁如蝼，空中绝崖成大路，乃是托凿工之福；万里空烟作远瞩，根本是天梯偷景。有种者，云槎乘去，邀我胆魄，可唤魂兮归来。

走过此段，悬心稍放。在岩湾山中幽谷小憩，松风袅袅，吹汗无缕。再往上行，又见一绝壁，直立如切糕。上有一松，是我族类，取名鞠躬松。此松欲跌欲飞，奋翮有姿。也如一人鞠躬，礼向深谷万岩。可以理解礼失求诸野："大谷有礼，全在高险处。"礼失于世，藏之危崖，其义昭昭，真可警示天下。

攀入大楼门，惮愕于路断天门，可一缝进入。真是欲往南墙撞，却有鸟道行。两山相对，如掰开之豆荚，如双帆高悬，二峰骈立，如此对称，宛似人为。有此神工，造化达极。呜呼！绝境又通烟塞，山中又有新途。

再前，但见一峰突起，云雾飘来，峰似桅杆。正惊呼时，其夹缝中还有一峰，更是怪异，云崖飞渡，摇摇欲坠，其细如一深秋荷梗，支其无力，惊世骇俗。这便是稀世奇峰一炷香。我谓一炷香道：

> 山之坚贞不拔，非凡人所想象。最细处仅四米，高百五十米，却屹立万年不倒。其骨骼铮铮，风雨难撼，冰雪难欺。一峰孤出，立于云表，心有雄志，不弃不毁。苦难寂寥，奈我若何？其躯之弱，危如累卵。其脊之韧，令人惊魂！世有万山，独我昂昂。锋锷之拙朴，却锐利有刃；身廓之逼仄，却擎天有根！

一炷香后，还有玉笔峰、玉女峰、玉屏峰、拇指峰、孤峰等峰之奇观，或如笔，或如女，或如母子，或如拇指。步步景色，无有赘复。常细雨滴落，化为云雾，飞云聚散组合，山岳时隐时现，如魇似幻。渐至孤峰时，天色大开，视野辽阔。往山下行，再回首，群峰狰狞，山壁如墙，门牖全闭，高不可攀，拒人以千里之外。感觉此行游历似不可信，从何路而出？群山如茧，全无缺处。金峰玉屏，穹崖欹石，已不是沿路所见景色，消隐无踪。阳光普照，好似南柯一梦尔。

我说恩施大峡谷，以山之雄绝衬峡之深切，以峰之怪诡衬路之险骇。以千钧狂野之气，托宇宙幽冥之志；以生僻无扰之境，撩纯情姣媚之容。

往高峰远路，看大气象，得大境界，赚大胸怀。神惊一回，百世不悔。人与山似，不喜平庸；人与谷肖，爱作深吼。有麓泉之乐，可常相忆，万念耿耿，系于一山，情眷在兹，魂倚不倒。常想从酒池肉林，入清风大野，万壑一开，涤我心尘。人生苦短，纵乐更短。近山水而滋润，亲天地以灵魂。

人有时真可遽然以他景之境，让心与天地契，襟与大荒合。倏忽之间，可以壑为喉，以谷为歌，以山之骨为脊，以云之态为臆。神笔一柱，浩浩写我大风。从恩施回，特记于此，以谢大山。

鼓岭遇雨

那些冬天也被植物纠缠的山野，笼罩在黧铅色的天空下。寒意是从雨雾中升起的，通过古老的街道和房屋、石板路，这些越来越黯淡的景物，又通过冷雨聚集在一起。深埋在时间厚壤下的记忆，那些人，那些古人和洋人——番仔，在雨中，他们会时常出现在闪着冷冽光芒的街道上，彳亍游荡。他们，古老的人，仿佛有最后一个坚守者。一个番仔，执着地打着洋伞，皮鞋发出被雨水浸过的沉闷橐橐声。他刚从大清五个夏季邮局之一的鼓岭邮局出来，给遥远的亲人发过一封信。贴上大龙邮票，有沉重的邮戳在信封上奋力一跺的声音，他在鼓岭生活的信息便传送到大洋的另一端。他踅了个弯到邮局背后的古街，用地道的福州话点了一碗放有岭上蕹菜的海鲜锅边，与店里的山民食客们聊天。然后，他买了挑担卖菜的几把水灵灵的青菜，还有牛肉，有香草——那是炖牛肉必放的。这种鼓岭生长的草，会把沉醉的香味留在味蕾上、梦境里。那些低于街面房顶的黑瓦和蓄水的石槽，都在雨中顽强呈现。他孤独地走过田陌、水井、坟、荒地，走进石砌的屋子，百叶窗在风中啪哒作响。廊檐上，一杯咖啡已经冷凝。溪水正在流动，溪上的大石圆墩墩的。

那些干净的石墙，经过了一百年，依然百毒不侵，连青苔都没有感染星尘，它们的自净能力太强大太神奇。也许到了半夜，它会悄悄掸掉身上的尘土和苔藓，挺着贞洁干净的胸，拗着脖子，站在这风雨如磐的时间里。

开始蒸腾起来的市声在一个山岭上，在曾经虎蹿狼行、古木参天、鸡鸣狗吠的村落。千年紫杉横卧的虬枝像巨大的钢栅显示着它们的躯干。井壁上长满蕨类的水井台上，光滑的井圈刚被那个番仔汲水的绳子摩擦过。番仔在这儿有几百人，像候鸟一样，等五月天气转热后就会准时出现在这里。他们大兴土木，啸聚山林，兴办教育，免费治病。他们打网球、游泳、跳舞、赛马，也同时端着猎枪，射杀山兽，在他们打死的斑斓大虎面前吹着滚烫的枪口摆造型。

射杀老虎的美国牧师柯志仁，他还射杀过豹子和豺狼。他的枪和那只搁放死虎的凳子连同他自己，都不知所踪。他们欣赏自然，扼杀自然，行为古怪。但他们优雅的生活透过幽冷空寂的石屋，使我们能看到精制瓷器的碎片、门的铜手柄、地板小心翼翼的纹路、沐风且私密的百叶窗、宽大舒适的石阶和设计精巧的地下室、通风口……

通过石阶凹陷磨损的部分，我想象着夏日清凉中那些在雨雾里撕扯的身影，他们走在宋代铺就的南洋官路上，在石磴道上，抬着“竹篼”的褐衣乱头的篼工，吱呀的竹杠刺出雾霭，沉重的喘息与白雾汇在一起，在迂回曲折的街巷逶迤移动……前面是什么？是卖油条、油饼、老鸭汤粉的小吃店，民宿，杂货店。杂货店门口摆有一溜儿小摊，塑料篮里有鼓岭生长的香草、人参菜和天门冬。香草炖鸡鸭鱼肉，是一些风干的藤叶，有着植物特有的香味，一元一捆，自己投币。钱投在一个空的剪口的油壶内，全凭良心。人参菜健胃润肠，可以清炒和凉拌，五元一包，也请自己投币。还有紫背天葵，也叫西洋菜，是当年番仔带过来的。草药天门冬三十元一斤，想要，自己过秤自己付钱。这是老街一百年的规矩，菜放门前，投币自取，决无贪小便宜者。当年郁达夫和庐隐都来过这里，吃着村民的酒，睡着村民的床，也沉醉于此地的乡风人情，享受着仙境般的桃源生活。庐隐说：“若能终老于此，可算是人间第一幸福人。”那个发现鼓岭的美国牧师伍丁应该是首先发现了这儿天境般的乡情才流连于此……

此刻的雨雾依然带着一点儿黛蓝，好像暮色早临。行人全无，门口的对联亮着唯一的红。但角落里的野茅、竹丛和梅花都在顽强生长，梅已打苞。往四下望去，松林和深厚的山体阴影将视线隐去，那些造型各异的石头屋，古堡一样蹲在蜃景中。在迷蒙深处漂浮的屋脊与院墙，全像是用巨石凿的，像搁在旷野的怪兽，在绵延的青烟中忍受风雨和寒冷的刮削，它们残存的身影是冬天黑色的慰藉。

那个在石头上凿出的游泳池，是浪漫主义的杰作。这个巨大的空间，像是一场舞会过后的枯寂落寞，盛满了特别伤感和别离的残液，落叶成为信物。我们坐在池畔的椅子上抽烟。隔着桌子，关仁山给我们敬烟点火，火光带来的丝丝温暖慢慢渗入身体，仿佛在劝说我们忍耐和勿言。烟在烧，风很硬，我们在寒冷中吸着烟。当年更衣的屋子成了茶室，有电暖器和热气腾腾的茶水。电暖器照着桌上喝茶的器皿和套绒的椅背，泛着归家的红光。可是我们还是不愿进屋，我们这些人，依然坐在洋人们夏天泳装坐过的地方，望着空阔枯竭的泳池，像坐在落叶荒寺前。山坡密匝匝的松林里，似还有别墅的废墟，在那儿半露着它们的哀伤。风动山冈，一阵阵的浓雾从山上翻滚过来，像是天瀑，使得这萧疏的季节，我们无论如何都无法逾越某种悲伤的意绪，各自想着那些与我们无关却深深触动我们的事情，内心空落茫然，莫名惆怅。挖掘的石池，堆砌的石壁，在建造之初就似乎想到了它们的结局，隔绝了时光的温馨抚摸。芦花飘飘，冻雨霖霖，那些已经离弃的身影，像孤魂野鬼，漂浮在异国的荒野，或散落在破碎的回忆中。

奇异的失去主人的石屋，它们的内部是我不愿意走进的，好像你前行一步，就是与某个孤魂会合，看他手擎油灯，从百叶窗透出的幽幽光线里，那被石头潮湿的反光勾勒的脸，在一瞬间，又嵌进石壁，一阵淡墨洇开，变成了旧时的镜框和水渍。

在万国公益社高大的挡风墙外，当地人指给我看纪念郁达夫的鹤归亭，在那儿，是农历清明，他曾在村民自酿的酒中醉过，并酒后吐真言说："魂若有灵，我总必再择一个清明的节日，化鹤重来一次。"更远处是东海，有一条通往连江县的路，但我们看到的依然是无边起伏在细雨中的山岭。

大梦书屋的出现是一个小小意外。也许它就是志书上记载的商务印书馆或者开明书局的前身——我愿意这样想。就像在无人荒郊遇到一个妖冶女子，有前世的气息。这座灵异的书楼，在冷雨清寂中独自优雅，也可说是一座书的教堂。是谁将那么有水准的书搬运至此？在门外的野云与寒风灌进来时，那些书，文史哲，都是精心挑选上山的。阔大，幽深，还有着书楼的美妙幽暗，仿佛偷蓄着随时可能失去的整个人类的智慧，让一个探秘者发现这儿满地宝藏。还是石屋，是一个石头垒砌的库室。那些深刻的、在历史星空中闪亮的文字，静静地摆放在这里，因为潮湿，翻动书页的声音暗哑而低细。云雾一团团涌进，萦绕在书架和走廊里，你忍不住有想要挺身而出保护这些古老而脆弱的书籍的念头，怕它们在如此的严寒中衰老和死去。再新的书在这里，都像是一件古物，蒙上了羊皮封面，里面画着通往奇境的地图。它们如此幽寂，简直像在暗夜里摇曳的寺火。我们在迂曲的书架中穿梭、寻觅，脚步轻轻地迈上楼梯，进入二楼，继续寻找，看书、静坐，在窗口向外张望。绍武、跃文、马原、我，我们搭着肩，这张被夏无双小朋友拍摄的照片成为那个冬日书屋中精灵般的亮点。我们在书楼听雨，我们在窗口看山。那渐渐爬升的石磴道上，隐隐传来当年番仔们的赛马声，马蹄敲打着石头。蹄声远逝，云雾缭绕，寒风吹彻。这清简浩大的凉意，在白鹭与云雾弥漫的野岭，适合我们在此楼远眺。

鼓岭最值得敬仰的景物是那棵一千三百年的紫杉树，在浓林如墨的时代，它一定只是其中的一棵。以它的体位占据庞大时空的树，枝丫泛滥，挣扎在微亮的雨中。“谷暗山尤静，林昏地愈明。”在那“如擘絮飘扬，如突烟滃涌”的鼓岭浓雾中，狼嚎虎阚的阵势敲击得群山嗡嗡直响，那种被群山掷下的空旷和时间，变得如此辽阔苍茫，它的挟风的厚重与神秘，几乎覆盖了一座山岭的历史。只有它才有资格与时间对峙，充当证人。想到与东海澎湃一样的字眼，那曾经连绵起伏、莽莽苍苍的紫杉丛林，奔跑过多少珍禽异兽，它们美丽的羽毛和花纹，它们强健的蹄爪和骨骼，它们的吼声，赋予了多少生命的壮美，每个夜晚的森林骚潮声，与那些灵兽同在。可这棵树，老树，它太老，太孤独，简直像神一样，这是多么可悲的现实。寒冬来临，它吞咽着扰人的雨雾，鼓岭的山川在它眼里缓缓移动。生命太久之后的寂静是一场苦刑，那些曾经一起磅礴流淌的吼声，消失在了大地深处。激越的倾诉，凶猛的摇撼和锥心的疼痛，漫漶成无边无际的悲剧。好在，在宜夏别墅门口，我又看到了两棵千年紫杉，无奈它们离得很远。孤独是永久存在的理由。孤独有着圣像般的庄严。

这一棵树，和这几棵树，有如鼓岭的沉重鼓槌，它们引而不发，永远只为汹涌欲狂的激情做一个姿势。

那天的雨，我又想起在吃饭过后，被马原索去的一莞蕹菜，青翠可人，它将被马原带去栽种在西双版纳的南糯山。无论是乔木还是柔软的草叶，在这里经历过万年，如果它们与我们相遇，一定有某种道理。现在我的口里还留有蕹菜香软腻滑的气息，那些植物生长的神秘气息和浓密阴影，有如穿过大地的深邃甬道，抵达生命的秘境。在生命尽情狂欢过后，一株草，连同一棵树庞大的影子，将带往各处，继续呼吸。

天　马

草原因为辽阔而静止，雪山因为高远而静默。

如果没有马匹和骑手，没有马的长嘶和奔腾，草原一如远古，或者已经死去，草原上将没有英雄和传说。

但是有一万匹马，一万匹从天山奔腾直下的马，摧毁一切的声音，如远雷滚过天际，带着天穹下的烟尘和雾霭，突然撬开我们的眼睛。这片草原，在疼痛和喜悦、战栗和快感中醒来，开始呼吸。马在草原上驰骋。

一次次，这就是送给草原的馈赠。

是我心中的某一匹马？超越了我的想象。这不曾是我视觉应该尽享的盛宴。这个物种，我并不熟悉，它们的气味，它们高大的比例匀称的身架，它们的长脸，它们眼睛里的东西，它们的脊鬃和甩尾，它们奔跑时山崩地裂的爆发感。它躲在我们一生的词语背后，在遥远的天山深处，活着，空间巨大。它活在书里，活在虚幻得高不可攀的意境里。说来就来，像一阵风，一阵狂风，卷起天空下的血潮，呼啸而来，陡然间将我和草原淹没。

并不是所有人，能走到这里，被这惊心动魄的铁蹄刺醒。像哑巴，张大着嘴，意外地成为见证者。我是如何走到这样壮阔无边、所向披靡的世界，混迹于它们中间？有多厚的耳膜，能够承受它们的嘶鸣？马群怒卷，就像我们心上某种东西的突然炸裂。我的心，野马奔腾。

如果马的脚下有火焰，草原就是燧石。

为什么不早告诉我，这些马一直浩荡在天山脚下？它们的家乡是没有尽头的大地。在这片幽静的草原上，在马的鼻息的深谷里，当夜晚来临的时候，连梦境都带着箭镞的呼啸。马的疆域与天空重叠。有一千条路，属于这些精骛八极、心游万仞的天马。是的，它们就是天马，汗血宝马的子孙，有着高贵的英雄血统。你究竟有多么优美？上帝究竟如何精工雕出了你？

天空，灰色的钢，充满了冷漠，充满了对草原长久审美的疲惫。但是天马搏动的心脏，就像鹰在飞翔。没有倦怠，一如历史上最伟大的心跳，变成文字和诗。冰河铁马的壮美，“马毛带雪汗气蒸”的悲怆……

这些天马依然在这里。在这远方温暖的山谷，气候湿润，到处盛开着艳丽的千叶蓍、神香草、椒蒿、野紫苏、金莲花、藜芦、老鹳草、风铃草、橙舌飞蓬……草丛里奔忙着啮断草尖和处理粪便的甲虫。还有一些鸟，一些高傲的翅膀，与天马们一起，在这里繁衍生息。

伊犁产良马，良马出昭苏。“天马来兮从西极”，这是《汉书·乌孙传》所记载。所谓汗血马、乌孙马、西极马，就是今日天山下的伊犁马——天马。青骊八尺高，侠客倚雄豪。它外表俊秀，双目炯炯，枣骝色的马毛细腻光滑，四肢具有非凡的韧性与弹性，腿形漂亮至极。它的鼻骨那么坚硬挺拔，以绝对的自信抵御奔跑中打向它的狂风。它线条流畅，步态优雅，勇敢且敏感，眼里含着草原的柔情。

三千年最古老的马，从你诞生之初就是传奇。当你奔跑，我把所有的敬意都系在马鬃的风上颠簸起伏。你四肢的迈动简直像在草原的琴键上飞弹，你一定是沉醉的，草原因此而妩媚。

那些疯狂的影子，像雪崩一样。天山下狂暴的云，草原的脉动。谁能够阻挡那些马没来由地奔跑？除非它因无力或者衰老死去。最后怀着颓丧，倒在星空下。

视野太辽阔，我无法伸展这样的胸怀。我的赞美之词空空荡荡。能看到几十个村庄，几十座山冈，几千匹马。能看到马群的洪水，像溃口的江河朝草原深处泻来，卷过一道道山冈，从草原上的最东到最西，从日出的地方到日落的地方。我无法对那些成群结队、无边无际在云彩下面奔跑撒欢的马说话。生命的激流，被人类丢弃的美德和高度。它奔腾，它信步。那长卷展开的天山山脉，与山脉相倚的膨胀不动的卷云，那些在高远天空展示自己孤独美感的鹰翅，那些让人的视线飞向最远地平线的烟尘与戈壁，都是它们的家。

草原的辽阔是所有文字的空白。在汗腾格里雪峰下的木札尔特河、特克斯河、苏木拜河，纳林果勒河滋养的喀拉盖云端草原、加曼台草原、巴勒克苏草原、坎日喀特尔草原上，在云端奔跑的马，有着云的品质，有着天的神性。力量、肌肉、骨感、雄心、速度、决绝，如此集生命的完美于一身。是草原锻造的美艳，坚硬的蹄声，大地的鼓点，表达着时间的节奏。

风是用马的形象雕塑出来的，如果风出现，马就会出现。在这里尤其如此。

马是所有的风景。如果它在雪地上行走，它是风景。如果它在晨雾里咴咴长叫，它是风景。如果它在干旱的浮尘中奔驰，像一首高亢、雄浑、壮阔、忧伤的牧歌，它是风景。

如果草原上的日落只为一匹马的寂静伫立，这是巨大的瞬间。我们每个人都会在这种时刻找到献身的理由。

这古老的静默和飞奔，古老的沸腾的血与激情，是草原的基因。但愿我有一块丰饶的大地，被你践踏得尘土飞扬。但愿我有一片高旷的天空，能够盛满你回旋的嘶鸣。

一个人也许会憔悴，一匹马却不会；一个人可能会猥琐，一匹马却不能。勇猛与忍耐，凝聚自己的力量，英俊与狂野，结合成一个伟大的名字。马是疾风的化身。草原如号角，天空扩大着召唤。这是闪电聚起的暗夜。好马塑造出雄健的骑手。只有奔跑和迅疾的行动，对生命才至关重要。何况它们是一种天马，它们注定了要在天空和大地之间遨游。

“一代又一代，颈脖磨着马厩窗栏，磨平了木头，像海磨平岩石。”美国诗人唐纳德·霍尔对马充满了怜悯。是的，马的风光在草原上，而不是在缰绳、衔铁、嚼子和蚊蝇嗡嗡的马厩里。有时候它会冻得瑟瑟发抖，它的身体被草原散漫的时间啮尽。它将失去骑手，回忆天地间自己陌生的蹄音。那些空旷的回声，一匹马曾经的血。

一个哈萨克人，在月光下骑着他的马在踱步。他也许是草原上的阿肯，用冬不拉传唱着一首关于天山汗血宝马的歌。他心上的马，只有一匹。伊犁天山远，天马天上来，长嘶惊万里，万里长云开。

在这片广袤的草原上，我们每个人的血管里都有一匹天马被唤醒，嘶叫着，准备奔向夜色茫茫的草原。

沿着天山

天　池

天山天池，西王母的瑶池。鹰在天上，树像雕刻的。水是天堂的玉，深蓝，深深的蓝，深刻的蓝，深爱的蓝。干净过一万年的风和奔腾的雪水，博格达雪峰，一个戴着头巾的羞涩的哈萨克女人。

我很渴，假装很滋润。浑身储满了高雅的水，吃饱喝足的样子，眼珠子荡漾着春情。其实我忍受着荒漠的炙烤。糜烂的水，我唯一的源泉。

你存在吗？冷冷的，在远方的高处，像一个幻觉。以专一的、不竭的守贞，保持着那个隐隐的美姿。

天上的水池，盛着冰的蓝，兀自蓝着，在天堂的一角，在人间一角，在远处，在传说也无法企及的地方。好像是你，一碗水。

一个冰斗，一个冰碛湖，还有角峰、刀脊。巨大的石头的擦痕，巨大漂砾簇拥的水仙子。也许是火山口，吞吐过比欲望还灼热的火尘，一万里的烟雾。死去了所有向你献祭的膝盖，从心里喷出怒潮。

她有一汪眼睛，一汪沉静了一亿年的眼睛，你躲不过她。

来自蛮荒时期的母亲，守身如玉，不可侵犯的美。砭骨的寒冷，拒绝一切。让兀鹰离你远远的。滚开！那些肮脏的念头！那些被世界伪装的疾病和权力。那些窃掠者、毁灭者、强盗，你不可靠近。只为守护哈萨克人的帐篷和马匹，只为映照雪峰的沉默。

不要乞求在她的水波里沐浴，不要解开你肮脏的衣裳，不要脱下鞋子。不要照你丑陋的脸，不要表白，不要做出像在QQ、微博和其他网络平台上的表情。不要虚伪的赞颂、无耻的诗、歌声、报纸和新闻，让这些文明远离。这些所谓的真理，垃圾。只能坐下，向远方看着，不许出声。屏住呼吸，把心掏空。听风喋唼，鹰静止，行着注目礼。雪山俯首，轻轻地拥吻她。

想象你，浑身带着古老的热病，让她洗濯。冷却你的心跳，刹住疯狂的欲念，往下压。

一个游牧民族，找到了他们的祭祀地。太阳下神一样神秘的祭司，披着星光的浴纱，兀鹰在行动。那些沉重的山峰像锯齿排列，拉起手，守护着她的尊严和威仪。曾经被神话擦拭的嘴唇，藏在石缝中，羞涩地、大有深意地微笑着。

天山闪烁的磷光，绿松石一样的眼睛。

我背靠着她，坐着，坐在池边。就在那儿坐一会儿，我需要这样。我没有什么好想的，没有思想，所有的内心活动都不值一谈。让心因愧怍而干净。

许多人都是冲着你的纯洁而来，纯洁是一个多么稀缺的字眼儿，纯洁到可以膜拜。因为，纯洁是金子。因为，水越来越少。污脏的水不是水，是粪。

如此深冷的静。一蓬篝火和一声伊犁马的嘶鸣，会把天山的名字传得很远很远。在一个积雪的夜晚，你盛满的星光，会传入一个哈萨克人的歌声中。

奉上我啜饮的灵魂之杯，放上一块圣洁的冰吧。

向日葵

天山，雪峰，奔腾的向日葵，有信仰的向日葵，傻笑成一团的向日葵。我伪装成它们欢呼，一抹长云从手中牵过。

我混在它们中间。我，一个沿着天山行走的旅人。我在高耸的雪峰之下，我在戈壁上。哦，请把你的花环佩戴给我！这太阳的仪仗队，一个戈壁小学的一百万个孩子，站在砾石上，听着流响的雪水，迎着有些寒冷的晨风，从大漠上赶来欢迎我。

花在响，脸盘在响，在簌簌地向太阳转动它们的头颅。大地在响，迈着齐刷刷的步子，一样的姿势，一样的笑。村姑，顽童，嘎嘎的声音，掩饰不住的一排排白色的牙齿，衣衫褴褛。抹着鼻涕，插着野花。准备一场超大型的团体操表演。

太阳的孩子，天空的花瓣，神的天使，火焰，燃烧的田野，我听见噼里啪啦的声音。

你这群太阳的拜火教徒，有着阳光的肤色，有着太贪婪的占有欲，吸太阳的精血；一群荒淫无度的金水浴女。

太喜欢你们。可以抚摸，黄绸子的裙摆，有喜感的脸蛋儿。茫茫戈壁，这些太阳的种子究竟有多少？告诉我吧！在积雪和阳光的双重照耀下，你们的心为啥是金黄的？

葵花的激流醒来了，喧嚷着。潮汐奔流。仿佛是唤我来疯，仿佛是经历了大漠的长途跋涉，终于会师，为了赶在太阳出世之前，在一个神秘的圣地晨祷。

我，一个没有信仰的人，居无定所，惯于四处流窜。是我的灵魂。但我不会无视这灼人的光芒，这一刻万众面朝东方的课诵。点燃一片祭祀的灯盏，世界倏地亮了。

白雪，黄沙，黑夜。逐日的后羿们，高举大纛，手持盾牌。

我将淹没于这片花海，在被金色灼瞎的时分入睡。我将坠入这片花海，在梦中戴上加冕的皇冠，成为太阳的宠臣。我将带着你们，向前狂奔。

不！纵然太多，还是太少。这种遭遇太过短暂，美丽但深深伤感的邂逅，我将马上失去你们。你们只是我一张旅途照的背景，一个越来越远去的、晕眩的回忆。我想让所有走过的地方，让天山脚下的无垠大地，让准噶尔盆地、塔克拉玛干沙漠、古尔班通古特沙漠，乃至非洲的撒哈拉大沙漠，全种上向日葵。嗨，这世界，将热闹。

江布拉克的麦浪

江布拉克，麦浪翻滚。天上的麦子，天上的良田，一切都那么静谧。神在注视着他们。

这是圣泉下的麦子，这是圣泉流经的麦野，江布拉克，江布拉克。哈萨克人的赞美：圣泉！圣泉！圣水的源泉——江布拉克！

万顷麦浪。我站在疏勒故城的土城墙上，看到了那向侵略的匈奴发起猛攻的千军万马。金山西见烟尘飞，汉家大将西出师。半夜军行戈相拨，风头如刀面如割。马毛带雪汗气蒸，五花连钱旋作冰。古战场的险隘，麦子的烽烟遍地燃。

太过奢侈的眼缘，难以置信的秋景。收割机在悬崖峭壁上，吞吐着那些麦粒和秸秆，就像一个个高台跳水的人。

漫山遍野的麦子，漫山遍野的金黄，大地铺开了它的毡子。手拿镰刀，提着瓦罐，奔向田垄的人们，收获我们的新麦。没有，没有人。云端里的麦子，云在收割，天上的收割机。你看着天上的人们收割他们的麦子，不知道天上的人们怎么种下他们的麦子。

我的新麦，我的芬芳的饮食，我的圣泉浇灌的麦子，从每一根麦芒上喷出彩虹，喷出圣洁的天堂之水。你饱满的汁液，摇人心旌的香气，从天山漫卷而来。像一阵阵呐喊，像是胜利者的欢呼，像是伟大的宣誓。肃穆庄严的麦子，神圣的粮食和秋天。

收割吧！你将变为：

新疆的拉条子（拌面）、皮蛋面、馕、油炸糕、火烧、面肺子、凉皮、油塔子、刀拨面、馓子，哈萨克人的包尔萨克（小油饼）和啤酒。你从天堂来，你将成为大地上人们的饮食。你刚刚出甑，冒着柴烟的热气。我们一直守候在灶口，手把饥饿的碗，握着啤酒，一定要为这天山上的来客痛饮。

此刻，在这里，在刀条岭。花海子、阳洼滩、马鞍山、黑涝坝、响坡，到处是收割的喜讯。到处是阳光、麦子和横无际涯的金风。

如果是夜晚，如果我能在这儿留宿，我会听到它们的喧嚷吗？这柔美又狂野的麦海，它们有能让我听懂的语言吗？哈萨克语？维吾尔语？汉语？天堂的神语？我无法躲闪，这温热的麦田里的梦。如果我不害怕，我会一个人在满天星空下，在天山月的照耀下，与它们同眠。我梦见我在农历五月的麦田里弯腰割麦，麦芒刺得我双膀划痕累累。麦哨吹起；麦垛上是慵懒的云和小憩的农妇。

夏雨，农事，汗水和村庄。没有，这里没有。这不是凡尘。

仿佛仙女撒下的种子。她们怀抱琵琶，只需轻拨琴弦，种子就如漫天花雨纷纷而下。于是麦苗青青，麦秆抽穗，麦浪滚滚。

不可能有来自天山凌厉的雪暴，不可能有来自戈壁干旱的袭击。在圣泉的怀抱，在高高的山上，亲近稼穑的雪山圣母会守护它们。耕云播雨的人们，谁也不能掠夺你们的收成。你在令人晕眩的高度，如此虔诚地躬耕。你的身影，被白雪和麦子照亮。

江布拉克，江布拉克，漫山遍野是圣泉和麦子摇响的声音。

五彩城

五彩城，大地的裙裾。

我在古尔班通古特沙漠的边缘，干涸的额尔齐斯河谷，阳光像从史前升起，从大漠中将昂起无数巨蜥和恐龙的头颅。巨蟒涌动，吐出它们火焰般的红色的信子。城堡醒来，清风吹拂，市声渐起。

一轮明月铆钉一样钉在蓝殷殷的天上。这是某种记忆中的影像。一个远古传奇的城堡，一个幻化成沙漠女子的精灵。她也被钉在了这荒凉呼啸、比死亡还遥远的地方。

风，恣肆地吹，像刮刀一样，像魔鬼的利爪。沙在哭，月亮像停尸房摇晃的电灯。兀鹫是唯一的鸟，夜枭的鸣叫是风阴险的模仿。

一个穿上了魔鞋的女人，不停地旋转，旋转，旋转。她在一次次毁灭中站起来，像天上的仙女起舞，她的裙摆旋起了十二级大风。飞禽，走兽，风沙，魔鬼，死去的河妖，无数动植物的骨头，花魂，全是她的伴舞。她是城堡的主人，是大漠女王，是城堡的最后辉煌，是回光返照，是从不谢幕的演出，大地最瑰丽的布景。她是一个永远风骚的、活力四射的舞娘。

沙依坦克尔西——魔鬼们的城池。他们诅咒你，从死亡之海耸起来的残垣断壁、麦垛、花坞，时间的墓碑，大地坚硬的城。被恐惧和恫吓塑造的城，孤零零地在沙漠深处号叫。

我听不见，听不见像地狱里惨痛的叫声，像分娩的女人的叫声。风，肆无忌惮地穿过你的街巷。它们手持鞭子，像凶狠奔窜的荒狼。一切都坚壁清野，阒无人迹。一切都消失了，像是热风卷走的海市。

小心没入这一片罂粟般招摇的城堡，被她美丽壮观的寂寞和孤独勾引。循着她的诱惑，登上古湖泊的桅船，驶向虚无的深渊。

石头的玫瑰，石头的黄昏，一条条山岭晾晒的石头的丝绸，玛瑙装饰的城墙，琉璃的窗台，死亡的迷宫，铁的空气，大地的舍利子，戈壁的花环。冻得发紫的脸。

让她，佩上璀璨的胸饰，涂上阳光的粉，像一个等待亿万年的新娘。献出你坚硬的花蕊。以彩虹的语言，在她缄默一亿年的嘴里，吹去如兰的气息。把所有收集的油气、盐层、煤和硅化的花瓣，献给她，所有财富和宝藏。

让海、盐场和花朵，与石头火烫地联结在一起。趁太阳升起之前，趁雨水没有为你盥洗化妆之前，趁朦胧的晨星未醒之前，趁时间没有倾圮之前，趁风沙的清洁工从岩层的地窖子出来之前，让我穿越你的通衢和城门，像私奔一样，在你空荡荡的大街上，没来由地一阵狂奔。

胡杨林

戈壁惨痛的杀戮，仿佛从法西斯毒气室抬出的尸体，你们曾号叫，扭曲的肢体能拧出一川的疼痛。不想死去！它说。让我活着！时间狞笑了，走开。你永远地风干，夹杂在那些崭新的生命中，看它们摇曳，看它们忍饥挨饿，用干渴的喉咙喊："水，水，水。"看它们，诞生在这样的地方，盐碱和沙子的狂欢地。也看它们，最后倒毙在干渴的路上，倒在你的怀里。

时间残忍的标本，胡杨林。"托克拉克——"维吾尔族人喊，"最美丽的树！托克拉克！托克拉克！胡杨！"

死亡之海的生命，苦难的树，被河流遗弃的种子，残酷的美。

我曾经爱过这狂野的风，我是一株胡杨，我会诅咒它。即使我温柔，不想毒舌，我依然会死在它们手里。

光秃秃的戈壁，最后的盐碱地，白花花的死亡残羹，盐的声音，干旱折磨的大地，热风窒息了通向往生的路。

这里流传着一个末路英雄的故事。许多人盲目歌颂，将它夸大，轻薄地抒情，扯上许多历史人物。仿佛，它们是一群形象高大的雕像。

苦难的生命，用炙烤的喘息喊叫着。抽搐的英雄，在墓地里徜徉的活魂，浩劫，怪兽，永恒的厄运，让我们心碎欲裂。它流尽血汗，成为大地的遗骸，成为站着埋葬的人。这就是托克拉克，胡杨。

星辰漫漫，走过千山万水，盐在歌唱。你挣扎扭曲的身躯，让我惨不忍睹。接着，我将哭泣。擦着满头大汗，向你致敬，默哀。

还有一些站着，用微弱的生命，手捧花圈，仿佛在哀悼自己。

哦，这些被风沙，被盐碱和硝石，折磨得死去活来的生灵，被戈壁驱赶到生活尽头的难民。活着就是等待痛苦地死去，生命像幽灵一样，捍卫着最后一口气的尊严。

给我雨水。它说。给我鸟儿的啾啁和蝉鸣，给我苍苔和鸦巢，繁星，干旱的月亮和被烈日蹂躏的戈壁。一个死者也会创造奇迹。让死亡，写下不朽的记录。以自己的躯干，竖起墓碑。它死了，无法入土为安。冷漠刻薄的世界，不让它倒下。仇深似海。每一根枝丫都紧握拳头，至死也不松开。

用爪子在深深的地底刨着，寻找水，把盐分呕掉。和着风沙一同吞下。不要让叶子痛哭，要一声不吭，挺住。干渴的牙齿，黑色的手，粗粝的胸膛。

踩着石头的路，死亡的无垠大海，和风雪走到一起。天空高远，披荆斩棘的宿命，尖削的脸与死神对峙。

这不过是展览死亡的地方。用那些动物的骸骨，用石头，用硅化、铁化、钙化的植物做养料，踏进死亡的陷阱。

黑羽降落，月光是唯一的雨水。流血的盐在喘息，不会嗫嚅和啜泣，不再呻吟。

为什么大地上布满了粉身碎骨的亡灵？为什么死亡之上，还有死亡？

它想着江南的情人、雨季和清风。

它买下时间和盐分，看它们怎样同它一起挣扎，一同死亡，一同风干。

戈　壁

天，地，大漠。天空，接近天空原色的蓝，接近天空诞生时的蓝。亿万年，一座山也会吹成一粒沙子，何况一个诗人的一万首诗。

这里是时间的尾声。“曾经”，一个伤心欲绝的词。

曾经，这里是大海，水跟天空的颜色一样，天空曾经是你的容颜。虎鲨和座头鲸傲慢地在这里逡巡，卷起高高的水柱；大王乌贼四处爬行；飞鱼在傍晚射出它们矫健的身影；电光鱼像巡更的船，守护着静谧的夜。

曾经，海水退去，这里是巨大的森林。巨松、怪柏、苏铁、银杏、桦树，遮天蔽日。鸟和湖水缠绵不休，沼泽里潜伏着蟒蛇和鳄鱼，绿色的蒸汽弥漫旷野，无数只灵巧的舌头在啾啭。无数片叶子，拍打着潮湿的露水和星光。兰花和蘑菇瞬间开放，甲虫和蚂蚁亢奋奔跑，到处是果实呼啸。有大鸟在红色的月亮中滑行。

曾经，这里高大辽阔的森林，配上了高大凶猛的陆地巨兽：翼龙、剑龙、棱齿龙、马鬃龙、戈壁龙、棘甲龙、中国鸟脚龙、霸王龙、鲨齿龙、猛犸象、野牛、野马、披毛犀。它们互相残杀，一个又一个血色黄昏。大地震怒。火山冲上高高的天庭，一瞬间湮没了所有的生灵。让它们在地底变成氧化硅、方解石、白云石、磷灰石、黄铁矿、煤和石油。让它们成为灰岩、砂岩、泥页岩、砾岩。将它们固定在石头上，成为永恒的囚笼。

几亿年，一阵风吹过去的时间。一捧沙，全是兽与木的碎屑。它们的血一样温热着，心脏在跳动。死亡之海，石头代替所有的骨头说话。风的落叶，一层又一层。

现在，最炽热的死亡来了。水已经风化，煤和石油把愤怒压在深处，树木因等待成玉。石头坚持不住，纷纷解体。坍塌的灰烬，还在焚烧自己；种子碳化，沙丘上卧着鬼魂的鼾声。

这是暴君统治的世界，连太阳也无法管束它。赤裸裸的荒凉，光秃秃的风景。瘦骨嶙峋的胸脯，恶狠狠的牙齿，飞扬跋扈的声音。星辰高远，月亮沉默。闪闪发光的矿脉，在夜半怒吼。

再也没有像你这样令人绝望的遥远了。路像一把黑剑，刺穿天空和远方。被抛尸弃骨的戈壁，一片狼藉。谁还敢带着如此深重的孽债，带着旷世的恐惧，从时间的沙子里爬起来？生长，像石头一样坚强。红柳、梭梭、沙枣、芦苇、胡杨。它们怎样成为生命？怎样，在这远古的刑场中，寻找生命的基因，活下去的理由？

漫漫黄沙，永不熄灭的火焰，烘烤的地狱，火刑的施行所，沙尘暴，大地的贫民窟。

我的头发里、鞋子里、嘴里，灌满了你的沙子。我用牙齿磨着，谛听它撕心裂肺的申诉。

哦，我看见了，大量的湖泊和岛屿，这是戈壁上亿万年的海魂——海市蜃楼。它们依然游荡在古老荒凉的家乡，海枯石烂，阴魂不散。

油菜花

到处充斥着凶猛的油菜花香……这漫天黄花正肥劲……

最早在花海中穿行的不一定是那个播种人，他更不会惊叹这里发生的壮观花事。我在某个春意初暖的日子被亢奋和暗示推搡着，误入这条几乎挤攘得看不见的阡陌。我被蜜蜂轰出来。两旁竟有这样盛大的花潮，简直要把我卷走，吞噬。我坚信，我与它们不属于同一个时空，因为我（也许还有更多人），太过单调无聊，没有这样的丰仪瑰玮，对这个春天了无贡献，做人枯燥无趣，阴盛阳衰，不配与它们为伍。河流在曲折地奔流，一路掠过春天的髫鬓。平原太阳如炬，油菜花的潮水已经湮没桃李的矫情。没有多余的庄稼与杂草，这是霸气王者之天下，不可与他人分享。我估摸着许多人，没有任何道理与它们相逢，几无讨好和谄媚的资格。让他们待在原地吧，让他们和油菜花老死不相往来。一个在虚构中捉弄语言的人，在文字里像吝啬鬼一样算计，这些田野上热气腾腾的生灵与你们何干？宏大的叙事，蜂鸣和花。越往前，阵势越大，哪来的一场海天盛筵？谁让它们盛装华服，花雨纷飞？谁让它们琼浆玉液，芳菲缠绵？谁让它们龠舞笙鼓，举酬逸逸？

花的香味惊起如雀羽，扑棱棱地带着扇动的潮湿，空中似乎飞翔着无数条金蛇，侵入你的呼吸，让你窒息。一个花粉过敏者被花粉治愈了。这是有可能的。在花海中不请自来的彳亍客，把臃肿的衣裳扔向天空，这是解开身体放荡的最朴实理由。

我挣脱了为争看几株樱花的拥挤，仅仅是局促内心的人，同时可以置身于一个用亿万支花朵装扮的花事大典，成为唯一的检阅者，山呼万岁。在汉江和长江的两岸，被浪抹平的广大的江滩，从碧绿的江水倒影里，看到油菜花的火把在两岸肆无忌惮地燃烧。这场野火的发起者怀有狂喜的童贞，他将焚烧掉冬天无缘无故带来的全部绝望与晦气。有可能，顺着逶迤的江水，一直把这近乎淫荡的黄抹到你的窗前。谁的家正好在这里？掸掉一襟花袖，谁正在花间酒气地抚琴默坐，或者抱膝长吟？为一种香，爱一个人。为某个月份，不惜背叛所有的年纪。为表达一朵花，不惜毁掉一生的名节。

这花粉的播撒是绑在阳光上的箭，射向毛茸茸的大地。难道布满天空的花，只为唤醒一首陈诗和一个理屈词穷精神恍惚的诗人？一个蛰伏在每人心底的秘密，一个被理智和隐忍碾得发扁的愿望，许多时候，我们没有机会表白和参与。点燃火把，纵身跃向春天的堑壕。我想问，那些疯子一样的盗蜜者，那些蜂子，是从哪儿偷袭过来的？仿佛，它们已经窥伺了几个世纪，重兵集结，把所有的蜜，抢回它们的箱箧中。

我不能被这些花灼伤眼睛。我的双眼只适应在森冷的书房和单调昏暗的光线里，像一只书蠹在暗无天日的文字深处，吮吸那些昨日纸浆的水分。无法啜饮这样的美酒。熏风漫卷，被你绑架。我害怕再有僭越之心，无法撑到花谢之日。

所有的村庄都在沦陷，雀巢向高枝逃窜，这个季节，一样的命运。风摇荡着它们的时候，所有花粉的烟雾冲向天空，人、鸟羽、村庄、道路，呛在整个黄色的香霾之中。

一些蜜蜂醉倒在花丛。我不知道它们的梦，但它们的爪子上，沾着裹好的花粉团。田埂上返青的苦苣、灯盏草，茂密的野韭菜、野芹菜、地米菜，都被那些饕餮的寻芳者拿下。一些野绿，一些野红，一些野白，比如一株桃、一株杏，并不比人和村庄更寂寞。

每一个撞入此地的人，不再相信别人所说的春天。那些关于春天的字眼儿早已孱弱无力，犹如哄骗。就算到了春分，书上已经莺飞草长，大雁群来，寒木初芽，花团锦簇，但许多人心中依然冬声袅袅，如果，你不遭到野外迢迢陌路的牵绊。我踏着枯草，到处是干爽的田垄。假装走亲串戚的一员。远处白墙依依的村庄，仿佛是我的家。仿佛，我在这里背过锄头，或者在这里闹过革命。仿佛，我是故人，有着很深的乡愁。这片土地的密码，在我脚步的丈量和手指无所事事的扒拉中。

那些从未被我们歌颂和看重的地方，野草和油菜花生长了一千年。小南风将对这一切不理不睬，懒洋洋地往别处走去。也就是从这个村，到那个村。从这条河流，到那条河流。

我坐在油菜花原野的尽头，听着蜜蜂的嚷鸣。我是大地的一分子。我不爱凭空冥想，只喜盘坐田头。世界多大无所谓，追花夺蜜，随波逐流，与这农耕时代的金粉世家，浪迹天涯。

上海，那里

喜欢一个城市，肯定喜欢上了那里的一个人。

如果你对一个地方既无恨也无爱，这个城市就是虚无的。爱一个地方，是一个人心灵的隐秘，就像清泉流淌着。

在我年轻的时候我来到这里，这里依然是工业和商业异常发达的热闹之城。应该说“那里”。那里是一个人们在封闭时代难以踏入的远城。有一条长江通向那里，那里是长江的尽头。长江上巨大的申渝轮和“东方红 ×× 号”，吞吐着万千气象，拉着沉重而雄阔的汽笛，载着高贵的和低贱的人，有坐头等舱的，有坐二等舱的，有坐三等四等舱的，也有坐五等舱的——那里空气污浊，人们席地而坐或席地而卧。在雾气蒙蒙的洗澡间里，素不相识的人们赤身裸体，奋勇洗着浑黄的江水。我揣着单位的介绍信，我到了上海，只想拥有一件的确良树脂领衬衣。结果我看到了最触目惊心的景象，有一条黑色的河流穿过这个城市的胸膛。这条河有一个好听的名字：苏州河。为什么书上没有说？为什么当时每个单位都能看到的《文汇报》上没有说？这是那个时代的谎言和无耻的缄默。苍老的租界房子丑陋骨感，街道旅社溜滑的浴室让我狠狠地摔了一跤。对上海的愤怒就此产生了，无端挑剔它的毛病，看什么都不顺眼。

我听说上海人一家只住十个或更少的平方米。我认为是这样的话，人比猪狗还不如。在乡下，一个猪圈也有五六个平方米。可他们说他们拥有的公共空间比乡下人大，且是乡下永远也没有的。乡下有上海大世界的十二面哈哈镜吗？乡下有外白渡桥、外滩吗？乡下有十里洋场的霓虹灯吗？乡下有和平饭店吗？有城隍庙和动物园和大光明电影院吗？淮海路和南京路说不定就有属于他们家的一平方米。在夏天的时候，第一百货的层层楼道里坐满了乘凉的老人。这个大楼是他们家十平方米的延伸。所以这些人热爱上海，而不会热爱乡下。

这个说法我一直弄不明白。是你的就是属于你的，不属于你的怎么成了你的？上海是属于上海人的，当然不属于我们这些土不拉叽的外地人，滑一跤是便宜了你。上海的女人从弄堂里出来，穿着白蓝相间的睡衣，头上夹着红红绿绿的卷发器，趿着红色拖鞋，袅袅婷婷。虽然她们是从幽暗的小屋走出的，但出了门就有豁然开朗的感觉。她们真的很幸福吗？来了客人会留宿吗？会做饭给客人吃吗？如果一家三代挤在十平方米里，他们怎么转身？怎么入睡？怎么进行生儿育女的快乐运动？

因为我在船业社就是住十平方米，我回去后久久地想这个问题，除了我这张床——假如是夫妻睡，那么孩子们睡哪儿？他们的父母又睡哪儿？这个问题困扰了我多年，结果我对城市充满了最初的厌恶和长久的抵制。

但是我有了一件橙黄色的确良树脂领衬衣，这在小镇上是从未有过的，人们全都在量体裁衣，没有谁有钱去买成品衣且是上海产的的确良，顶多会有一件自制的非的确良假领且没有树脂，只能穿在里面哄人。我一直十分贫穷，家里从来不管我，一直穿最差的，没有女人爱我。可我有了一件真正的上海产的确良树脂领衬衣，还是最好的海螺牌的，陈某人完全脱胎换骨了！一下好像步入了富翁的行列。它的半透明，它的无皱的质地，它的衣领的挺括，它的“浪打浪”，它的颜色，可以说照亮全球。仿佛一切都改变了，世界全在我的掌控之中，自卑变成了自信，蔫巴变成了强健。我还知道了我穿“40”的。“40”是什么意思，我至今都不明白，但对“40”的知晓，就是与上海的对接。对上海的讲述，我肯定会忽略一条乌黑发臭的河流，而提高它楼房的层数。几年以后，穿破的树脂领又翻了个面，又成了新的。它一直鼓舞着我。

再说说那条黑色的河流。在那个年代，河流是黑色的算天下奇闻。河流臭到像臭鱼烂虾的地步也是天下奇闻。当它汇入黄浦江的时候，黑色的浊流像是恶搞。这条河是谁将它染黑的？关于工业污染，在当时还是一个陌生的名词，我们乡下人看见的河水都是可以饮用的，顶多因为浑浊加一点儿明矾。当然现在看到中国不黑的河流算是奇闻了。在当时我想，它何以如此？为何如此？一阵阵腥臭的气味摇荡在上海的上空。这个城市的市民竟然无动于衷，表情平静。仿佛河流变黑是很正常的事，这本来应该是一条污沟。人们依然在河边踱步、行走、谈情说爱和接吻。高楼上晾晒的衣裳依然在迎风飘扬。这个城市的生活与这条恶变的河流没有任何关系。更令人惊异的是，这条“阴沟河”上却有无数的船只来往行走，人们在黑河里驾船扳舵，机声突突，仿佛地狱里的景色。黑色的波涛击打在岸壁上，岸壁也是黑色的，被墨汁涂了一样。仿佛，它依然叫水。仿佛，它依然是一种我们从未见过的生活，来自遥远的城市，变成我们心上黑白分明的一种情感对抗和现实留言。

现在我已老了。现在我身着名牌。现在我被人买好机票到处乱窜，有车接送。世界上一万条河流变黑我也不以为然，胸有宇宙景象了。宇宙中的地球是一个小黑点，把它抹去又有什么不得了呢？能改变宇宙的现状吗？因此，所谓是非，所谓好坏，所谓黑白，都是不值得争执的，由它去了。我每次到上海来，我每次借道上海往别处去，一次一次地发现上海正在无限度地膨胀。城市的膨胀是人心的缩影。上海越来越远，远到浦东机场之外和江苏，几与江苏苏州相接。甚至浙江山里产的针织品和电器配件都打上了上海的招牌。所有江浙的都是上海的，江苏和浙江像是上海的郊区。上海那愁肠百结的立交桥，将我的思维缠得一团烂麻。这些立交可以让我快速前进，让我忽略一个区又一个区，一条街道又一条街道。在立交上看那些匆匆闪过的、夹在高楼之间的黯淡弄堂的屋顶，上海旧时代的风景，现出窄窄的缝隙，底下就是曾经古老而平静的生活。它如此破败，即将被大厦们一口口吞噬。一两个穿着睡衣、夹着卷发器在弄堂行走的美丽女子将被斩尽杀绝，或把她们流放到遥远的郊外。所谓保护传统的里巷文化之类，不过是这个霸道时代的一点儿施舍与同情罢了。所谓文人、知识分子醉心的这种文化，不过是由一些乱搭乱盖的破烂建筑和纠缠老化的电线，以及虫蛀的歪歪欲倒的木梁门框、衰老的人和颓败的散发着霉味的陈设所组成，被暴发户一样的时代暗暗耻笑。

上海正在泛滥，像没有约束的七月之河。上海是一个洪泛区。它的泛滥横溢使人感觉生活不能安定下来，人心不能平复，人们也不能对一个城市获得他想要的完整印象。印象是一个有边界的东西。起自哪儿，止至哪儿。如果它像宇宙一样浩漫无际，人会丧失掉他的把握能力，变得茫然不知所措，变得悲伤和发疯。

那一天早上，我从上海大学参加完文学周去机场，大雨滂沱，电闪雷鸣，天空到处是破碎的红色裂纹。我真想躲避这场雷暴，我惊恐惶然。炸雷在我们车的前后扔下一颗颗重磅弹。这是一个处在惊悸之中的上海之晨。我多想让司机停下，找到一个安全之处。这时，一直沉默的司机突然说话了：

“你知不知道，昨天我们上海出了一个英雄？”

我只想赶快得到浦东机场的庇护，躲过霹雳的追击。我“哦”了一声，声音打着颤。我知道他说的是谁，是杨佳。

上海已经跃向世博会，跃向了那栋奇怪的红房子，跃向了迪斯尼乐园，跃上了东方明珠电视塔、金茂大厦、浦东国际机场、国际会议中心、磁悬浮列车、国际赛车场、环球金融中心；同时也跃向了“楼脆脆”和“万头死猪奔黄浦”的新闻之中，犹如苏州河的往昔。

喜欢上了那里的一个人，肯定喜欢这个人所在的城市。我爱那里，这是我心中的隐泉。

冬

从北方刮来的风在江汉平原上横扫的时候，会听见土地深处传来的反抗和怒吼。不会沉默的。它何必这般壮烈？杨柳细腰、荷风习习的时候会有这么一天吗？有时候，又觉得它很悲怆，像在哭。抗议和哭诉，就算是嘀咕吧。是有点冷，芦穗没有被折磨得倒下，还在白皑皑地微笑，田里的稻茬烧黑了，满目疮痍，就像日子不能再过一样。但另一边，菜畦里一片嫩绿，从苍凉枯黄的色彩里挣扎出来。萝卜长得碧生生的，叶子张扬肥大。不过畦边上的被鸡鸭给啄吃了，只剩下光光的茎，像狗的肋骨。大蒜披头散发，像一些时尚青年的爆炸式发型。莜麦菜很细，茼蒿很密，菠菜很浪，包菜很紧。它们自己把自己收拾得干干净净，没有哀怨，全在葱葱地生长。我不想成为选择冬天成熟的植物，仿佛要费很大力气似的，仿佛是个假象。就一起怒吼与死去吧，在夜里北风的蹂躏中无望地控诉和咆哮吧，让它们，让风和寒冷嘲笑去吧。就说寒冷，不要怜悯，经受，也忍耐，满腹深仇，无缘无故的，都是好的。

神农架的冬天似乎就是这样，一个用冰雪和森凉制造的世界，在越来越远的群山间白着，一夜愁白了头发，犹如一个传奇老人，躲在高寒山区里，冥想着天地的大事，像另一个世纪的哲学家。

不能出去，只有火炉。晚来天欲雪，能饮一杯无？这是无可奈何的生活。在这样的时候，你会想得非常简单，掐一把水灵灵的蔬菜，切几片用新鲜年猪腌制的腊肉，看它冒出的热气与香气。当然还得要几个说话的人。冬天会让人的期待变得很琐碎很低级。在河边砸着冰凌片，有野鸭惊飞起，它们是冬泳队员，无家可归，自得其乐。

我不会想很远，就像一只在火炉前打盹儿的猫，只做着眼前的梦。火炉让人想到回忆和老年，那些温暖但无力起死回生的日子。我喜欢在冬天里缩手缩脚地到处走动，风很干硬，站在雪山前和站在田野上都一样。不会赞美冬天残酷的美学，呆立和惊讶，是一种本能。我在神农架的冬天里看到过猎狗在雪地里追逐一只野兔的壮丽景色，雪团从树上突然砸下来，崖上的冰瀑像是垂下的万支剑刃。如果你不像狗对雪原上的猎物保持兴趣，冬天依然是灰暗颓伤的。也不想成为一只冬天与死神赛跑的小动物，在雪地上留下艰难觅食的拙劣足印。离城市越来越近的平原上，没有封冻的河流会有波浪近乎音乐的流淌声，好像冬天远没有到来。水鸟依然像平时一样大喊大叫，但扇起的浪烟是要让大地发寒的。

乡村里的人与物却过着他们真正的冬天。我喜欢看他们的表情，远远望去像是冬眠的村庄，其实有着自己活惯了的生机。雾很大，地上一层霜。过一会儿，抬头一望，太阳出来了，哗哗地往上升扬，遭过霜打的油菜地像群鳞耀跃，吐着冬日的光芒。这真是奇迹。枯草闪闪发光。还有人在田中劳作。冬日的田翻耕后，露出了酥润的墒情，泥巴冻成了粉状，好像春天从土里拱出来了。一只喜鹊在油菜地里啄食虫子。冬天的太阳如果升起来，真是叮叮当当地响。地上浅浅的麦苗在摇晃，土里有了暖气，呼呼地往外冒。看呀，村里的狗在阳光下欢呼雀跃，鸡们则躲在草垛背风处晒太阳，畏畏缩缩地蹲着，每个守住自己刨出的窝。鸡中的公鸡耐不住寂寞，突然骚动且雄起，在太阳下乱跑，咯咯大叫，显得没心没肝的。狗冷冷地看着鸡的表演。有这样的小气候，世界多热闹。

没有谁想濯濯的花日，这一天总是会到来。时间很慢，人心不急。有时候目光短浅一些会看到很多平时觉得没有用处的欢乐。冬天的痛苦浮在皮肤的表面，心中还有热肠。一切都控制不住。草色阑珊，诗书翻过。就跟随冬天而去，保不定把你送到灯盏花旁的又一季灵感里。

村庄是一蓬草

常常，看着你，对视着你，注目着你，远远地，就是一蓬草，野草，杂草，荒草。你在没有路的地方，路最深最远的地方，在天的涯岸，水的尽头。

被人歌颂过，突然出现在很远的陌地，书写的人与你有血缘，也姓草，可他的声音很微弱，你听不见。也可能出现在无病呻吟的中小学生作文里。歌颂过它头上的一朵野花，可你无法歌颂它在冬天里干枯的面容；躺在上面睡一觉吧，一觉醒来，你已人老珠黄，不识前路，衰草渐渐掩埋了所有通往春天的道路。花成烂泥，落叶满径，相识的人也各自东西。许多人都死在离开村庄之后，他们的音信，就像暮色中最后炊烟的尾声，化入时间混沌苍茫的梦境。

我愿意用"它"，更客观，而不是"她"。这样我将少受良心的谴责，说到它的痛处，不至于让我太过难受。

上帝耕耘着大地，却没有人侍弄村庄。这些自由散漫的野草，在茫茫的田野深处，在田野中，在山缝里，在大漠里，在我们看不见的地方，在你走不到的乡下，在胡乱生下我们的地方，在我们糊里糊涂就长大成人的地方。常在雷雨中赤脚行走，在有血吸虫的湖中玩水，晚上曾在草垛中与虫蛇同眠，无缘无故地被狗咬过。好像时间的箴言：你将兀自茂盛，也将兀自衰败。大自然的弃儿，风雨中的浪子。

是谁使大地上布满了村庄？就好像有人问，为什么世界上有如此之多的野草？没有答案。没有路，肯定没有好路，狭窄，弯曲，危险。舟车劳顿，千辛万苦，还要走向它。你爱它，或者疏离它，或者怨愤它，再或者，抛弃它，你不可能不走向自己的家乡。你永不回家，你的心，依然顶着漫天风雪，寻找你曾经的家门和稻草铺垫的床榻。你的心即使不能到达，你的梦，说不定，哪一天，垂垂老时，或者得意忘形，不想回忆它时，你的梦，你的噩梦，会把你带向故乡的村庄。因为，你虽在富贵繁华处，你的灵魂却依然衣不蔽体，永远在那个村庄寂寞无依地游荡。我很自卑，我来自草莽。可我不会掩饰和逃避。我结草为庐，我喜欢草窝。那又有什么？

容易这么说。

村庄总是仓促形成的，在仓促中生长和生育。也许，在田野上劳动求食的人，要有个睡觉的地方，于是有了村庄。也有一些四处乞讨的人，走累了，决定停下来，于是有了村庄。人是村庄的草籽。当你走进村庄，狗的狂吠分割了它们。原来小块小块的村庄，是狗的叫声守卫和划分的。一蓬草，有一根根的草。它的危险来自狗，有时是蛇或别的。鸡在无缘无故地乱跑，畜圈飞舞着蚊虻。一些俨如上上个世纪的、面如斧劈、灰头土脸的人在默默耕种，在村里走来走去。像是梦魇。你也可以以镜头或语言说，这是世外桃源。但是，狗的狂吼依然络绎不绝。你在想，真是一蓬野草啊，村庄不欢迎陌生人和远客。

夕阳下、烟雨中，它无比美丽，我拍照过，我写过无数的美词，还有浪漫主义的诗。到了晚上，野草开始疯长，一个个村庄像黑暗漫上来，星星，萤火虫，还加上有一声没一声的牛叫和狗吠。还是狗吠，村庄的歌，永远的恶调，诅咒和警告着世界，宣告它们威严的存在。我偎在床上，像潜伏在草丛里的兽，我突然会变成兽。当我在村庄里待着，走着，躺着，面对星空大野，突然感觉自己就会变成一只家禽或是一头牛、一件农具。那些在圈里嚼草反刍的牛，或是墙角那在灯火的盲处泛着汗水之光的犁，都是我们，也是他们。村庄的草籽，村庄的祖宗，村庄的人。再可能，从农家的饭桌上走出来，微醺时，眯眼一看，啊，那些紧守村庄的，在田野上劳作的，我的乡亲，一个个酷肖与他们亲近并饲养的家畜、摆弄的农具。他们分明就是一头牛、一只羊、一张犁或者一把锄头。当然，他们也可能是蒿艾、蒲苇、葛藤、植物的块茎。

对天发誓，我从来没有见过村庄的春天，就犹如没有见过草们发青和抽芽的时候一样。村庄里的桃红柳绿，不是村庄这蓬草的春天。这些村庄，一律地老。砖，瓦，池塘，石磙，树，炊烟，河流，鼾声和月光，都苍老，像是存在了一千年。事实上，许多村庄可能活得更久，两千年，五千年。为什么村庄总是一个个老人，难道她没有过青春？不可以是一个小媳妇，一个小姑娘？或者，哪怕是一个莽里莽撞的愣仔。没有，村庄也许一开始就是老的。因为它叫村庄，所以它才衰老。它的老年斑和凹陷的面颊、青筋暴暴的手就是农谚、习俗和耕种的经验。它必须是一个老人。轻狂无知、豆蔻年华、搔首弄姿不配成为村庄。

面对一个衰老的长者，不说话，只是拉着它的手，用体温交流。因为它从心底里不再愿意说话。或者它根本就不会说话。沉默是村庄的品德。村庄没有嘴，它嘴巴漏风，牙齿脱落，喉咙嘶哑，它喝过传说中的时间的哑水，它是个哑巴。从土里伸出头来，堕入无边无际的沉默。只有风声模仿着它，穿过无数的小路和巷口，竹篱与窗棂。当雷暴出现的时候，它就趴在泥泞里，披头散发，簌簌发抖。在冬天，它更是衣衫褴褛，一任世界欺凌，袒露在天空之下，任风雨雷电疯狂得意地挞笞，一声不吭。它为什么会是这样？就因为苍老，羸弱，傍土而居，不会表达，沉湎于太久的往事？它的怀里，死去了太多的人，睁开眼睛到处散布着高高矮矮新新旧旧的坟。它已经麻木了。再说，它经得起它们的抽打与蹂躏。草虽老，却不会死去。

村庄全是些晒太阳的老人，和磨得越来越旧的农具与房屋。一个村庄又一个村庄从我眼前飘过的时候，我看见它们的哀伤，在深深的无言中大美着。说吧，村庄；说吧，野草，为什么你一言不发？你灯火低矮，屋顶黯淡。在朝暾中苏醒，在星空下沉睡。

每一次，往村庄走去的路上，都是百感交集，恨爱交织，拼命从心底里挖出对它依恋的理由。我逮到过一只漂亮的鸟，就逮到了想你的线头；我曾被人塞过一块糖，我就找到了甜蜜的理由；我被蜂蜇后抹过哪家媳妇的奶水消肿，就滋生了朦胧的爱意……这种幸福就像我人生经历中遭遇厄运后太多的支援，像我奋斗中的感恩，所以，我找到了写下村庄的理由。歌颂野草就像歌颂我的命运。走近一点儿，亲爱的村庄，我如果哭过，我也不会妥协。我，一个草芥般的旅人，一个村庄的衍生物，一颗草籽的后代，有着强大美好的生存力量和趣味，我生命的葳蕤不取决于他人和泥土，取决于我的基因。给我一个墙缝，我也有春天。尽管，亲爱的村庄，你老了，你的门楣，不再用柔软厚实的手摩挲以往主人进进出出的头顶，你的台阶长出了蓟草和青苔，你的墙土扑扑地往下掉落，獾和鼠成为主人。车辙恶狠狠地砸在道上，破缸、坛坛罐罐随便扔弃，装满了水，养着些蛤蟆和孑孓，一些不该留下的缝隙里会有蛇和蜥蜴。上苍选择永恒，却疏漏了你，你将慢慢随风飘去，化为尘土齑粉。但是，那些与我们生命中的欲望和禁忌紧紧贴在一起的东西，给我们的行为划界的东西，是不会老去和消逝的。但愿如此。

不要伤心，村庄。我听出来了，你的内心像冬天里莫名从原野上划过的哀鸣，仔细倾听，是风？是树？是水？都不是，是村庄，蜷缩在大地深处的村庄。

村里的墙又在风雪中訇然倒了一片，就像叶子又落了一层。一些上锁人家的窗户破了，就像草叶被虫子啃了。我会在村子里不停地徜徉，让你记住我的身影，哪一天，不要不理会我终将被你拽回的亡灵。当我的心因莫名的颤抖而摇晃的时候，村庄它更像是一蓬草，在目送我远走的天的尽头，摇曳着，沉入夕阳。

所谓故乡

所谓故乡，就是总梦见那儿的鬼地方。

所谓故乡，就是有个理由可以矫情一下，说“很怀念”的那么个地方。

所谓故乡，就是想哭哭不出的地方。

很破，有些恼火。河流淤积了，池塘变成了旱地。好端端的庄稼地或者小路上耸起了几个坟堆，瘆得慌。估摸着这是谁，这又是谁，心情很不爽。老人们走着走着全走进了土里；不该走的也走了，闻之令人唏嘘。咋地啦？这世界不按规矩出牌……唉，一大堆伤感的事儿，就是故乡。

草黄了，阳光本来有些温暖，狗又咬我。狗是当代的狗，不认识我，古代人。少小离家老大回，回到家乡不见家。家都不见了，成了油菜地，旁边垃圾成山，还有些破败的房舍，别人的，想起往昔。

故乡人给我一本故乡人写的诗词（一个什么会刊），好像是替谁做宣传似的。何必这么殷勤做别人的代言人？那时候你们这些老前辈没被整得半死？没吃的，剥树皮吃。你们的家人破衣烂衫，那时你们写诗也说“齐欢笑”“欣逢盛世”，今天又“欣逢盛世”。中国的盛世咋都叫你们赶上了？又是好风光啊，又是杨柳青啊，又是好政策啊，又是阳光灿烂、百业兴旺啊，又是农村处处歌声扬啊，还河水悠悠啊，船棹轻轻啊。河道已经改了，房子没了，过去的欢乐也没了，墙基倾圮在水里，一切都变了样儿，物是人非，你们咋这么高兴哩？咋这么革命的浪漫主义哩？对坟冢，对痴呆老人，对肃杀的冬，对颓败的房舍，对明明浩荡过如今却狭窄的河流不闻不问，究竟是为啥哩？儿时的荷塘和游鱼和蛙声和碧绿的水草都消失了。一些破破烂烂、因陋就简的农家乐，吃的狗和土鸡却是新鲜的。咕噜咕噜冒着红艳艳的气泡。这些活着的人对我们山川地貌的改变无动于衷，只知道找味儿重的菜吃，吃火锅，一个火锅，两个火锅，三个火锅，一桌都是火锅。加上烈性酒，加上烈性烟，加上烈性辣椒，加上烈性酱萝卜，加上一些随吃随扔的软巴拉几的一次性塑料餐具，好像是吃了就上战场一去不回头似的，好像要把世界吃光，把党和人民，和国家、自己，把故乡把人生把阳世吃垮似的。每个人两个胃，或者更多。都这么胃口好，仿佛医院是多余的火葬场不存在，可以吃一百年，一千年，一万年。还是这个毒狗肉火锅，怎么吃，我还在，还坐这里，还是满杯上。什么扯淡的文化啊科技啊胃溃疡啊酒精过敏啊，也不分男人女人，也没有谈情说爱花前月下，也没有职称，也没有贪污受贿卖官鬻爵群体性事件，也没有地震和水灾，也没有联合国，没有美国，没有南海问题，没有气候变暖，没有亲人，没有礼义廉耻，只有这个火锅围着坐，一醉成仙，成为世界主宰，当下存在。

那么些人，我都记不得啦。说谁谁，就是把人家肚子搞大破坏婚姻那个，判了十年……那个是跟某人的姐姐被人捉住了的……当年满身精气没处散，今日变成黄土堆。

在我少年的时候，没有乡愁，也不知道异乡，只有满身心的愉悦，只想吃和玩。后来有了乡愁，是去了很远的地方，故乡抛弃了我。所谓故乡，就是水还在，而当年的少年不在了。少年在，那个时代不在了。时代在，而地方不在了。还有那些草，蒲草、蒿草、四叶草、蝉和蜻蜓、湖埂，这些与水有关的东西，不在了。

我是一个很坚强的人，想得很开，不易生闲愁。看别人的作品，总觉得窄窄的。当然，除非是愤怒。愤怒是需要境界的。一个日渐苍老颓败下去的故乡，不值得我去为之呼天抢地。有时想想，也就过了。

荒凉就很好吗，未来如果没有荒凉开垦，全是硬化道路与楼房，与桥，故乡还有什么意义呢？我认为野草摇曳，断墙半陷，就是故乡最好的记忆，就是真实好看的故乡。

问题是，你非还要说我们故乡河水清清，兰舟桂棹，那就夸张些了。有比作家更黑更损的，说，你们要我们爱国爱家，爱个什么？摩托车这么多，到处撞死人，垃圾遍河没人管，只管经济，只爱商人，商人来了哈哈笑，GDP上去了，官员升迁了。升官又不考核垃圾，又不考核河流，又不考核文化。五十年前是没有现在吃得好，可五十年前有雪，有清澈的湖水，有水草。我要你现在还我水草，你有吗？你永远没有了。我可以不要那些选举啊民主啊之类的洋玩意儿，我要水草，一钱不值的水草，你有吗？

为何？留恋人间美景，花花世界。人世间的东西，都是可以宽容的。

其实，所谓故乡，就是希望你给我一个名分，不要太霸道，以沉默和遗忘为霸道。我记得你，你不记得我；我叨念你，你不叨念我；我走近你，你不走近我；我疼痛，你不疼痛。你就是一把时间，让啥都腐烂无存啊！

所谓故乡，就是心越走越近，而人越来越远的地方。

高黎贡之路

一

去往贡山的路，在天境。

贡山，高黎贡山。云彩在爆炸。云之南方的云，一阵一阵，一排一排，以大阵势向天空卷去，它们是天空的天花板。群山聚首。这高旷邃远的高黎贡，太高太高，谁给予它们如此崇高的礼遇？生命如此庞大，谁能够铲除它们的存在？谁能够掐熄怒江的怒吼？没有仇恨，因为充沛，所以怒吼。生命如此，不可改变。那个命名者，是它唯一的知音。

从怒江傈僳族自治州州府六库出发，一直沿着怒江前行，过了腊玛登，怒江大峡谷更加深切，水流更加湍急，山色更加狂野，天空更加高远，气象更加多变。流石滩与瀑布直冲而下，那些高山上种的玉米已然枯黄。树在拼命往山顶爬，巨大的石头也爬上了峰顶，蹲在最高处，像一尊尊传说中的巨神。这里是神的国度。

怒族人称怒江为“怒日美”，意思是怒族居住的大江。这条发源于青藏唐古拉山脚下的大江，在高黎贡山和碧罗雪山的猛烈夹击下，使滇西切开一条巨大的伤口，形成两千多米深的大峡谷，一路直下，挟持着万山水流，粗壮的水流束成瀑布俯冲而下，像数万条液态的飞龙，森林中的异兽，从山褶中，从峡谷中孵化而出，仿佛这里是水的诞生地。它们由云雾、苔藓、树木、石头羽化为水，开始飞翔。向着怒江汇聚、成长，成为晶莹的玉色美人，浩浩荡荡，变成咆哮的怪兽，变成怒吼的江水，变成不可一世的怒江。这些水，愤怒的、飞旋的水，仿佛流动的宇宙，仿佛是青铜冶炼的声音。这些碎裂怒号的星球，正在整理它们的形象与尊严，不仅让更远的人听到，也让更远的人看到，总有一天。

一路白练轰响，有如撕扯的风雪，被鹰煽动的激情。飞越石头的寒冽，鞭笞的喊叫，冰凉的火花，割开的高黎贡的血管，鼓动翻滚的翡翠矿脉，沸腾的峡谷。在深夜，在我们耳边轰轰奔流的水，在雾气和昏沉的山影里呜呜作响，来自野性山脉的广袤呼吸，与沉重的石块和黑夜胶着一团，纠缠打斗。“怒日美”，你在我的梦里如此嚣张凶猛，像是永不能征服的恶魔卧在榻前。

无法航行，但它是江，不可驾驭的水。一个狂乱的巨人，在峡谷里嚣嚷。永不枯萎的喉咙，用旋涡垒砌的声音。冰凉的诅咒。诞生一万次，死去一万次。漆黑的羽箭，土地深处的滚烫语言。推送谷物、米酒、剽牛和文面，创造土地、习俗和女人的狂潮。大地身体中的红血球，赤裸裸的欲望之躯，苍穹下的野生歌谣，摧枯拉朽的岩浆，宛如穿过洞穴的巨龙，旁若无人。高举自己生命的磷光，日夜不息地赶往安达曼海。

二

我走在贡山街头。我突然看见一个艳丽的边境。独龙族、怒族、普米族、藏族、傈僳族……她们彩虹般的服装让那些娇小的身影变得很有魅力。使在安静的街道上安静行走的她们变得有些神秘，不知道她们来自哪里，从哪一座古老的宫殿里走出来。从彩虹上款款走下来的吗？那些色彩是怒江和高黎贡赐予的，是给民族严酷生活的文面和彩绘。也许是一个民族的另一种图腾。

夜宿贡山县城丹当，怒江就在枕畔。早晨，高黎贡偎在浓浓的、厚厚的云雾被子下，整个森林依然像黑夜那么黑。天空的颜色单调而寂寥。云雾一动不动，依然还在沉睡。只听得见怒江在峡谷夜以继日的嘈吼。在这片广大密林深处的中缅边境，仿佛只有它们是永远活着的，并且将永远活下去，带着它们与生俱来的力量和生命。这片传奇的大地，因为怒江的涌动，每时每刻都在微微战栗。人们无法无视它的存在，内心轰响，辗转反侧，或者安然大睡。一定有许多感激的和魔咒的传说。因为恐惧，因为赞美，因为无法靠近。石头在水下翻滚煎熬，穿过高黎贡层层叠叠的围栅，敲打着大地的子宫。我一夜无眠。

三

我坐在另一个奔涌的江边。这是另一条高黎贡山的大江，一条同样深刻的大峡谷，在更偏远更狂野的地方。独龙江。这里巨石累累。曾经有更加迅猛的洪水将这些石头推到此地，成为沉重的、不能腐朽的地球垃圾，成为千万年坚硬的浪渣。当然，也许是很久的冰川之力。现在，这些水依然猛烈，深耕着河床，将更多的石头拱向岸边，但是透绿透绿。

狂暴的独龙江，奔跑的翡翠，高黎贡女神的手镯，我在石头上用泥块写下了这几句话。

高黎贡山巅使太阳过早地成为夕阳，阴影漫过独龙江。天空很矮，云朵触手可及，当它们划过山尖时，仿佛一把就可以抓下它。

一个文面老妇在路上走，她的牙齿掉光了，但面色红润。我想起在贡山县城一次碰见三个文面女。我与她们合影，其中一个还主动搂住我，那种带点娇羞的热情，让我措手不及。她们年轻的时候也许有比现今更热烈的爱吧，贝克汉姆把自己文成那样，他一定觉得自己更帅，而不是糟践自己，网上看到的外国文身简直是恐怖，但对他们自己来说，这就是美，大美。同样，独龙族文面的女孩可能更野性，更性感，更妖媚。另外，独龙人相信文面后到了老年少皱纹，事实如此，原因不明。不管理由如何，在滇西与缅甸和藏区接壤的深山老林里，在高黎贡山和嘎娃嘎普雪峰下，还有这样一个文面的民族，它像历史的活化石，最后顽强地存在着。

没有多少人能够走进独龙江峡谷，没有多少人来过。这里一年有半年大雪封山，在开通长长的独龙乡隧道前，这里的时间有一半是与世隔绝的。那些独龙族人，谁都不知他们怎么在冬天生活。是的，这里被人说是人神共居的地方，因为离天很近，离高寒也很近。

悬崖峭壁上的公路只是一条印迹。这里整个森林充满了野兽的气味。古木参天，天高不可名状。高黎贡越来越威严，古貌磅礴。从山上往下看，独龙江就是一条大青蛇，在峡谷的底部游动。这里才是中国最后的秘境。在中国境内的独龙族人约七千人，为最少人口的民族之一。这里与西藏察隅一山之隔，与缅甸也一山之隔。

守着一个火塘的独龙人，靠着那一蓬升起的火，如何熬过了一个又一个四面高山紧逼的沉沉黑夜？如何熬过漫漫寒冬？高黎贡山和满头白发的嘎娃嘎普雪峰、碧罗雪山，将对生活的隐忍、煎熬和悲痛一股脑儿地压在他们头上，围剿他们。

许多人梦游一样地走到这里，在清晨清寂的街头，我看到一个紧闭大门的商铺台阶前，几个空矿泉水瓶、一个歪倒的旅行背包。孤独的行者一定是喝醉了。他醉倒在异乡街头，数着独龙江夜空的星星。他有些寒冷，他内心火烧火燎，不停地喝水。他一定哭了。他想起家乡。可是他仍然喜欢这条翡翠的大江，这远离人群的独龙人聚居的深山密林，这古老民族的古老群山。清晨他决定继续行走，他忘记了他的行囊。他沿着独龙江一直往前，不会回头。他是谁？还有多少人这样，来到独龙江畔，一见倾心，醉卧街头？他满怀圣洁的爱，为了一次放肆的表白，他醉了，忘情于大江，丢失了行囊。

在这样的地方，会遇到文面女人的地方，在碧蓝大江奔腾的地方，在独龙人居住的地方，你应该大醉一次，应该一个人号啕大哭。

四

我们生吃松茸，蘸芥末。我们喝怒族的“峡拉”酒。酒是鸡煮的，用酥油。用漆树子油煮的酒最香，漆油焖鸡、烤羊肉。但有人对漆油过敏，今天不煮。还有漆油茶，煮漆油茶以砖茶或沱茶为佳，放盐，漆油是自己放的，不放不香。油腻腻的酒，一碗一碗，煮了三盆。酒鸡也可吃。去时路上喝拦门酒，走时喝送别酒，唱酒歌，有情有义的独龙人和怒族人。峡拉酒，“峡”，怒语指肉；“拉”为白酒。峡拉是将小公鸡垛成块，用酥油或漆油爆炒后加入苞谷酒、青稞酒，盖上锅盖，焖煮一会儿即成。

这种油腻腻的白酒，是菜？是酒？既是菜，更是酒。香，真香。

我们经过了怒江第一湾，经过了怒江第二湾。啊，从山上往下看去，第一湾湾出了一个坎桶村（“桶”是怒语平地的意思），像巨兽长舌一样的平缓坡地，在怒江的对岸。这条长长的、巨大的舌头，在碧罗雪山脚下，也许是一次远古的大滑坡所致。一个半岛。我在想，坎桶村的怒族人是怎么越过怒江来到人间？这与世隔绝的半岛，他们是怎样生活的？第二湾的扎拉桶村却很幸运，有一座长长的吊桥通往他们的村子。虽然长舌没有坎桶村那么壮观，但这个半岛却称为桃花岛，因为半岛上种了成片成片的桃树，每到农历二月十日，桃花盛开，这里就举行有名的桃花节。可是，我们如何能走到桃花岛上？这个说法是真实的吗？那不成真正的世外桃源了吗？

但是丙中洛的名气更大，它是一个藏族、怒族混居的地方，在一片更壮观的坡地上，它与西藏的察隅相连。现在，它在阳光下，在云雾中，稻谷金黄的颜色夹杂在村庄和房舍之间，藏传佛教寺庙的鲜丽、庄严都在我们的眼前。飞檐、白塔，散落在那片平缓的大坡地上，四周全是悬崖绝壁，全是神山。形似狮子的贡当神山，整座山体是被称作羊脂玉的白色大理石，“贡当”是怒族语“白色的狮子”。嘎娃嘎普，是高大的雪山之意，是高黎贡的主峰。这里的怒族和独龙族都把它视为本民族的发祥地，而当地藏族人民则将它列为十大神山之首。

我们转着藏传佛教的白塔，在嘎娃嘎普雪峰的风中，经幡飞舞，呼呼直响，我们的心开始慢慢澄清。

在丙中洛，我们看到了大片大片的格桑花，花像嘎娃嘎普、碧罗雪山一样干净，像佛的神态一样美丽。我们吃着松露、蜂蛹，买了猴结（母猴的百年月经与苔藓结晶而成），背了猎人野猪皮缝制的包，尝试拉了他们的弓弩。与西藏交界的石门关就在不远。石门关怒语为“纳依强”，意思是神仙也难过的关口。不远，就是隐隐约约更加高大的梅里雪山。喝漆子茶，听到了神奇的传说：每到春天，石门关山顶无数的大蚯蚓一层一层往峡谷里落，怒江里拥挤着成千上万的扁嘴鱼来吃蚯蚓，也引来成千上万的秃鹫和乌鸦。还说在本世纪（二十世纪）初的几年，每到端午前后，有数条颜色各异的巨蟒爬出山洞晒太阳，条条十米左右。石门关上的悬崖上刻有数幅藏文，都是为了镇住这些“龙”的咒语。1904 年，法国传教士任安守翻过碧罗雪山来到这个人烟罕至的边地传教，于是有了重丁教堂。它坐落在白雪皑皑的楚鹿腊卡神峰下。在碧罗雪山宽大的怀抱中，任何信仰都是可以容忍的。这是一种少有的风景。众神汇集，多么曼妙。

五

我们进入双拉村查腊怒族自然村。我们经过一个窄窄的钢索吊桥，我们走过了怒江。这是一个寨子，典型的怒族村庄，木棱搭架，石片覆顶。但也有用瓦盖的，有简陋的房子，也有高大的房子，有私家车。数十棵百年或几百年的核桃树在路边、屋前、山上。核桃掉落一地，没有人捡拾。村庄安静，狗不吠叫，羊群从村路走过，放羊的女孩非常漂亮，不像出生在这里。鸭子在山泉的水凼里欢腾。山泉从山顶流下，被截成几级水磨坊。水磨二十四小时自动磨面，人们只需到时去收面粉。稻子熟了，金黄一片。在一个叫赵兰英的怒族姑娘的家里，做石板粑粑的女人将荞麦粑浆倒在火塘的石板上，马上香熟的气味弥漫石板屋，我在火塘边添火。怒族姑娘们唱着她们的劝酒歌，倒了一杯又一杯“峡拉”酒，也是鸡酒，酥油煮的，竟然与我们的当地作家喝“三江并流”（两张嘴对一个杯子），对歌。

六

生存，的确是一种奇迹。

从怒号的怒江里，从碧绿的独龙江里，从莽莽的滇西原始森林里走出来，那无数白色的十字架，在遥远村庄的上空像是一只只欲飞的信鸽，像是有人擎起的白色的火炬，像是一个个投向天空的暗号。怒江的声响，独龙江的绿，是沉淀我梦境的明矾。云帆飞舞，烟霞激荡的高黎贡山，你的雪峰和森林是天堂的标识。侠客有长剑，众神有家园。没有了怒江和高黎贡，神灵将栖居和安息于何处？回到滚滚红尘，去圣化运动如火如荼。官民之间，一面是僵硬恫吓之语，一面是流氓地痞之言。我惦记着彩云之南的群山烈马，怒江之上的大水苍龙，我突然怀念那儿，那里才是我想象中的天境。

雪　夜

如此憔悴、如此疲倦、如此寒冷的夜晚，你是一个灰尘和俗世里的谋生者，被生存无端追杀得狼烟滚滚，遍体鳞伤，五内俱焚，恍惚痴狂。可你突然变成了一个静静的听雪者。由谋生者成为听雪者，是雪塑造的，一瞬间，你改变了身份。将寒冷凝聚得这么小，这么柔软，这么娇嫩，弱不禁风的雪，下起来了。在无边无际的江汉平原上，雪如此密集均匀而来，就像瀑布一样倾泻，就像一个人无声的大哭，就像死了爹娘一样悲恸，就像漫天的冤屈，就像一千万个神话中出现的场景。肆无忌惮，千军万马，奔腾直下。哦，这雪，已经难有这样的邂逅了，我用一本书和床头和被子的组合来镇住这突来的打击。一个听雪者，我的内心几快翻腾。我故意强装镇定，来掩饰我的慌张，仿佛等待恋人初来，深夜叩门。一个聆听者，面对着广袤雪原的深远和迷乱。雪使大地失去了色彩——虽然是森冷赤贫、衣衫褴褛的冬日色彩，失去了河流和沟壑、村庄和池塘。雪还使大地失去了所有的道路，但风雪中的夜归人找到了它。

“风雪夜归人”这五个字，是茫茫古典诗歌中最为深邃的一句，你无论怎样都解不了其中那份美妙奇特的意境。真是千里万里，千世万世，它穷尽了无数的话语和思想，让世界上所有的表达都黯然失色，味同嚼蜡。

因为还有风雪中夜归的人，我将分外安静。我的命运，就像此刻的我，赶在大雪封堵路口前回到了温暖安全的地方。虽然窗外一片混沌，黑夜变本加厉，让冬天变得越来越复杂。对有些人，雪不是好东西，像诅咒和鞭笞，像轮番的欺侮。

静静的雪夜，可以喘一口气了。一窗之隔，可雪落在离我很远的地方。我坐拥一床棉被，一个床头，一本书。雪下得这样大，有点猝不及防。雪如此之多，太过奢侈，太过奢侈！不能这样，让惊喜来得太猛，排山倒海，让人还没有完全的准备。天空太干净，就像大地深处的盐海，与我们的生活隔得太远。这世上有如此之多的卑劣小人和肮脏交易，有如此之多被践踏的污渍和俗不可耐的建筑。凡是人类生活的地方，必一片狼藉，包括人心。雪的到来胜过传说，就像是从遥远旷野里流窜而来的一群巨兽，抖落着满身蓬松的毛。太突然了，雪总是突然而至，又如此地与我们平日经受的生活不同，它的闯入，会让我们的心打一个趔趄，一阵绞痛。

大平原上这种漫无边际的雪，终于把世界碾平了。但它不是廉价的安慰。虽然充斥着假象，应当相信它这夜半辛苦而来的真诚，是全身心的。看，天空非常明亮，深不可测的田野也很明亮，仿佛是拂晓，雪是有光的。所有野外生存的小动物都似乎开始出动了，都在跃跃欲试，欢呼这样时刻的到来，都在暗暗地攥劲儿愣喜。挺住，意味着一切。不能让世界沉沦，梦也几乎快冻僵，需要像白银一样的雪安抚我们在冬天没有尽头的无助。

生活没有平等的时候，尤其在此刻。还有哪些人没有归来，还散落在雪夜的迷茫和欺凌中？一头落下的雪，是他们奔波的见证。

将大片大片的雪隔绝在门外的时候，有温暖在身，倾听世界在一瞬间变化的奇迹，这样的遭遇可说是千载难逢。有聆听雪在竹叶上发出声音的。我今夜让耳朵飞得很远，让它进入平原的深处，在沟壑和湖面上去捕捉雪的声音。是的，如果进一步，“隔牖风惊竹，开门雪满山。”还有明天从梦中醒来撞到这样喜庆安静、雍容华贵的早晨，眼睛被晴雪所洗，鸟群欢唱。这是后一步的事。重要的是，现在……我手捧着一本书，在灯下，向雪夜的深处致意。

在雪向更远的原野上推进的时候，村庄把多少梦境壅进更肥厚更暖和的空间，雪像刮刀刮走了大地上的屈辱，空气格外清新。在越来越干瘦的田园、河流和湖泊上，雪是它们最好的脂肪。

都在经受，慢慢地把自己变得矮小和臃肿。同时，更为宏大的景象将在明天发生。但我依然喜爱下雪的乡村之夜，一张床，一本书，一只聆听的耳朵，一颗往风雪深处疾跑的心。而心将消失，成为一片迷蒙的白色，成为在风雪中越走越远的睡眠。

雪花是最为神奇的圣洁之物，是上帝撒下的花朵，只为那些心中有空地的人开放。像是夜半出现的精灵，可你根本不知道有多少双忙碌的手撒下这样多的花瓣。雪花是天上的水做的。

多好的夜晚，在这么混乱肮脏的世界上，还有雪存在着，存放在天际。还有这样冷不丁就疯狂倾倒着整筐整筐水晶的大奇迹，还有这样乐观调皮的上帝在眷顾着我们，仿佛偷偷趁着夜晚给我们的门口放了一捆柴火。活下去是有趣的。紧接着，将是更为静谧的梦，在越来越巨大的飘舞飞旋中，在越来越深沉的落雪里，时间与最古老的信仰和幸福连接上了。

我等待着那些最后归来的旅人，肩扛着风雪，带来野外的寒气，跺跺脚，成为雪的信使。

三 月

三月，一个娇嫩的词，像豆腐一样嫩，生怕被冬天抢走。三月走着走着，变成了一个宽阔的、令人景仰的字眼。三月不是一个季节，是一种冲动。三月只有与农历结合才是温暖的，笃定的温暖，流汗。在农谚的三月天，已是犁耙水响，紫燕归来，寒冷已是强弩之末。虽然有“不吃五月粽，不把寒衣送”之说，三月不会管它，那是一些缺齿老人的过时忠告。许多农谚的字缝间早就温暖如春了：“七九六十三，行人把衣宽……九九八十一，黄狗歇阴地。”还有古诗：“吹面不寒杨柳风。”待在家里，还是厚厚的冬装，烤着火，缩着脖子，似乎就这么将冬天继续过下去。一出门，挣出一身细汗。噢，春天真的来了？太阳有些晃眼。我看见人们在微博里、在QQ上呼吁：该死的春天咋还不来？花，开呀，开呀！春天，再不来，我会让你哭得很有节奏！这种起哄似的、拔河似的、墙倒众人推的、恨铁不成钢的呼唤，春天就随三月来了。

可季节轮回很慢。春天是那种蔫性子，不像冬天生猛，一阵风吼吼地就来了。她从那些不知名的草芽上试探着，等人不注意，焦急得快跳河时，她来了。小小的风和小小的太阳，要你说，暖阳。多说几遍，死皮赖脸地表白。我真的暖吗，亲爱的？她来了，轻手轻脚的。有点弱不禁风，有点懒散，有点不在乎，还有点狡黠，有点调皮，有点浪，有淡香，不知从哪儿就来了。

鸟在窃喜，叫声宽厚稳沉。它们的巢，谢天谢地，终于不再在北风的漫长施暴中摇摇欲坠了，是暖巢，对，是暖巢，不再颠簸，可以做春梦了。春梦当然喜欢。如果模糊了农历和公历的界线，三月是一个憧憬词。一个不是乍暖还寒的怪物，一个没有阴谋和假象的日子，一个可以放心外出的天气，内心对这个世界有了信任感。三月是一种生活方式。三月突然让天空变得忙碌，纸鸢乱飞，燕子筑巢，蜜蜂采蜜。苍蝇和虫蠓也出动了，夹在天空的选美队伍里。

没有城里人的亢奋与滥情，没有夸张地投身它，不去凑热闹扎堆，这里看一下，那里看一下，摆个 pose，伸出 V 形手，傻乎乎地笑，上到微信微博，与花比美。三月在乡野委实太多，不值得大惊小怪，左一个三月，右一个三月；这个坡一个三月，那个沟一个三月；腐草间是三月，池塘里也是三月。不止几株樱花杏花，这不是一个大盆景的公园。三月在乡下漫山遍野，无边无涯。每一块地都是三月的集市，每一道沟也是三月的百货大楼。不集中，不刻意，不显摆，素面朝天，但香艳逼人，琳琅满目。也不尽是这样，乡村的三月还有许多残忍的残余，留着寒冬清算大地的证据。比如，一个草垛上、一棵树上，牵着吊着绊着葫芦或是丝瓜的枯藤与衰果，它们在风中冒充生命飘摇着，让春天无奈；一头脱光了毛的牛，有些蹒跚地在一丛青草前试着恢复味觉；月亮还是显得有些阴鸷，像是冬天最后的帮凶。对春风领悟迟缓的树木正在蓄势待发，但还没有完全醒来。屋前屋后的杏花急不可耐地向枝干攀缘，成团成簇，把这种树堆砌得花里胡哨，打扮得像个疯子。一株野樱桃却像一个村姑在水边羞涩地微笑着，很安静很安静。在三月的原野上，春天有许多敢死队员，在已经占领的高地上欢呼。我看见有两只蜜蜂嗖地从杏树上飞走了，飞向荠菜花开的田垄。那里的荠菜茂密广大，风吹过时，一浪一浪卷走，又一浪一浪回来。我不喜欢在这个季节盛开的泽漆，它们几乎要占遍荒野，花不像花，叶不像叶。它们的俗名叫鬼打伞，在荒山野冢，长得像另一个世界的伞阵，太吓人，太不识时务，喧宾夺主。但是回到城里，我会怀念它们。我怀念乡村的一切，包括我不喜欢的植物和野狗。

三月让田野和视野圹埌、无垠，越往三月的深处去，所有的庄稼和植物都像潮水一样暴涨起来。这是一个节骨眼儿，一个路口。阳光一天一天艳丽，天气一天一天通人情，像狗一样好使唤。天空一天一天高且蓝，终于，油菜花成了大地的新宠。她太强势，太霸道，目空一切，兀自癫狂。哦，这黄色的浮金，花蕾四射，铺在广大的天空之下，仿佛大地就是一场香喷喷金灿灿的盛筵。空气纤尘绝无，烟岚如缕，粉粉的，晃晃的，耀眼炫目。因这大手笔，整个田野色彩饱满，豆蔻年华，青春逼人。鹧鸪一声一声，叫声含着水雾。路边的野芹菜蓊蓊翠翠，半夏、天门冬、麦门冬、绿蒿也同麦苗一起茂盛着，水中的蒲草绿芒初现，榆树从疙瘩里抽出枝条，在阳光下抖擞着透明的小叶片。雄壮的高压铁塔手牵着手，跃向大地的尽头。偶尔一阵沾衣欲湿的杏花雨，很小，但是大地湿了，人的衣裳真的湿了。一会儿，太阳出来，像水洗过一样。太阳在田野上滚动，在温润朦胧的蜃气揉搓中，像一团铁泥向上抬升，红扑扑的，冒着热气，弹射到油菜花的花海之上，光芒四处流淌。布谷鸟的叫声从天空划过，但你看不到鸟儿。布谷鸟的叫声是春季的闹铃。

在这样的夜晚，在你的窗口，植物生长的气息会偷袭过来。我经受过的这种遥远乡村的春夜，根本让我无法入眠。像是在听一场吵架，像是所有生灵的不满和吼叫——虫吟如奔腾呼啸的潮汛一下随月光涨了起来，比着它们的嗓子。这是一个正在苏醒的夜晚。无论多远，春天都在。这些虫子，它们的声音咋就这么洪亮？书上叫虫吟。但我的乡村三月夜是吵闹不堪的，哪有低吟浅唱，就是大吼大叫。是不是这样的夜晚它们有太多的激动要呼朋唤友？是不是憋了一冬的嗓子已被月光清洗畅亮？是不是有太多的话要向这暖和的世界倾诉呻喊？它们是不是一群上访者？一次虫界的不知所以的群体性事件？这些从地底下一股脑儿钻出来的小虫子，它们比人的喉咙还粗，真是不可思议的怪事。蛙声倒显得很落寞，很清静，很淡定，三声两声，不想凑这个热闹。主要是虫子，太吵太吵。这是咋回事啊？难道不能静静地享受这上苍赐予的时光，静静地恢复元气？它们扯着嗓子，就像是每个的口里含着一块钢片。叫吧，叫吧，聒噪吧，三月无法阻止你们的歌唱和久别重逢。

细数，从大野上吹来的熏风，带来了油菜花、荠菜花、蒲公英花和野樱桃、野杏、野苜蓿花，以及植物和水面的香味。头脑一片空白，不要去分辨谁是谁，谁多谁少。田埂阡陌上，更多的菟丝子、灰灰菜、野豌豆、猪毛蒿、鹅不食、乱眼子，田野上一些有乳名或诨名的植物，都有了，一个也没散失。远远望去，整个村庄浮在油菜花海里，仿佛泡在蜜里一样。

我不嫉妒那些享受三月的人。我返回书桌前，开始满怀敬意地书写你。

天涯听海

一

海，蓝色的水，赤裸裸的荒原，鱼和波浪的牧场。这大地尽头的蛮荒，蛮荒尽头的大地，动荡的大地，眼泪和苦难的收集器。一条孤零零的线，帆的窠巢，人类幻想远方的标记。大海，地球上的绿松石。安详地沉睡，收藏着生物的骨骼和花纹，收藏着它们的襁褓和摇篮。等待着它们归来。

二

曾经，我是放逐的羁客，心狱的囚徒。我是幻听症患者，耳边混乱着市声的喧扰，歌唱、叫卖、警笛、笑谑、呵斥、诵经、金属的切割声、人欢、马叫、莺声、燕语。

海，仗剑天下的浪子。悄悄地潜行，你带着深穴闯荡的气息。警觉，清醒。你来自远方危险的地域，你来自天外，来自传说中的蓝。

我将文字写在波浪的恐惧之上。我将在珊瑚、海铁树和马尾藻的丛林中迷路。这大地尽头的悲伤，比秋更郁烈。天之涯，礁石像狞笑的海狮，陌生的天空和水鸟，陌生的巨浪。以粉身碎骨的造型，表达时间，永无尽头的倾诉，咸味的语言。一层一层赶过来的死亡飞羽，唤醒你身体里沉默的风暴。在盐的宁静深处，是人类最初的村庄。

三

此刻我依然倾听着你，大海。在黑暗中，动荡不息。沉睡吧海。在人类卑微的鼾声中，在灯火渐熄的远方，你可以屏息入梦，像一匹回厩的马，开始冥想。海太久远，使用地球最古老的语言，说着。星星升起来了。这些古老的精灵，在天上和地下应和着。涛声，巨人的足音。伟大的吟诵师，天穹下的夜行者。

四

别吵了，海。风也太坏，把你头发吹成儿时。听海，听哑人说话，听它吼，听它发怒，听它伟大的骂街，听它爱你。这个野蛮的水妖。

早晨的海，疲惫，娇懒，让阳光来刺激它。几条狗在海滩觅食，人不会缺席。一夜的涛声，你不会消失，你不会一声不吭。说些什么呢？寄居蟹在奔忙，从一个壳到另一个壳，没有安全感，到处是家，房奴。珊瑚和贝壳都回到了岸上。海汗流浃背，满身咸味；海，荒野的流民。夜不归家的人，醉鬼，地球上的守夜人。

太阳升起来了，海突然亮了，最妩媚的时刻，一只小船出现在远方。海，在晨祷中课诵，宏伟的钟声，浩瀚的经卷，太阳翻动它。听吧，这金色的梵音。大海如此仁慈，像残忍一样。海鸥凄厉，飞舞的圣徒，天空下的苦行僧。海在控诉礁石，把愤怒掷向它，花蕊边上的永远的恶魔。

五

伤感吧，呼愁吧，桑提亚哥式的伤感。纵然，你一辈子与海搏斗，靠海养活，海也不会亲近你。海，永远的生客，一样的面孔，冷漠，粗野，亢奋，混乱，雄壮，冰凉。狮子假寐时的宁静。当桑提亚哥不时梦见狮子的时候，他在恐惧，隐隐的，一个老渔人悲凉无奈的恐惧。把海刻在眼睛里，你会悲伤。海，我爱你。

那个老人对那条大鱼说："我只有杀死你才能爱你。"那个老人说："是谁打败了我？什么也不是，是我走得太远啦。"

他葬在海边的墓园，继续忍受大海慈祥的诅咒和安慰。一条破朽的渔船也在岸边，隔着沙滩，海在嘲笑它们。你只有曾经，而它有永远。海把一切变成往事。凭吊吧，逝者。死去的爱和征服，在古老的盐粒中腐烂。海岸，大地最荒凉的墓园，逝者的摇篮。海，催眠的谣曲，永恒的祷歌，风中奔跑的亡魂。

六

流水之上，眼泪成河。

他们爱你，却没有谁真正啜饮你。这呛人的水，属于鱼和死去的人。

风暴和鲨鱼的肆虐地。最炽烈的死亡，拥抱闪电的鞭子。劈开天空的罅缝，直到激起它的愤怒。不可侵犯的尊严，带着晶莹剔透的凛冽，掀翻世界。黑色的吼声，撕开笼子的困兽。让它们胆寒吧，冲向山冈和街道的你，扭断石头、椰子、棕榈和船。摧枯拉朽，手持毒辣的长蛇和戈矛，扑向觳觫的大地。痛恨它吧，海依然蔚蓝。无法理解它的暴虐，就像俯首称臣的云彩，对它敬而远之。

恨它。用无数攫取的手勒索它，把它撕成碎片。纵然有一万道枷锁和高墙，也无法阻止大海狂热地歌唱。

七

你海底的火山，煮沸着地球的脉动。

在它潮湿雄壮的嘴里，大海的吻充满盐粒的激烈芬芳，波浪的唾沫如愤青。我，海语的聆听者。请你浇灌我的血管，篡夺我的籍贯，改变我的口味，喜欢咸腥压榨下的美，动荡不息的汹涌生活。真挚的表达，默然的沉思，怆然的抒情。爱你，像衣衫褴褛的椰树，癫狂的爱，摇荡着月色和夜。应和着你的节拍和呼吸。用语言和文字制造潮汐。在真理的盐场，翻晒大地的隐私。

八

大海，星座的皇冠，宏大的教堂，响彻着潮汐澎湃的圣钟。

没有不能愈合的伤口，盐像时间的针，缝补着帆和远方。大海不会破碎，不会干涸。

让被风吹响的潮音，枕在耳畔。在海中繁殖着希望，倾听，也是一种凝视。承接它的潮汛，让贝壳里仅存的一滴水，成为大地的圣泉。

九

大海长着古老的牙齿，啮噬着海岸和礁石。这些百孔千疮的坚硬食物，撩拨着它的胃口。

海底的参天大树，长着甘露的枝叶。通过苦难的航行和盐粒的缝隙，慢慢渗透到根的深处。

那些伫望的岛屿，孤独中潜伏的影子，是大海的亲近之物。爬上岸的梭尾螺、芒果螺和蜥蜴，与它交欢。岛屿，盐制的坟墓。穿过坟场，那些腐蚀的墓碑望着我。一个驾驭大海的故事，被飓风一次次掳去。那些水鸟站在悬崖上，像传说中的神物，像天堂的群像。

我可以想象在你海铁树掩映的海底村庄行走吗，亲爱的海？一条鱼在村口徘徊。到处是我们久违的远亲。那些贝壳的房子里，住着擎灯的母亲。海底的光辉如大地的道路，四通八达。可以用珊瑚装饰我们的婚房吗，亲爱的海？可以荷锄采菊吗？可以在肥沃的田垄间耕种波浪，并摘下风暴的嫩芽吗？

十

所有的鱼都是梦游的歌手，佩带着鳍的腰刀，悠闲而阴鸷地鼓着它们的鳃，眼睛瞪着暗处，像面壁千年的隐士。

用鲸类的油脂涂抹那条海藻疯长的小路，和它们一起狂欢。海象、海狮、海狗、海豚、美人鱼，观看阳光降落的奇迹。苏鼠斑正在乱窜，方脷在踱步，怪头怪脑的老虎鱼鼓着浑身粗壮的刺，九尾鲨、尖嘴双髻鲨、斜齿鲨耀武扬威，海鳝、鳗鱼和蝠鲼像闪电，消失在巨大的水母和章鱼的追赶中。花蟹、海胆、扇贝、贴石鱼、膏蟹、刀鱼、狗母鱼、马鲛，把自己紧缩成一团的面包蟹。介子螺、橄榄螺、鹦鹉螺、刺贝、牡蛎、砗磲、虎皮斑纹贝，在几乎静止的生死轮回中石化。海星闪烁，像梦幻的生命。箭形鱼、蛇形鱼、带形鱼、团形鱼、雷形鱼，长着鳍的动物和飞鸟。用鳃呼吸的植物，在盐水中浸泡着，却生意盎然。

哦，这片囤积着盐和风暴的地区，被上帝遗弃的翡翠。蓝色的花园里生长着危险的蜂巢，盐是唯一的营养。桅尖像溺水者的手，像兰花指。贝壳依附在船舷上，发誓最后将它凿穿。

十一

在如此的惊涛骇浪中，你要默守一个时辰。看星空如炬，探听着隐隐的死亡奇迹。在夜半磷光铺就的道路上，一只渔船归来。锚已生锈，渔夫消失。霞光染织的沙滩上，泪水正在形成，缆桩上漂荡着一颗破碎的心。

我爱你深沉的夜，磷火闪烁如宫殿，辽阔的想象，涛声像困兽犹斗，梦被装饰成钟声响彻的教堂。愁意漫过，海侵蚀着你的呼吸。

这片神秘的森林。浸泡着无数鱼类和贝类的保鲜液体，不明的液体，澄明的液体。盛满神话和悲剧，盛满了船夫的棺木。流放的海，在浓浓的思乡中睡去的海，被盐呛醒，写出雄壮的诗篇，吐出满腔的哀怨，在旋风中探听自己的音讯。在落日下盘桓，天涯尽头的倒影。

连哭泣也被喝止。一个人会悄悄写下，注定震惊的名句。心中悲愤，必有名篇。

香巴拉的稻城亚丁

信仰是空旷的静谧，这句不知出处的话也许是来自天空的梵音吧。去往三座神山的稻城亚丁，路途遥远，得非常辛苦。到稻城亚丁去，就必须去川西，那里是川、滇、藏交界的高原。为什么要去那儿？因为山在那儿。在川西的甘孜，我到过道孚、丹巴、炉霍、德格，翻越过海拔五千多米的雀儿山垭口。在德格，过了金沙江就是西藏。从康定开始，这里便是康巴藏区。折多河卷着湍急的河水从康定城中流过，吼声如雷。翻过四千多米的折多山，夜宿新都桥，就是五羊镇，我们中的许多人有了高原反应，呕吐，气喘，心跳加速，发烧。他们非常年轻，他们无法适应这儿仅仅海拔三千三百米的高原。夜晚，藏獒此起彼伏地狂叫，听说公路上轧死了一条狗，也许是出于对同伴的悲伤，还听说许多狗前去凭吊。这些年轻的作家为什么对这个感兴趣？是因为人在高原对生死十分敏感？此事加重了他们心理的恐慌。

我们将一路翻越海拔四千米的高尔寺、波瓦山，翻越海拔五千米的海子山，经过世界海拔最高的县城理塘——那里是仓央嘉措的情人桑洁卓玛（一说达娃卓玛）的故乡，也是七世达赖格桑嘉措出生的地方。我们将向稻城亚丁而去，在海拔三千七百五十米的稻城夜宿，终点站是海拔四千多米的亚丁，被称为“蓝色星球上的最后一片净土”“香格里拉之魂”。

氧气稀薄，神居住的地方如此荒凉寒冷。海子山，经幡飞舞，巨大的石块像蝗虫一样踞伏在茫茫山间，这全是冰川时代的漂砾。而这死寂的山上，寸草不生，只有苔藓在石头上可怜地依附。大大小小的海子像是上苍的一汪汪眼泪，它们在雪原上闪着刺眼的光，搁弃在如此之高的寒冷地带。路上有泥泞，悬崖峭壁。有人哭泣，请送我回去，我要回去，大声乞求。是的，我们将一路向北，到达三座神山，到达洛绒牛场和卓玛拉措、牛奶海和五色海。我们的车无法在中途折返。

晚上稻城的天空上缀满星星，它们在高寒的夜空闪烁。这些星星陌生，高远。县城也陌生，高远，仿佛并非人类居所。呼吸困难，有人需要整夜吸氧。有人站着睡觉，躺下则噩梦连连。菩萨难道不保佑来这儿朝圣的人们，看着他们受难？让他们面色苍白，嘴唇发紫？我不停地默念着，祈祷着，面向夜空中的仙乃日、央迈勇和夏诺多吉——这就是那三座神山，它们影影绰绰，像在天外，不理不睬。

“我们要住在香格里拉镇，就是日瓦，那里海拔只有两千多米。”导游告诉那些满脸痛苦，犹如在地狱里挣扎的众人。这些年轻的同行者，他们还没做好准备，就被稀里糊涂地送上了高原。他们的生活太过顺畅，内心装不下如此庞大的雪山和高原。现在，他们无法接受高原的折磨。

我没有任何“高反”，也许菩萨看到了我的虔诚。那些在图片中无数次相见的稻城亚丁，她的神山和圣湖，已经呈现在我们面前。我们往里走，在这片森林和峡谷里，这里的藏式房屋与新都桥、理塘有许多不同，与道孚、丹巴、德格、中甸的也不同。藏式民居一个县一种或多种风格，但都色彩艳丽，极富装饰意味儿。也许他们真的有雅利安人的血统，像欧洲人一样热爱花草，家家的窗台上都摆着鲜花。稻城亚丁的藏式房子的窗户是黑色描框，全是石头垒制。但打出的石头棱角分明，像砖一样。不要水泥，用的是泥巴。黑色矮小的牦牛散布在草场上，天空飞着一群群秃鹫，山壁上、石头上刻着六字真言。

我们沿着俄初山的原始森林行进，苔藓浓厚，雪松上飘荡着长长的松萝，贡嘎河在身边喧嚣下山，水色碧绿。沿途是朝圣的人们垒的大大小小的玛尼堆，一块石头是一个心愿，风马经幡遮天蔽日，它们每一次飘动都是献给神的一匹战马。到处都是向神献祭和靠近的一往情深，受到菩萨的注视和抚摸是他们唯一的幸福与喜乐。

天色阴暗，天气寒冷。同行的人因为“高反”在此停歇，不再前行。右手，去往卓玛拉措（珍珠海）和仙乃日雪山。我们看到了半藏在冲古寺顶上的这尊海拔六千零三十二米的观音菩萨，她在云端高处，不露真容。但是她森严的白色，分外耀眼，与她脚下的石山、森林反差巨大，仿佛是从整个大地上脱颖而出的一块羊脂玉。而汹涌的云旗——就是在山顶吹拂不去的云或者雪雾，拉成一面旗帜，飘荡在青空。在时隐时现之中，仙乃日雪山的确像一尊菩萨，一个身体微微后仰的安详大佛。她四围的群山就如一朵巨大的莲花，那些簇拥着她的山都是菩萨。前面的山是金刚亥母，左边金字塔般的山峰是白度母，右边是绿度母。旁边众多雪峰是降香母和妙音仙女们。我无数次地在图片上认识了那座十分规则的三角形山，如此高大，人类都无法雕刻得这么精细规矩，跟埃及的金字塔一样巍峨壮观，但它却是自然的奇迹。我以为这就是仙乃日雪山。我发誓，我此生一定要去往这个地方。我去过埃及的金字塔，金字塔象征太阳的光芒，沿着这个尖顶，就能通往太阳。我虽然不是虔诚的佛教徒，但我的内心尚缺少一座雪山和无数的雪山，缺少高原。它们的体积就是我所喜欢和渴望的，它们的高远是我所向往和追逐的。一切可以仰视的大自然，都值得你去走近。

但是我们得先去洛绒牛场，去央迈勇。从冲古寺坐车二十分钟，到达海拔四千二百米的洛绒牛场。央迈勇雪山就在我们面前。她的左边就是另一座神山夏诺多吉。央迈勇为文殊菩萨，夏诺多吉为金刚手菩萨。这两座雪山姿态完全不同。但高度却相等，同为五千九百五十八米。洛绒牛场是一片高原草甸，这里是藏民的天然牧场，也许是因为天气太冷，这里的牦牛相对较少。

央迈勇雪山在前方的天空，它的造型非常奇特，山峰的轮廓锐利简洁，是所有我见过的山峰中最干净利落的，而她又这般庞大，没有拖泥带水之处，似乎轻轻一跃就迈上了蓝天。她像一个巨大的笔架，但信佛的人会说，她极像一尊菩萨端坐在云端。是的，真像。那在云中一闪一现的央迈勇，名字豪气，她双手扶膝端坐，可她多么俏丽，多么淡定，就像一只白色的鹰欲振翅高飞。不管是否是菩萨，雪山就是最伟大的神，是天空中激动人心的存在。我坐在一个小海子边的草地上，草开始枯黄，但透出红色。远处的雪松林往高处爬去。在更高处，巉岩似铁，积雪在山顶晶莹闪光。吹着从雪山滚下的寒风，快要下雪的感觉。有人骑马要去往五色海和牛奶海，那儿更近地贴着央迈勇雪山。去过的人说那儿道路难走，惊险万分。但那儿的海子像牛奶一样，森林更加茂密，飞瀑到处都是。因为海拔快到五千米，只有不多的转山的藏民。转一圈央迈勇雪山要一整天……那我们就往回走吧，沿着卡斯峡谷和贡嘎河。这里的峡谷是天下最美的。

在海拔四千多米的峡谷里步行，这就是天界，念青贡嘎日松贡布。看看这里被菩萨护佑的雪山、瀑布、河流、峡谷、草甸，这是青念贡嘎日松贡布的天界吗？十月最美的季节，在最美的地方，你们忍受着头痛、心慌、缺氧，面色苍白，举步维艰，像大病一场。可是这是值得的，你会永远怀念和想念这里。山上一树树的红叶如火，草甸的草金黄如毡，河中的水清冽如玉，那些水草被碧绿的河水拖曳着摇动。河岸上的树，雪松、冰杉、丽江铁杉、高山栎在平坦的山谷里，颜色鲜艳，火棘一丛丛燃烧在河边。泛着金色光芒的念青贡嘎日松贡布，色彩浓烈的神山，高高的白，呼呼的红，哗哗的碧。这里就是佛教典籍中的世界八大寒林之一的地狱谷，传说是人类肉身由凡界进入天堂的必经之路。我们要穿越十八层地狱，才能到达此地。我们行走在天堂的门口。这条峡谷和河流的奇美，如果她们不是天堂，就再也没有比这更好的天堂了。

所以我同情同行者，他们还未走完十八层地狱，太过匆忙地来到这高原之上的天堂。他们一路加紧体验和经受通往地狱的苦，所以他们才如此痛不欲生，生不如死。

在天堂行走的人没有“高反”。我们一行人，兴高采烈地一直往下走。一会儿，我看到雪雾从央迈勇山顶滚滚而来，越过了洛绒牛场，向我们逼近。这是我在神农架得到的经验，不是雨雾，是雪雾。我催大家快走。不一会儿，雪就开始下了，越来越大，漫天飞舞，密集地向我们扑来。

这是一场突然而至的风雪。我们欢呼，在雪中疾走。终于在半路上拦到车，我们返回冲古寺，身上的热量全部留在了卡斯峡谷——天堂般的地狱谷。

公元八世纪，藏传佛教的创始人莲花生大师将三座雄奇壮丽的雪山命名为观音、文殊、金刚手菩萨，为她们卓绝的美艳加持。但是谁又能为我们千辛万苦的朝圣加持？为我们遮挡风雪？

一个藏族人，一生当中至少应去一次贡嘎日松贡布转山朝觐，而我们将要二次进贡嘎日松贡布。

晚上在香格里拉镇上，听了半夜雨声。一早，推开窗，东方已经红了，天放晴了。我们整装出发，去往卓玛拉措和仙乃日。又是四千二百米的高度。

到达冲古寺，太阳出来了，一眼看到了露出尖顶的央迈勇。尖削的雪峰，像一把锐利的剑直指青空。多么利索，多么灵巧，你这有绝尘气质的雪山！所谓天下独秀，就是说的你吗？我在满天的朝霞中向央迈勇匍匐而拜，没有犹豫，头触到冰凉的大地，双手合十，我突然被一种叫壮美和圣洁的东西击中。无论我们经受过什么，我们的灵魂漂泊了多久，我们的心将在这一刻回归。这是诸佛之国，壮美的雪山，慈悲的天空，俯瞰着尘世苍凉的人群。我们来，就是仰望你的，就是要在你面前显示我们的渺小和卑微。我们汲取你暗中传递的能量，穿越崇山峻岭的羁绊，获得玉洁冰清的洗濯，在稀薄的空气里，在你不太亲切的召唤中，体会远方和高度的意义，获得圣者的智慧。生命在这里呈现出来的状态是那样直接，生或者死，高大或者卑琐。我不是为了信仰，只是为了能够亲近到这样卓绝的大自然。这些奔腾的气象，迈向苍穹的雪山，远离尘世的圣者，远方的香巴拉之魂。穿行天地间，揽星月入怀，这是何等的快意人生！

最为神奇的是，在我匍匐叩拜，心里默念六字真言时，央迈勇山腰遮蔽的云雾突然消散，整个巨大庄严的雪山完全露出了她震撼人心的身影。雪山无瑕的白和天空一尘不染的蓝，让矗立在前方的菩萨更具神性。山是有灵的，一个人内心空旷和安静时，神会出现。山会与你对话交流。她会看着你，她看得到你，理解你。

我们走向卓玛拉措的路上，已经适应这高原的气候，我们向更高的地方行走。一路的松鼠直往人身上蹦，漂亮的高山喜鹊也不避人。在藏区，人们是不杀生的，这些可爱的动物知道人们的慈悲。在邦普寺，我们也看到大量的松鼠和藏雪鸡，在寺里大摇大摆，觅食欢歌。

不到一个小时，卓玛拉措的倩影就出现了。我们来到了仙乃日雪山脚下，我们看到了雪山的全貌。看到她映在卓玛拉措梦幻的影子。我们的眼前，有坚硬的黑石山体，雪松、杜鹃、铁杉和冰杉的森林围绕在翡翠一样的湖边，红色的树，白色的山，都被这一汪湖水搂拥着，湖水的清澈只因是融雪之水。

卓玛是藏语“度姆”的音译，是“仙女”的意思，也有说是珍珠的意思。在仙乃日雪山下的草甸上，那些早来者用石子摆满了祝福的文字和图案，堆满了玛尼堆。这是藏族人民心中的圣湖。卓玛拉措，沿湖飘扬着密密麻麻的经幡，转山转湖的藏族人，摇着手上的转经筒，默默地低头祷告。

这里一定是地球上最美的地方，这里一定是传说中香巴拉的国土，人间的仙境。我们不能说我们狼狈而归，我们尽管出现了“高反”和晕车反应，但身体完好如初地回到了家。我们的心中装满了风雪和流水的响声，装满了神山和圣湖的身影。我们精神的空白和虚无处终于为她们所占领过。我们经历过那样的早晨，神迹犹现，我们曾在他人所不能及的地方痛哭和忍受，欢呼和歌吟，这难道不是满载而归吗？我听见在归途的汽车上，在遥远的高原上，你们用坚强的歌声轮番深情地唱着仓央嘉措的《那一世》：

……那一瞬，我飞升成仙，不为长生，只为佑你平安喜乐；那一刻我升起了风马，不为祈福，只为守候你到来；那一日，垒起玛尼堆，不为修德，只为投下心湖石子；那一夜，我听了一宿梵唱，不为参悟，只为寻你的气息；那一天，闭目在经殿香雾中，蓦然听见，你颂经中的真言；那一月，我摇动所有经筒，不为超度，只为触摸你的指尖；那一年，磕长头匍匐在山路，不为觐见，只为贴着你的温暖；那一世，转山转水转佛塔，不为修来世，只为途中相见……

土家摔碗酒

从地图上看，恩施在湖北以西的更西，像一根钻头，钻到了湖南和重庆的腹部，或者像一条灵巧的触角，脚踩在荆楚，而头已探出身外老远老远；它的三面都不是湖北。也就是说，它并没有完全浸泡在荆楚风中，倒像个另类，有一种脱笼之鹄的感觉。它虽然与湖南和重庆交织一片，但它不是湖南，更不是重庆。这地方要它不奇也不行。

奇地产异俗，譬如，此地的摔碗酒。

恩施土家族的摔碗酒，我见识多年也摔过几回碗，却无法参透其中奥妙，颇有敬畏，几番思量，不敢下笔。想想吧，你被邀请去一个筵席上做客，本是彬彬有礼之事，宾主相见甚欢，大家推杯换盏，长幼尊卑有序，敬酒吃酒，无不礼数到堂，怎奈一阵猛烈的砸碗声，尖锐的瓷片四处乱飞，人皆惊惶，心脏无力承受，血压噌噌暴涨。这顿饭吃的！

吃饭在鄂西有些地方如神农架叫呼饭，而巴东叫逮饭。都是很火急很暴烈的样子，连呼带逮，再砸几个碗也就顺理成章，不足为奇。

但是再一细想，也觉不对，咋能把自己喝酒的碗给摔碎了，再找主人要新碗呢？任何人，不管是南方北方，中国外国，假如你在人家里做客，必须对餐具轻拿轻放，才符合起码的礼节教养。那个年月，谁都知道，破损了的碗是不会轻易扔的，还得请锔匠师傅锔补。就算是大户人家也要厉行节俭，没有铺张到可以拿一叠碗来让你砸个满堂彩。

但在恩施就是这规矩，喝顿酒，贴了酒肉饭菜还要欢迎你把咱家碗摔个七零八落，然后走人。

摔碗酒说是起源于周朝。按本地的讲法，与土家族的英雄先人巴蔓子有关，当年巴蔓子将军因国内有难，去楚国搬救兵，楚国要求巴国给三座城。楚兵解救巴国后，楚使请巴国割让城池，巴蔓子不忍割自己国家的城，遂割下自己的头换取城池。重了信誉，保了国家。“将吾头往谢之，城不可得也！”而在割头之前，喝酒后摔碎碗，再拔剑自刎。这种大义之人，天下少见，想想也够悲壮的。后人为纪念他，摔些酒碗也是学他的豪气，学他的做派，学他的舍生取义，学他的决绝笃诚。

这只是一种传说，要将自己的摔碗与历史英雄联系起来，壮胆是主要原因。也应了一句老话，喝酒喝的是气氛。但凡喝酒之人，都爱赌酒闹酒。逞了一时英雄，再多的酒倒入肚中，都不见踪影，只是苦了胃囊。最直观的豪情当然是将喝干的空碗摔了，以求结局响亮。叭！这一声，声、色、形都到了高潮，戛然而止，酒与人的魅力也到了巅峰。如果主人欣赏的是你摔得越多我越高兴，这个风俗也就无可厚非地站住了。

我猜想应该只有在酒馆里摔。都是一堆男人，都是一群酒仙。没多少拘束，有多大的力使多大的力，有多少碗摔多少碗。既然来了，都不当这个孬种，不输这口豪气，摔了碗，掏钱就是。好在碗不是碗，就是一小土碟，二三毛钱，摔多少也不值几个子儿，只要大家高兴，主客尽兴，值！

这摔碗也有讲究，初来乍到的，使了吃奶的力往地上砸，可碗砸地，还是整碗，按当地的规矩这要罚酒三杯，再砸三个碗。如果再砸不破，那可就麻烦大了。但我见到的潇洒摔碗者，是喝净，亮底后，三个指头拈着碗，轻轻从头顶往后扔过去，一个漂亮弧线，碗自由落体，自然解体，四分五裂。那个美劲儿，那个姿势，煞是有派。

说到这叫碗的土碟子，也不是瓷的，应是陶，口沿上了点儿釉，是防划伤了嘴巴。酒通常也不是白酒，是土家人的米酒，度数不高。每次也不会斟满，就一两口，喝了，摔了，再斟。就是白酒，也点到为止，不像如今通常的酒宴上，大玻璃杯上到满，溢出才为敬，还要一口闷。土家人将一杯酒分解成无数“碗”，真的就是为一个气氛，为多摔几个碗，为让酒馆里多有此起彼伏、噼噼啪啪的爆破声，酒没喝多少，碗摔了一地，图个热闹。

摔碗酒在恩施也叫“biang 当酒”，极有趣的名字。biang 当，是个象声词，东西落地碎裂的声音。biang 读一声，相当响亮。三五好友碰上了，说：“走，喝 biang 当酒去！”喝这酒一定是在农家乐，主要是在乡村。矮桌子，柳木椅，冒辣泡的腊蹄子火锅，少不了合渣、蕨粑、熏干子、腊肉，还得有几碟泡黄豆、泡辣椒、腌韭菜、萝卜皮、豆豉、凉拌折耳根。摔碗酒是草根的，下里巴人的，和泥裹土的，不是豪门盛筵里的东西。我几次喝此酒都是在村庄里，一桌有几个火锅，煮得热火朝天，自然会摔得天翻地覆，鸡飞狗跳。主人说：“摔吧摔吧，碎碎平安！”

以头换城也好，碎碎平安也好，都是借口托词，就是笃定了要摔这个碗，冲着“biang 当”来的。因而摔碗要有这种摔碗的环境，要有这种摔碗的冲动和气氛，桌上定不能有宵小之人。必是合性投意、割头换颈的朋友才能凑一堆拼命摔一通碗，也没有旁人呵斥你无礼粗野。山野莽汉，生性率真不羁，待客如火。想起他们的山歌：“皇帝老儿管得宽，管得老子想发癫。”山高皇帝远，我兄弟们想摔就摔了，癫就癫一回，你又能把爷怎样？在许久以前的年月，土司要女人们的初夜，官家要老百姓的粮税，土匪要乡亲们的钱财，生活再怎么苦，酒碗还是要摔的。这就是强力的生存哲学，男人们不摔几个碗够不上巴人后裔白虎血脉，有时女人也摔，摔得稀里哗啦，轰轰烈烈。这阵势，就是一个破坏，激烈的、报复的、凶狠的、果决的、壮美的破坏。以破坏完成感情，完成性格，完成民风，完成人生。摔的那个劲头，就是宁为玉碎不为瓦全的精神。不破不立，大破大立，重建一个自我，砸掉一个窝囊废，成全一个纯爷们儿。

楚之蛮，巴之雄，野风烈土，敢作敢为。生活其实是在传统无形的道德桎梏之下，人的行为被无数的观念锁链锁住了，一刻的冲破与爆发，有生命的新境。

往往大山大景之地，会有大俗大性。没有区眉小眼的规矩，不来精雕细凿的谨慎。豪气干云，掷地有声，想砸就砸个稀巴烂，这才是做人的真性情。

但也听说，此俗随着旅游的推波助澜，有愈演愈烈之势，某家酒馆一天要摔一万个碗。满地狼藉，不堪入目，惊心动魄。这些碗没有万年不能回归泥土。如果后人发掘，会耻笑我们是个纵酒肆色、尽情享乐、毫无节制的时代。如将其回收，碎成瓷粉，或者干脆与水泥一起，铺成大路，也算是废物利用。但我建议，若要保存此俗，最好是做成泥碗，即可降解。但摔声不脆，不荤不素，不如不摔，食客扫兴，生意不兴，如何是好？

让人又恨又爱的摔碗酒！

读利川

大水杉

很冷
那个冬季一直纠缠我。积雪之光幽幽
我热情的火炬全摆进
一片安宁的白色
——摘自本人诗《古水杉》

一棵树，一棵古树，很老的树。

水杉，也可能叫水松或者别的。它站得这么笔直，却没有写出自己的名字，可你记住了它。它很安静，远古大地的悲剧结束了。它从石头和冰川中站起来；其他的植物，都将成为石上的花纹。

荒原之夕的美景，峡谷中烟云密布，这是一次从天空到大地的屠杀。遍布着恐龙和别的巨型动物的尸体，它们的油脂在滋滋作响，山火弥漫。

通红的石头冷却了，但大地还在因疼痛而呻吟。一切只有靠自己了，山静石暖。

在宇宙的深处，没有人知道一粒星尘的地球，在悲号。撕裂成八瓣，冰冻一千次，所有的生命都死去，重新沦为一块黑暗的巨石。

无从追溯别的原因，它活下来了。它含在因为奔跑而死去的蛇颈龙嘴里，它在一块石头的裂缝里。它在最后坍塌的山顶，奔腾的雪水，让它免遭碳化。

又有一个冰川和碛石的攻击，漫长的侵蚀。梦见神指引的喋血之路，经受下去，亿万年的忍耐。死去活来，风和沙石的鞭子，成为生活。让它们，变成岩石上的历史，变成有年轮和骨骼的石头，成为图案。它活过来了。

有一个早晨，有一颗种子顶破了厚达一千万年的冰原，它钻出来。春天来了，蓝色的倒影，湖的造型。有一点儿暖，生命会召引它们，跨过漫长的死神，冬天的刽子手。历史无论多么厚重，都将从娇嫩羞怯的旗帜开始。

它身旁的种子也会醒来，因为生命是一样的责任和光荣。水青树、连香、珙桐、黄连木、野漆和银鹊树。它的近亲：紫杉、冷杉、银杉、秃杉、铁坚杉，也在荒原上向它招手。它们是失散一亿年又重逢的兄弟。

海在激荡，洪水漫过蜿蜒的海岸，一个气温上升的冰河期。

它们活了，开始向上攀缘，向天空，寻找熠熠闪光的时刻，这是唯一的路。巨猿出现在它们中间，以憨厚的、天外来客的姿势靠在它们的躯干上。南方古猿向最温暖的林带跋涉而来，疣猴呲着怪牙在枝丫上跳跃，东方剑齿象悠闲地站在它的阴影下。

人出现了，习俗和禁忌在他们中间诞生。他们敬畏它，远离它，也喜欢它，将它奉为神灵。这棵树，长满了天上的眼睛。因为它古老，所以它有灵。这棵树，它经历过一种叫朝代的东西，这是很近的事。最远古的事情，它用碧绿的汁液把它们稀释，用种子的形状，把它们描绘下来。

一个姑娘从水边走过。一群羊，赛过雪。

大溶洞

这只耳朵已退到最后的边缘
被掏空石头，干干净净
待河流的巨根朽去，风徒然穿过

用空洞的岩石之雕
代替一切。

——摘自本人诗《世界第一大溶洞》

我听见太嘈杂太剧烈的音乐，人为地将它掐死。这种吵闹，是把它硬生生地从沉梦中拽到大街。它睡眼惺忪，衣衫不整。它是一个老人，心成为石头，表情成为空洞。它是一个被掏空了胸腔的巨大的木乃伊。为求得灵魂，砍去了眼耳鼻舌身。它成为一条废弃河流的喉咙，呼喊在旷野。它头枕河流和森林，让风巨兽般地穿过它的呼吸。它消失在时间的尽头，成为时间最长久的证人。

我说："那些吵醒它的人将遭到报应。"吵醒一个沉睡的千古老人，吵醒神灵，打断它亿万年的冥想，用轻浮的音乐切断它的思维，阻止它向更深的睡眠坠去，让一个古老的哲学瓦解了。让一个巨大的象征成为卑下的生活，一个伟人成为小丑。民俗是短暂的，只有石头永恒，空永恒。空是一种可能，空要胸襟。什么都不装下，挖出它的五脏六腑，让它做呼号状。让它像没有一样空荡荡的，让它像哑巴，让它永远失声。

找不到典籍。从沉积的石膏、芒硝、盐层里走出来的人。在中央山地的隘口，一群从震旦纪、泥盆纪、侏罗纪、白垩纪死里逃生的石头，向更高处翻身。在大断裂中，被挤压得四散逃窜的水，像一万头板齿犀、利齿猪、铲齿象，朝它猛噬。一百万条浊龙成为传说，分散在天空和大地，分散在一百万个人的口里。

凿，凿穿这个庞然大物，水说："喜欢远方，推开你。"绿色的火山角砾岩、玄武岩，或者夹页岩、灰岩、闪长岩。暴躁的水，一把一把的黑暗，月光镀就的大蛇躺在青铜的夜空下，万箭穿心。

爱我，这墙一样的爱。这不息的嘀咕，耳语。这咒骂，这侮辱，这千古奇冤，六月飞雪。水的阴暗的信念，疯狂的浪子，传说中的刀客。

刺穿我吧，它在呼号，在广袤的荒野。水在狞笑，刺穿我吧。水在抚摸，死是绝对的，任它们宰割，凌迟。罪恶的水，飞雪不断。孔子鸟和飞翼龙的翅影，雷电说话，一个亘古的阴谋。它洞穿了，海退去了。

它死在黎明，喉咙里含着霞光的血水。河流的根腐烂了，沉默是最好的疗伤，是永远。

毫无知觉的疼痛。憔悴的胸腔里，灌满了时间的堆积。都走了，寂寞像苍苔泛上来，碧绿的火炬曾经号叫着它们的激情。落日时分，千万个水妖起舞。鱼在飞，怪兽在狂笑，大鳄伺候着血色奔流。这苍穹下的痛和掠夺，消失殆尽。

它在幻想中滋生出石芽、石柱、石笋。巨大的石幔，一滴一滴的血在凝固。它的心在长牙齿，它在咀嚼久远的往事。它要用风磨牙，它要申诉。它要喃喃自语，它要把石头揣在怀里。把所剩无几的河流，当作发丝。蓝色尖叫的花园，神的墓地，河流的影子，曾经激情的床。

一个巨人，虚怀若谷。

大伏河

那一日巨大的孤寂在等它。那一日
飞鸟和银帆死了，黑色的羽毛
塞满洞穴。

——摘自本人诗《伏河》

老远就听见你的声音，像在预演。准备大义赴死，发表自己的讣告，高呼，完成生命最后的仪式。它是河流，它又不是河流。它不是歌唱，是咆哮，永远在黑暗中咆哮。前进，咆哮；咆哮，前进。这一趟太艰难，太远，黑暗的统治注定太久。

没有比黑暗更荒芜，一头扎下，愤怒的投身。一群一群死去的水，地狱，骨节崩裂的痛楚。死在不知不觉中，销声匿迹。消失，是愤怒的尾声。历史不是一条河流，它躲起来，它没有岸。深度窒息，骚动的墓室，冰凉的血在嘤嘤说话，地下诗篇，死者的长啸，献身的燔祭。

伏下去。把你的一切塞进山腹，像塞一堆羽毛。被枪杀的翅膀，藏匿证据。唯有一个隐者，在夜半的荒野里走投无路地控诉。

一个人类无法到达的圣地，太深，太厚，像冬日被子下的梦魇，魅影幢幢。你潜伏着，像在阳光下踱步。你音信全无，你所有的一切都随身带去。你将在哪儿重现？

穿过城乡，穿过人烟，穿过石头。脚下隐隐传来大地的抖动，像是民谣中的一个暗语。落日盘旋，鹰羽如雪。走投无路的鸟群，拉长碧绿的火焰，它说过什么？有什么遗嘱？在那里，在最深底层的私处，它遭受过何种强暴和凌辱？毁灭。他们的鬼脸和牙齿，用铡刀切割它的消息。堵住它的嘴，掐灭一切。

一把水锯，像一张弓，一根弦。幽暗的远山，鼓角齐鸣。光亮。水说，光亮，光亮。被孕育过后，一个比碧玉还清澈的天使，在平静中诞生。流水的手指撩开河的面纱，一眼春潭，像倒影一样低语，在伤痛愈合之后。

你是谁？曾经，地狱的歌者？野狼奔窜？万劫不复的深渊？一粒星空？你多么安详，像智者，像荡妇的眼神。掸掸一个旅人的尘土，你从黑洞里出来。一条指缝，淌下一条河。唯有献身才是传统。

河流醒来了，群山像夜泊的船。

茶与铁

这里是安溪，茶香鼎沸。在有众多寻茶朝圣者的队伍中，往一个叫打石坑的地方走去。上山顶，又往下。松林头，果然松林荫翳，巉岩累叠。探入深涧，听到那从石缝中爆出的流水声响，有一种早已与天地共谋的幻觉，杖藜山中，想在石上煮茶，默坐听泉，一尺琴声，半寸箫鸣，剑意无痕，泠泠清欢。沿途的野草和杂树，和高山芦荻，仿佛不要水的滋养，白茫茫地摇曳着。滑了一跤，差点坠跌崖下。在混合着冬日寒气与风云的山头，山岗的样子是那么沉着和坚硬，仿佛贡献了一切，被剥夺精光，有着被宰割后的嶙峋与对峙。茶树留下老叶，怪异地坚守着它们的位置，枪戟褴褛，在堑壕中挺立。没有雨雾，鸟声噤绝。长空中的晚霞升起来，在远处横溢成血色河流。干渴，包括我们的心臆。扯下一片叶子咀嚼，这坚厚的叶片说不出的苦涩又说不出的清香。它就是铁观音。白色的茶花在小心翼翼地盛开，几近透明，香气被冬天逼得很低。

接着，我们看到了传说中的铁观音母树。三百年，那么小，像一蓬刺棵，散乱长着，甚至枝干只有拇指那么粗。它的传说被赋予了神迹，发现者成为铁观音的始祖，继承人成为铁观音的嫡传。

再接着，在传人魏家喝手工茶，太珍贵，十八万元一斤，叫“魏十八”。人们咂着品着搜索枯肠寻找准确的词形容荡入肺腑的感觉，形容它的香，到了什么境地，贴近地面还是飞上云空？是一种什么样从未遭遇到的旷世奇香？人们冲着这诡谲的香气，像欣赏一个巫师的魔法，追逐者趋之若鹜。那么怜弱的山野粗叶，任人揉搓和烘焙成皱巴巴的样子，是树叶的死亡之香勾引了人们的味觉，想它的悲壮，在水煎火攻中完成被人赋予的高贵名分。这盅水，热乎乎的，浓酽酽的，除了解渴，还有什么能点化人们精神和灵魂的功能？这里的每一处，优雅人都在烫煮你，研究和想象着忽忽闪闪的佛禅，企图靠近你的匠心。哦，微汗，平心，涤浊，有风从肋间滑过，就是这样。有谁在帮我们整理心事，顺着那条气息铺就的天路，抵达梦中的忘乡。

到处蒸腾着茶的醇香，人们怀着斗茶的渴望，铁一样的血性，在茶中逞雄，偏安，沉醉。这茶树，在安溪硬邦邦地长在裸岩上，粗粝，矮壮，剑芒一样。那么矮，简直是丑化，矮到令人可笑的地步，没有一片可以伸展的叶片，坚硬的枝条一簇簇聚集在岩畔。采摘者的拗犟不可思议。安溪的山上，崇岭千叠，布置着这些侏儒样的灌丛野士，一溜溜。

人们渴望喝上三十年的老茶。为了这一盅，可以与它一起老去。“老铁”是铁了心的叶片，不然不能叫铁观音，它的劲道潜伏得很深很深。它是岩缝长出的生命之铁，有铁的基因。这种神秘的草莽之气，是经过时间的炙烤和蓄谋已久的酝酿，躲藏，背过身去，了结的一段人与山、人与云雾的恩怨。桀骜不驯的暗流，被发现者和欣赏者化解。在壶中的铿锵之声，是历史久远的回音，像暗红色的火焰，销熔在水中。由铁至水，山长水阔。

摇，炒，捏，焙，香，韵，形，味。

硬，沉，老，钝，摇撼。

摇撼，就是摇，摇青之后的摇撼，这很特别。它幻化的水汽摇撼着我们的往事和埋藏在心中暖意的念头，很强悍，有一双无形的手在推醒我们。那些明亮如汤色的光晕，轰轰的，像铁甲驰近的声音和卷携而来的春潮，在心头沉沉萌动——又一畦茶芽从心上悄悄地生起来了，将在生命的任何时候舒展，挑着旗，随水而起。无论贫富，无论贵贱，无论荣辱，无论成败，无论悲欣，这就是传说中观音指路得到的天上佳茗。

在安溪，我像被诱入神秘植物丛林中的一只甲虫，在蓊翳的季节不停啜饮那来自神话中的煮沸的汤液，像是补充前世稀缺的能量。我不由自主地饥渴如旱地，浸泡在它的清香和浓香中。清香，浓香；浓香，清香，不停转换。在这种汤液中泅渡的人，是为了到达彼岸，还是为了沉溺其间？是因为喜爱嗜好，还是因为随缘从众？是因为附庸风雅，还是因为蹈古性高？是因为明月清风，还是因为冰河铁马？

我在汹涌的茶汤里饕餮。小盅，但贪婪。壶，瓷器的光芒和身边那些优雅的人群。茶的艺术的暗示。那些摆放文静的器皿的木格，用铁的力量削斫和阻挡了山中草木野莽的侵犯，蓬勃葳蕤的绿焰喝止成虚幻缥缈的气息，壮烈的烟霞只为了沁成那一滴古老的润喉春水。

十年养肝，二十年养心，三十年养寿，十八道工序，这个过程是驯服一片叶子的过程。制茶人铁心已定，他深谙植物的软处，他有耐心，要将它残存的生命提拎到云端，神化到与天地齐平的高度。这黑暗的蹂躏，是十八次，是十八劫。是一片树叶被铁敲打，也是一片树叶被铁锻造、由物变神的过程。三十年的冥想，等待，转侧，三十年的囚禁，雪藏，现身。这就是铁观音的命运。

茶·壶

梦玮邀我去宜兴走走。宜兴不就是紫砂壶的宜兴吗？答应了。因为，约二十年前，我曾一度喜欢上了收藏紫砂壶，但凡武汉有卖紫砂壶的地方，总是要去逛逛。一次在汉口江边的文物市场，认识一宜兴的紫砂壶老板，他想赶紧出货回家，我于是掏了近千元买了他二十多把壶，有方壶、圆壶、花壶、提梁壶；有平盖、嵌盖、压盖；有弯嘴、直嘴、包口嘴；有圈把、飞把、横把、硬软提梁。此人还送了我几把非紫砂的壶，都是仿竹的，也挺有趣味。之后，我还买了一些铜壶、铁壶、瓷壶，丰富我的博古架。这些壶尤其是紫砂壶，如今肯定价值不菲了。关于紫砂壶的记忆，小时候见过老人们的老壶，满是茶垢，几乎变黑，躺在竹躺椅上喝的那种，我们叫“咪壶”。“咪”字很形象生动，小镇上的老人，在老房子里慢悠悠地咪茶，慢悠悠地享受小镇凝滞平和的时光，没有比这更幸福的。我于是也想把壶从博古架上请下来，开始咪一壶好茶。因为到了夏天，紫砂壶泡出来的茶“越宿不馊”。紫砂壶这种玩器，有一个其他东西不具备的特点，捧着越摩挲越可爱，可以是小狗小猫，可以是爱人肌肤，可以是玉石质地，说它粗糙，手感却还细腻。陶本身冷硬，但装上茶水就温软得不行。就算不装热茶，抱一把壶也有温润感，至少比瓷亲热人。它圆乎乎的，亲切可爱，有把有嘴有盖有肚，有踏实感，空间感。紫得敦厚，紫得喜庆，紫得沉潜，紫得令人信赖。于是，请下一把小巧玲珑的圆壶，开壶后天天泡一杯茶。茶有好茶，毛尖、龙井、碧螺春都有。可是一天不小心，将壶碰坏了，虽说没碎，壶把损了一道细裂纹，基本废了，只好又将它放回柜子里。后来又试了几把，因睡眠不佳，也就慢慢淡了端壶咪茶的兴趣，一杯白开水就够了。

陶在瓷兴起的时代按说没有任何竞争力，但偏偏明朝时，因为文人的参与，茶客们竞相“黜银锡及闽豫瓷，而尚宜兴陶”。首先，还是它的特殊材质让人平添趣味，又有其他壶不及的优点；再则，江南器皿的制作不是一般的精巧，又加上一些顶尖书画家在上面刻写留痕，或者干脆制壶者就是书画大师，与壶留名千古的愿望成全了宜兴紫砂壶的文化档次。茶本身是集雅文化之大成者，紫砂壶既可把玩，又能解渴，脱颖而出也是顺时而来。当壶与字画，茶与佛禅结合之后，在中国文化中定是所向披靡。

在宜兴，看到了中国最好的壶，有两把价值连城的供春壶，看了几个制壶的作坊，看了蜀山古南街的烟雨小巷里，宜兴紫砂壶穿越时空的优雅姿态；拜访了制壶大师顾景舟的弟子徐秀棠先生，他现在也成了大师。我在他的工作室尝试做一把壶，但歪歪扭扭未捏成型，干脆又抟成一坨，捏了个牛头，也让他们帮着烧好寄给我，留作一次不成功的制壶纪念。

没有壶哪来的茶道？所以在宜兴品茶有追本溯源的意味。宜兴品茶用的是好紫砂，而且宜兴有好茶。

宜兴古称阳羡，有好茶的历史比紫砂壶更长，什么阳羡雪芽、荆溪云片、善卷春月、竹海金茗、盛道寿眉。其中，雪芽最负盛名。苏东坡有“雪芽我为求阳羡，乳水君应饷惠山”句，看来是恋上这里的好茶和好壶，以致最后想老死阳羡：“买田阳羡吾将老，从初只为溪山好。”

那天老天助人，我们去龙池山时，正是雨后的春天，万亩茶园因为修葺得很好，绿汪汪的茶园在白色雾气的笼罩下一眼望不到边，茶垄整齐得就像跑道，水淋淋的，给人的强烈感觉是茶树们都在拼命地吐芽生长，那些水灵灵的鲜叶是可以生吃的。小小的芽子让我突然想到荷叶钻出时的嫩芽，芦苇的嫩芽，蒲草的嫩芽，它们都很像。这些江南水乡的植物，都有着水的属性，有着嫩玉的容颜，有着雨的灵性。我摘了几片叶子放进嘴里，清香中带点甜味，没有茶叶的苦涩，这可真是怪了。江南在烟雨里浸泡着竟然如此之美，飘然于云雾中。岂止苏东坡，谁不想在此买田终老？我见过太多的茶园，但置身这种水汽氤氲的茶园还是第一次，有一种奇妙的感觉，身心有漂浮的恍惚，这种感觉想必只有身处江南才能体会。

接着我们被邀去湖㳇竹海喝茶。这个“㳇”字很特别，就是湖的父亲的意思。在竹海“海底”，一股泉水从腾腾而起的云雾中流出，上有一刻石：“太湖之源”。小雨淅沥，寒意顿生，竹风飒飒，泉声泠泠。如此萧疏古寂之地，绿波浩荡之景，一杯碧茶汤，暖意熨热肠。茶寮里，素服高髻的茶艺小姐如云中飘来，已经备好茶与水。水是太湖之父，竹下山泉，水质极好。茶叶有两种，绿茶是“阳羡雪芽”，红茶是“竹海金茗”。温杯、赏茶、投茶、洗茶、泡茶、出汤、分茶、奉茶、品茶。两种都品，先红茶，后绿茶。红茶汤色橙红透亮，直暖人心，香浓扑鼻，回味甘醇；绿茶香气幽雅，有板栗味道，汤色碧澄，厚朴藏慧。果然有“如云正护幽人堑，似雪才分野老家”“轻涛松下烹溪月，含露梅边煮岭云”的意境。一行人中，懂茶爱茶的高手如云，林那北、南帆、潘向黎、裘山山、鲍尔吉·原野、贾梦玮、鲁敏等。竹海绵雨中，浓密得喘不过气来的竹林浸雨后不堪重负，如一头头大绿熊耷拉在我们头顶，好像随时要兜一捧水朝我们洒下来。茶寮里雨声滴答，外面烟雨迷离，竹笋冲天而出，站满山坡，像一支支大戟。天色有向晚的昏暗，时间宛若回到古代，氛围诡谲悠远。但一杯上好的雪芽可以定神涤心，红茶又可温胃。这样坐着，聊着，不时去竹林中小走几步，云雾山中赏景品茶，难得有这种雅趣闲心。江南真是温柔乡啊！要不是山下还有活动，这样的时光是可以让它停止的。禁不住口占二首，算是一点微澜，赐赠宜兴：

一

有闲来买江南水，
煎得谷雨满城香。
万垄春色半盅茶，
一生荣辱去他娘。

二

四月寻泉人迹远，
烟笼细雨雨笼烟，
春茶半杯松风梦，
鹧鸪一声到江南。

沉船与刺桐

一

作为一名曾经的水手，我深知水的凶险和残酷。湖泊，江河，我领教过它们的暴虐。水吞噬过多少帆影和生命？那些敢惹江河与大海的人，他们是悲情英雄。为生活所迫，无意间成为最远的文化信使和最远世界的瞭望者。大海永远是咆哮的荒原。在千万条用生命的墓碑和沉船铺就的“路”上，有一条水路，缀满了传说中的金子。它只属于少数幸运的人。

没有绝对的成功，每一次远去都是诀别。这些乱头粗服、赤脚两片的人，把脑袋掖在腰上，乞求神灵，从这里出发，许多人最后抵达的却是死亡之乡。

无论是内河还是海洋上的船工，他们都叫海员。他们喜欢穿海魂衫，衣裳的扣子是特有的海员扣，扣子上面是一只锚。衣裳破烂了，要将扣子绞下来，缝在另一件新衣服上。因为锚是安全和岸的象征，是水手的图腾。动荡漂浮的生活是危机四伏的，行船跑马三分命。

二

你看它：这只沉船静静地搁在博物馆里。它早在八百年前就死了，死于与家乡港口咫尺之遥的地方。连船板都腐烂了，驾驭它的水手们呢？曾经征服过多少惊涛骇浪，越过多少暗礁险滩，从天际归来的船桅让在岸边日日伫望的亲人——老婆、孩子和老人，惊喜万端。但是，它沉没了，像是一个天堂里的玩笑。他呼号，他在浪里哭泣。他功亏一篑，他死不瞑目。而船成了大海坟场的又一个坟墓，成为鱼的穴居；成为盐分和贝壳啃噬的美餐；成为一次海难；成为偶然中的必然：会玩水的水上死，会玩刀的刀下亡；也成为航海针路簿（也叫《针经》《针谱》《针簿》），航海海图。

这条沉船，它现在叫展品。它占领了一层展厅，它太大。它本来可以在淤泥中安详地腐烂，让世人忘记它。它不想回忆往事，可它却成为泉州最辉煌的往事和见证。只是，它残肢断臂，衣衫褴褛，是一具风浪中的骸骨而已。当然，它是一具巨大的骸骨，是众多当年风浪中出现的恐龙。它经历奇异，远走他乡，四海为家，天生的浪荡公子。这艘曾经骄傲的船，这艘南宋末年的海船，能抗住时间腐朽的残体只有这些了：长 24.2 米，宽 9.15 米，深 1.98 米，有十三个隔舱。出土的桅杆长 17.85 米，是迄今为止泉州出水的最长桅杆。尖底、龙骨结构、水密隔舱、多重船底板、有操纵尾舵升降的绞车。它完整身躯有五十米吗？有人推断，一条这样的船少说可装两百吨货物。在当今，在我曾工作过的水运公司，两百吨的铁质船也是相当可观的，是公司的当家船。航行在长江之上，也是气宇轩昂，气象万千。而当时，数百年前，是什么样的雄心壮志和非凡气魄，让泉州人可以建造如此庞大的船呢？设计师和船主是什么样的英雄豪杰？

可是，相比于郑和下西洋的宝船，长 44.4 尺，宽 18 丈（长约 138 米，宽约 56 米），这艘船只能是小巫见大巫。想一想郑和船队的阵势吧，两万多人，数十上百艘船，艄艉高翘，金碧辉煌，气势磅礴，如庞大的水上宫殿，“其所乘之宝船，体势巍然，巨无与敌，篷帆锚舵，非二三百人莫能举动。”（巩珍：《西洋番国志》），简直是一个移动的水上国家，所到之处，怎不会万人空巷，让人欢呼惊叹？

三

今天看来，这条船依然有些单薄。除去风化剥蚀的厚度，我这样一个老船工，掂量它的时候，仍然不禁为它捏一把汗。它航行了一万海里？十万海里？它到过波斯、阿拉伯、印度、锡兰、埃及、马六甲、苏门答腊、莫桑比克？到过南海、红海、地中海、印度洋、太平洋？是一个多大的商船队？他们历经了多少日子？虽然它有前人足够的航海经验，但这样的船如何一次又一次抵御无法预测骤然而至的台风、飓风？如何战胜漫漫长途中的千万暗礁险滩？我知道，在长江上，就是铁壳船，沿着航标灯标出的航道，再有经验的船长，稍有不慎，也会触礁翻覆沉没，何况这样的木质船，何况在万里荒凉的大海。虽然有智慧的密封舱，但路途迢迢，险象环生，他们是如何借用这简陋的船体，走过无数国家？面对如此之多的异域和异人，如何与他们交易？怎样用文字和语言交流？如何保存交换来的财富？如何战胜没有蔬菜和维生素的海上颠簸与煎熬？一船男人，他们会斗殴吗？他们会染病吗？他们隔绝了亲人的消息，他们会发疯吗？“鲸舟吼浪泛沧溟，远涉洪涛渺无极。”这是谁的悲怆绝望的诗句？

这样一条船航行在浩渺大海的时候，我只能感叹他们是神人。神不可能完全保佑他们，这只是一种幻想。他们须得自己是神。他们也不可能插上翅羽像一只海鸥在波峰浪谷间飞翔，他们必须一点点地利用这块并不坚固的、轻如羽毛的木质漂浮物，在茫茫的大海间寻找陆地。想一想，这是何等的悲壮！不到万不得已，一个人是不会如此去远方的大海上冒险的。前面是大海，后面是坚实的陆地，有经商头脑的泉州人，一样可以沿着另一条丝绸之路，一步一个脚印，踏实宽心地走向异国他乡。这是怎样的一种天性？如今的我们，是不可能进入他们狂野的内心的。也许他们认为山石嶙峋的土地不是土地，而碧波万顷的海洋才是土地。古代的泉州人，是内心有翅膀的人，而他们的灵魂，已经惯于四海飞腾，波峰浪里。

丝绸，当然是丝绸，泉州丝绸。还有德化瓷器、安溪茶叶、铜铁器物、中华文化。运回了什么？檀香、沉香、乳香、龙涎香、降真香等各种香料；珍贵药材、珍珠玛瑙、钻石翡翠、真金白银、槟榔胡椒；奇异风情、美人美食也随之带回。而尾随而来的各国商人、探险家、传教士、落难王子……塞满了古时的刺桐（泉州）港。

南宋的中国被称为“海上马车夫”。一条这样的船，据推算，相当于七百匹骆驼的载重。可是，在浩瀚沙漠之上的七百匹骆驼的驼队，同样充满了巨大的危险。而泉州人是海洋的孩子，他们喜欢船，并且像海豚一样喜欢嬉戏于自由的大海之上，这是一种基因。一种对动荡生命的越界想象。更喜欢咸腥的风和鱼，喜欢帆桅和海妖的歌声，喜欢水天一色。

这是一片蓝土，在泉州人眼里，因为有了巨大的“福船”，海洋在他们眼里是无边无际充满了诱惑的蓝色沃土。它不属于任何人、任何国家、任何君王，可以尽情开采。以船为犁，以风为季节。每年春夏之交的四月和秋冬之交的十月两次祈风，如农人祈雨一样虔敬。“当山岳般的波涛笼罩他们的时候，他们虔诚地祈祷真主。”这是泉州清净寺石砌墙上刻着的航海家们的古老祈风文字。在水手们的眼里，进入冬季的洋流和东北季风是出航的最佳时机。归航的日子却是夏季西南季风最强劲的时候，正好将各地的候鸟们从世界的各个角落吹回泉州。他们就是特殊的候鸟，深谙大海季节的神奇羽人。

四

在这条沉船之侧，在一个静静的角落里，我看到了一个大铁锚。它是否来自某一条船上？这样的铁锚必须有巨大的绞车。有人根据该锚推算，它所在的船舶至少可载重四百吨，会比这展厅的沉船大一倍。

这是真实不虚的。我曾在两百吨的货船上工作过，我们的锚没有这一半大，但每次起锚时，得有四至八人绞动钢缆才能出水。而这个庞大的锚，要更多的人来推绞。想想这拔锚起航时壮观的场面吧。

还有一块长3.66米的石碇。什么叫扬帆起碇？看看它。这么巨大的石碇我也是第一次见到。它又是来自哪一条船？这些船都去了哪里？锚也好，碇也好，也是某次海难的沉没物吗？这些出土的地方，也是遥远时候的悲恸之地吗？

还有一些没有消失的，比如，从异国港口带回的压舱之物如牡蛎壳，当地叫蚵壳。在海边蟳埔村，到处是用巨大蚵壳垒砌的房屋。这些亮晶晶的、粗糙的、怪异的墙壁，是大海的馈赠。当年远航的人们，回来时船舱空了，为了压舱，捡拾他国海边遗弃的大牡蛎壳放入底舱中，以防止风浪的颠簸。这些数百年带回的牡蛎壳，成为海边居民垒砌房屋的材料。住在这房子里的主人，有些是曾经远航的老水手，他们不再出海。但在晚上，他们说，仍然听得到这蚵壳墙壁上传来的大海的潮音。而他们死后的棺材，也是石雕的船棺。死后，他们依然在船上生活，他们依然是驾驭大海的伟大骑手。依然倾听着大海的涛声入眠，让大海安抚自己的灵魂。这生命是何等的浪漫与依恋，是何等圆满的结局！死亡是另一种开始。那些砌进墙壁的牡蛎依然在澎湃着，它们是凝固的海。

我想起此行，在汽车驰过泉州街道时，同行的泉州籍女作家潘向黎隔着车窗不停地向外拍照，并指着一处告诉我们："看，那就是刺桐，花都开了！"刺桐，高大的海边乔木，火焰般的花序，张扬，骄傲，巨大，华贵，喧闹，沸腾般的红。

泉州古称刺桐港，刺桐港曾是宋元时期东方最大的港，也曾经是世界最繁华的港。樯桅林立，百舸争流。一条船沉了，十条船沉了，更多的船将在刺桐花开的时候，驰向这里。有人看见了故乡的刺桐花正开，有人看见了东方的刺桐花正开。有人，成为亡灵，沉入海底。他的梦，他的魂依然会盘桓缠绕在刺桐港和刺桐花下。"我与大海一道 / 成为 / 一口清新的 / 棺材"（翁加雷蒂：《天地》）。

再见吧，大海！你壮观的美色

将永远不会被我遗忘；

我将久久地，久久地听着
你在黄昏时分的轰响。
心里充满了你，我将要把
你的山岩，你的海湾，
你的光和影，你的浪花的喋喋，
带到森林，带到寂静的荒原。

普希金对大海的赞美和留恋，是葬身大海的所有海魂永远的歌唱。

云南片段

气　流

当飞机开始在云南下降，颠簸得异常厉害，就像即将要“失联”的样子。

怪飞行员吗？我说，这个飞行员是个开“麻木”（三轮摩托）的水平。

其实，高原上的气流流动异常活跃，且是横冲直撞的。

这很好。高原是有神灵的，而神灵的神思正在奔跑。我们的飞机，正好撞上了神的神思。在这股所谓的“乱流”中，连铁也会颤抖，而且是庞大的铁。

神的思绪多么有力。它在大气里流动，你看不见它，它指挥着世界，你逃不过它。

群　山

安静的群山，排列着，坐在高处。

它们是老人，所以坐得很高。

它们有许多人，围着我们。

这是什么意思？

是怕我们受侵害和打扰吗？

是想占据更多的地方，成为它们盘踞的领地吗？

有时候我们尊敬它们，是因为它们高大。让人类蜗居在狭长的河谷地带，被它们的霸气所臣服，让人类的生活局促、逼仄——他们自谦在“牦牛角尖的地方”，而石头无声地行使着至高无上的权力。

在云南，我看见太多的群山。有时候觉得它们是神，有时候觉得它们是魔。人类如此卑微，还要崇敬它们。也许，人的命运只能如此，特别是，那些住在群山之下的人们。

大理的老房子

二十年前我去的时候，走进大理古城，一眼见到的，是一排低矮老旧的破店铺。

风花雪银、寸家百岁银坊、福顺祥、吉利银器……

二十年后，依然是它们，依然老，依然墙体驳落，摇摇欲坠，屋顶上摇曳着瓦松。

任何地方，推土机都在窥伺着它们，想将它们铲除。还有开发商，都对它们虎视眈眈。因为它们衰老了，不堪一击。二十年，多少这样的老房子灰飞烟灭，成为恶俗水泥建筑的牺牲品，成为怀念。

那么多全世界跑来的人，人挤着人，来到大理，不都是来看这样破旧的老房子的吗？太挤，人太多。人太多，是因为这种老房子太少了，只有大理或者丽江保存了它。往后推五十年，哪个县城没有大理一样的城墙？哪里没有大理一样的老街？每个县都是大理和丽江。然而，如今，只有大理是大理，丽江是丽江。其他的，全没了。

丽　江

1.

八百年的路，八百年的石头。

是麻石，风化得太厉害，已经凹凹凸凸，根本不能称为路，已经不能成为街道的组成部分。还像死尸一样地躺在这里，像一些朽骨，岁月的朽骨。

磨鞋。再好的鞋也会磨去，比刀还狠。

一个穿高跟鞋女人会崴脚。如果她偶尔闯入这个叫丽江的古城，她会狼狈不堪。

我一下回到了八百年前，早晨马帮的铃声在清寂的街道上走过，店铺的排门没有打开。薄雾在街巷流溢，纳西人的炉子也没有升起晨间的炊烟。矮脚马打着响鼻，大包的货物是通往远方古道的沉重的风景。

这场景多么美!

古老的路是最美的。慢，但美。

慢悠悠的生活，走着路，看着脚下，选择着下脚的地方，每一步都记得。在想事儿，呼吸均匀。想昨夜的梦，梦里的女人。在惺忪中慢热，因为此行太远，不要着急，时间有的是。

不像走路，像漫步在山间。

好在这里的人不会撬动它，不会另外在上面铺上水泥或者沥青。他们知道，要有一条这样的路，让步子放缓，来看两边动人的风景。

2.

我走到一个叫卖草场的小街，当地人叫它“日其塘”。这片狭小的空地是马帮添加草料的地方，也是歇脚休整的地方。

嗯，就叫卖草场。直奔这里，马在这里成群，驮上新鲜的草料。而马帮的人们抽着烟，在这里说着话儿。有熟人，也有陌生人。交易，坐着。暂时卸下大包的茶砖、布匹、药材、玉石、烟草。从很远的地方来，到很远的地方去。

卖草场的气味是新鲜草的气味，可以有马粪，还有马的叫声，马打斗的声音和寻找配偶的声音；马锅头（马帮的头领）臂上的银饰闪着权力的光。黝黑精瘦的人们，长途跋涉的行者，他们是这个地方的生气。

现在他们全都不在了，远离了，死了。卖草场还在，他们买过卖过的地方还在，他们的魂还在。身旁穿行的人流不真实，只有我们想象的马帮和堆积如山的草料是真实的。气味久久不散，这是岁月累积的。历史看起来虚幻，但比现实更真实。

3.

一个晚上，摩梭人的店铺里，一个女人的织布机还在响着，她的梭，在经纬线上奔跑。

她的眼神那么专注。织机上，只有红白黑三种颜色。而她的花腰带却七彩缤纷，是她自己织的，她的腰上像围着一弯彩虹。

就像乡村的夜晚，待家人睡去后，一个勤快的摩梭女人，坐上织机，开始了她的工作。可是，她的店铺的对面，夜晚的歌舞正在疯狂上演。只有几步，就是丽江娱乐城、丽江义乌小商品市场、丽江集贸市场，就是醉生梦死。丽江死了，今夜。我只听到那轧轧的织机声，很小，要仔细倾听。我听到了摩梭女人的心跳。

我决定买下一条围巾，不管多贵，那上面有摩梭女人残留的体温和投注，还织进了夜晚安静的织机声。

4.

马帮依然待在古城里，叼着烟，戴着牛仔帽，骑着矮脚马，成为表演。

我在小巷里，看着牵马的人来了，大叫着：“花姑娘来了！”

一个搔首弄姿的中年妇女，骑在马上，风姿绰约，宛如新娘。

马帮应该是沉默的，因为行远路，语言变成了石头和风。只有呵斥牲口的声音，也有恶语相向。咳嗽可能因为抽烟和伤风，也可能在向后面传递安全的信息。

马帮的马异常漂亮，我欣赏着。这些马温驯、坚韧、沉默，还有着属于它们的途标、马旗、响铃、毛渣、花缨、绣球等配饰，一如它们去往远方跋涉的祖先。

只有马是不会变的，它们属于古老的生活。

5.

雪山上的水流下来了。它们日夜不停，汩汩而行。

傍水而居的人，每天看着它们，听着它们，嗅着它们清新的气息。每天，雪被分解成流水的声音。那么多，没有工厂，可是冰雪自然融化了，成为流水。

有几千年了。不止吧？也许有几万年几十万年了。几百万年，也许。

玉龙雪山

1.

玉龙雪山，众神的居所，鹰的故乡。

白云和天空的婚床，满头飞白的山。

拒绝草木，不需要任何掩饰。

只有石头属于时间，雪属于时间。

生命中的一种白，在最高的地方。

2.

我到达了四千五百零六米的高度。我拍照留念，摆酷。我还要往上。我在突然遭遇的雪地上打滚，双手冻麻了，我没有高原反应。所有人发狂地在雪地上奔跑，雾像舞台上的道具。是不是在天上？我竟然到达了我所歌颂的神的居所。是谁把我送上来的？我有什么资格在这里欢呼和撒野？我是不是在亵渎？

云在我身旁漫卷，这些白得像梦的丝绒的物体。

这么洁白的雪和茫茫的雾，也许神去逡巡另外的山头了。他在更高处看我们糟蹋他的寝宫——那在寒冷中远离人间的雪庭。

3.

抗不住了，这些租来大衣的凡人。

一些人开始打战，开始呼吸困难。

一些人开始祈祷，一些人开始吸氧。

一些人开始撤退，一些人不见了。从哪儿来，还从哪儿回去。

我后来悄悄地走了，我听见了神无声的呵斥，我听见了我被神山驱逐的声音。

虎跳峡

1.

虎跳峡谷，万兽犹斗。

纵然荒吼，群山不应。

长江万里，唯你血性。

水尤如此，人何以堪。

2.

我录回了虎跳峡奔腾凶暴的水声。

我在安静的书房听这混乱咆哮的声音，这自然的声音，听力量和愤怒。

莫名的，被什么东西激怒过的，日夜不息的狂喊乱叫的声音。

水从哪儿来的？水在石头周围分裂出无数图案，水在夺路而逃。

无数潜藏在水中的浊龙，扭动着它们凶悍的躯体，在水里钻来钻去。它们是这个峡谷的主宰，千万年的荒兽。

3.

我想起在 1985 年首漂金沙江虎跳峡殉难的尧茂书，我至今记得他临行前的神情。要让中国人成为金沙江的首漂。电视上我看见他投入水中，浊龙将它吞噬，那些水中巨大的石头将他密封的羊皮筏子撕得粉碎，他无影无踪。

至今还是无影无踪。

还有更多死去的来者，也是无影无踪，水没有饶恕他们。

就是那些石头。狰狞了一亿年的江中巨石，就是在某一天等待敢于挑战它的人。

一块又一块石头，不可战胜。

香格里拉

1.

所有神山的轮廓都是最简单的。

玉龙雪山、哈巴雪山、梅里雪山、南迦巴瓦峰、贡嘎山、雀儿山、三奥雪山，都是。

线条简洁，可是，高。高和洁白，和雪终年不化的白色是它们的威严。

是它们组成了香格里拉，跟金字塔一样，是大香格里拉地区一座连着一座的金字塔。

2.

香格里拉，是香巴拉的国土。圣湖，庄严的云彩，一切仿佛在天上。这里什么也不缺，唯一缺少的是氧气。不需要太多的肺部吐纳，神灵的呼吸缓慢，时间在静止。就像天空的鹰，钉在云上。咆哮的声音远去，寂静是神山的根。

已经接近了天空。那种深蓝已经到达了天空深处，云彩触手可及。这是天堂，这就是香巴拉。天正在我怀里。

3.

普达措、碧塔海和属都湖，不声不响的净土。

森林森森，圣湖寂寂，杜鹃烈烈，牦牛是高原大地上最安静的哲人。

在碧塔海，几株巨大的树倒在湖边。但是，它们依然活着。还有几棵树死了，倒在水里，从水中伸出它们光秃秃的手臂，可是它们的姿态依然优美。

在这里无论生还是死，都是美的，生命超脱了轮回。它们的存在，是神的现身。

4.

独克宗古城。传说中的月光城，茶马古道上的千年重镇。

它的废墟上似乎还有袅袅的青烟，一股悲凉的煳味弥漫在山顶巨大的金色转经筒上。

香格里拉的古街，一个上海商人烤火的悲剧。半夜时分，你为什么怕冷？越靠近神越冷？烧掉的是街，天空依然很蓝，不在乎地上的这点废墟。

那个巨大的转经筒，消弭了天地的嗔痛。

我走在废墟上。四方街成为一片瓦砾。纵横交错的石板路，一队队的马帮，摩肩接踵的人群，被火驱赶，成为空旷的遗址。水在呜咽。

风马经幡猎猎抖动，飘扬着。香格里拉，你千年白色雪山的倒影，终于逃不过今天，被烧灼成焦黑。

他们说，月光城死了。月光一地，照着废墟。

一个拉弦子的藏民

他拉着弦子，跳着弦子舞。他一个人。他个子高高的，脸膛儿红红的。戴着厚厚的毡帽，穿着藏服。

弦子，“兵央”或者“热巴”，藏族胡琴。

简陋的胡琴，琴杆和拉弓很短。弦是马尾，弓弦是马尾。琴筒是挖空的香格里拉之树，羊皮或牛皮的筒面。不是独奏，不是在月光下独诉。他跳着，在舞蹈中拉动和演奏。

他在拉一曲藏歌，跳一支藏舞，刀在他腰间。他那么热烈，也那么淡定。

他结束了，拿起一瓶啤酒当水喝了。他要回家。

天还没有全黑。我在楼下问他：“你多大开始拉弦子？”“我很小在放羊的时候就会拉。”“你现在干什么？”“还是放羊。”

“我有一百只羊。”他说。

他骑着摩托走了。他在草原上，在世界最后的净土香格里拉放羊，在藏区放羊，跟着白云和雪山一起放羊，在圣湖和神山边放羊。

他在我们遗忘的地方放羊、演奏和舞蹈。

垦荒海南

太远，海南。

海南太远。

“儋州”二字，就是远，天荒水远。不远不会让你来，不远不配“贬谪”“流放”这些词。

皇帝老儿很会折磨人，让你心远地更偏，让世界遗忘你，让你生不如死，让你荒岛求生，或者抛尸荒岛。

——到了海南，看椰树摇曳，就想到苏轼。想他还在儋州，“风雨睡不知，黄叶满枕前。”听一床涛声潮声，犹入地狱之腹；看四野疯长植物，似如夷国之境。

东坡先生当仁不让为第一代海南农垦人。有诗为证：“借我三亩地，结茅为子邻。鴃舌傥可学，化为黎母民。”“斩艾蓬藋，南东其亩。”

说海南太远，是一种心理距离。想到东坡时代，何尝不是天涯沦落人！但海南终究不会永远荒凉，风水轮流转，一跃而成为国际旅游岛。一到冬季，浩荡猫冬人群，四方涌来，阳光、沙滩、温泉。不论老与少，不论做官与不做官，都可以一卸社会表情，着热带花衣短裤，咧嘴大乐。

六十年前的海南还是荒。那时来海南垦荒的官员，是真正的垦荒者，自食其力，犹如耕樵为生的苏轼。出门四件宝：锄头、砍刀、铁铲、四挂耙。全是铁器，那个沉呀！长枪短炮的，全是真家伙，不是表演秀。一个叫罗绮的老红军，就是如此。下连队也要带，农具为他前呼后拥。

先是军人，后是华侨，再是知青。

想到孔捷生的《在小河那边》。想到那个叫严凉的知青，守着农场的橡胶苗圃，一个人，只有孤单的月光，童话一样就出现了一个在河边裸浴的美丽女子，于是发生了应该发生却又不该发生的事——女子是自己的亲姐。

知青们的生活，还是跟农垦初期一样，糊泥草为舍，搭砖台为桌。看到他们当年吃住的老照片，想象一下东坡先生的苦，农垦是一件开天辟地的事，要有盘古精神，战士韧力。

如今，农垦富了，突然富了。

车开了好久，还是没有几户人家，这种景象，在一年三熟的地方，还是很奇特的，真正的地广人稀。

于是，可以有农垦人一家包几十亩上百亩地，就算地不多也出黄金。一个叫董尊全的承包了七八亩地，种的是芒果果王（“台农一号”）、果后（贵妃、金苹果）。一个院子——叫“董记果园”，一栋房子，一辆车子，加上芒果花满园飘香，一年坐收十来万元，供孩子北京念书。这种生活，神仙也羡。

南田温泉，成就了一个五星级宾馆，成就了一个神泉集团。

在五指山下黎族聚居地的保亭，农垦的五星级酒店里，有黎家妇女为我们的到来献花、献酒、献歌。农垦人与黎家人，成为一家子。农垦人是主人，黎家人也是主人，分不清了。农垦人用的敬酒方式，敬的酒，就是黎家的。那酒，清甜，清亮亮的甜。

农垦人酿酒，也种茶，上好的红茶——“海风一号”，还种咖啡。这里水果品种更多。凡是热带水果，这里都有，都是顶尖级的。还养猪，养奶牛。吃的喝的，全是他们自己的。每个农场都有自豪的东西，都有独特的出产和财富，还有独特的小气候。风物风情多样，珍稀品种不同。

同行的私下说：“他们有土地。”

的确。如今咱国家最缺的是啥？土地。山水土地又不是可再生的资源，也因此，房价越来越贵。

海南农垦人手上有一千二百八十二万亩地。攥着，不慌。也不卖，自己开发。说不定随便往地下一钻，一口日产万方的温泉井就出来了，又一个五星级，又一个度假村就来了。这些地，种橡胶，种稀有水果，搞旅游，开发最好的楼盘，开发村庄。南海农场的开发最有意思。你购五十套，送一个花园给你，你自己命名。什么村都可以，湖北村东北村，黑龙江村扬子江村，都行。一个作家当场喊起来："我要弄一个作家村！"

好，好！这个村我搬来住。村口竖个东坡像，纪念第一批登岛垦荒的作家。让后来的南坡西坡北坡们，有了自己的瓜棚豆架，有了自己的清风小酌。

艰苦的垦荒者有的留下了，有的没留下。留下来的，赶上了好时光。过去我们知道，杂交稻制种，要去海南，冬季吃新鲜蔬菜，要靠海南。现在更多的人是要吃它的好水果，好空气，好阳光。

其实所谓幸福，不过是手上有一杯小酒，门前有一点儿清风，耳边有一点儿海浪，头上有一点儿阳光，脚下有一畦菜地。"酒尽君可起，我歌已三终。由来竹林人，不数涛与戎。""云外流泉远，风前飞鸟轻。相携就衡宇，酌酒话交情。""客来有美载，果熟多幽欣。丹荔破玉肤，黄柑溢芳津。"这海南的美好生活，东坡先生自耕自收享受到了，农垦人也享受到了。未来作家村的村民们也将会享受到。

水的传说

远山青青，春烟迢迢，赤水蒙蒙。

有一股神秘气息蒸腾在这逶迤一线的地方，有什么正在暗示我，有酒的醇厚，有香味。不是那种浓香，不是轻浮的香，不招摇，很深，好像蓄谋已久的，很厚。有的东西就是厚的，很厚，宽阔，神秘，深藏不露，但又无处不在。是的，不会张扬，自然而然，渗透的、感染的，或者有可能在土里涌动的。像蚯蚓，像三月沉重的苏醒，像根在延伸……我喜欢这样的气息，纠缠着人们，在天地间四处扩散，仿佛嬉戏和梦游。我想起可能有一个千年的隐士，有一个得道的高人正在这儿。是的，我突然想起，是一种称之为水魂的东西，是神灵。

水淋淋的，它爬上岸来。

我喜欢这样的水，虽然我不胜酒力。

生活充满艰辛悲痛，而酒化解了这一切，像春烟弥漫在天地之间，弥合了一个巨大的空洞，将现实与梦境、神话与生活混沌连接起来了。这也许就是古人说的天地有厚德吧！

是的，让我心生涟漪，还有一种兴奋，一种对冰与火的投入与期待。虽然，你可能对这浓烈的气味有畏惧，但有刺激，有诱惑。循着什么进入？水在明白无误地流淌着。是一条河？是的，就是它，在茫茫天地间，可能我们只能通过这条河来找到它的源头。它代表了水，又不是水。是水的精粹，水的灵魂。有水的外形，但不是水，是借水的形体来完成它的野心，是水的辉煌的巅峰，水的火焰。我们并不懂它，因为它藏匿着，又坦然着，冰凉，清澈，恬淡，柔软，不在乎，野性。它在夜晚流淌的声音就像是诵读着一篇天上的（也许是大地深处的）经文。它是文化。不能否认河流的属性，而且是艰深的、玄妙的文化，不是凡尘能够读懂的。后来，它用瓶子装着，在漫长的时间里，历史酿就了酒的个性。它就是文化和历史的证据，甚至是民族历史中激荡的华彩乐章。有一种智慧是用水来承载和储存的，不让它流淌，静静放着，密封着，冥想着，进入历史的大荒。酿造过后可能是漫长的等待，以液体的方式，走进历史，燃烧后来的生活，寻找听得懂它语言的人和时代，塑造人类。

我到过旧金山的帕纳山谷，那里同样是酒的故乡，山谷里氤氲着另外一个民族的智慧与情感。在那里我读出了田园牧歌，读出了从大自然采撷的精美片段。酒是牧歌，是收成，是我们农耕时代的丰收的喜悦。你看采摘葡萄的人们，你看蓝天白云，看成群的奶牛，看那些隐藏在葡萄园中的酒庄，看山谷里流溢的雾气和天空中飞翔的鹰。酝啊，酿啊。田野上、山冈上、风里、秋天里溢淌着醇美流蜜的空气，那么浓稠、高雅。你看赤水两岸，那个时候，同样高粱摇曳、河水流响，人们收获着沉甸甸的穗子，将它们投入掺了酒曲的石窖中，也是酝啊，酿啊。后来，一个容器将那化为水的神物全部收走了，密封了。但是，这个容器里，如果你仔细倾听，却依然能听到河流奔涌和庄稼爆裂的声音，能闻到丰收时的醇香和农人的沉醉。听到庄稼成熟后在风里沙沙的喧嚷和絮语，夜半露寒时的呢喃，经久不息。它是永恒的声音，永恒的浓烈和醉意，永恒的荡漾，它贮存在我们心里。它使我们保持对水的源头和祖先文明的追溯与回忆，对诗的热爱，对过往历史的兴趣，对朴素生活的梦想。

因此，酒不是工业，不是商品，它就是文化在漫漫烟波中的传承，是文化的倒影。

在这里，用赤水酿成的酒，终于有了这么一种气质：采天地灵气，怀厚德致远。天地灵性，至厚至德。是水与人，人与天的同气相求。想想吧，同样是高粱与酒曲的碰撞，是一场天作之合的邂逅，这里的高粱特异，而五月的女人踩曲，是如此的柔情蜜意，仿佛是对酒的爱恋缠绵的序歌，是摇篮里的天籁。一双赤脚，踩兮舞兮，酒曲慢慢地从山野女人精心的侍弄中诞生了……还有一次一次的发酵、加沙、蒸馏、取酒、储藏、等待、勾兑……多么神奇美妙的过程。不要用科学仪器分析，它所含的香有多少种，所含的微生物有多少种，真的，我宁愿什么也不知道。但只求像天地的鼻扇，吸进它灵香袅袅的意境，它的优雅细腻的云态，它的亦幻亦真的叩访。而一种叫水魂的生命，它的神秘性是不可以分析的，并且要拒绝分析。在这儿漂浮的神秘物质，是永远也抓不到它的，犹如尼斯湖水怪和神农架的野人，一闪即逝。是它参与了整个酿造的过程，一双神奇的手，在搅动着这场壮丽的水的演出，在书写水的传说。

酒也不是食物，不是的，它是介乎于物质和精神之间的一种东西，我姑且称它第三物质，它可以滋养灵，也可以滋养肉。它来自深山，取自深谷。雾霭茫茫的赤水，一勺一勺，一湾一湾，一程一程，一摊一摊。你究竟叙说着什么，你为什么有如此的魅惑？不是说这里，说在遥远的神农架，有一位老人，一个铁匠，几十年从不吃饭，只喝酒，也不吃菜，就一盘石子儿，用油盐炒了吮着下酒，下顿洗净了再炒。酒能支撑他几十年不吃饭的身体，里面有什么神奇的物质呢？

现在，我走在茅台古镇的烟雨中，走在赤水河畔。一切都在酒的萌动中，仿佛酒是一粒快要冲出大地的种子，一次风生水起的潮汛。我感受到了。对，酒是种子，酒是用水耕种出来的。我终于明白了。

曾卓故里行

每个人都有一个故乡。故乡这块土地会给他一个精神的DNA，让他的一切带有故乡的烙印。

黄陂蔡榨镇的曾家大湾，是诗人曾卓的故里。这个地方是茶乡文化古镇。而黄陂出过许多名人，特别是文化名人。绿原、彭邦桢、伍禾，而且都是大诗人。黄陂这块土地是神奇的，去年我去蔡榨时就在那儿写过四个字：朝圣之旅。对于诗人来说，这里就是湖北另一个诗歌的圣地。来到这儿自然会怀着朝圣的心情，何况是受到大家爱戴的诗人曾卓。

曾卓在中国诗坛的地位是非常高的。特别是在打倒“四人帮”后，在诗坛复出的曾卓，以《悬崖边的树》《老水手的歌》引起过轰动。成为湖北诗坛一面最具有精神意义的旗帜，他的人品与诗品有口皆碑，他生前曾是青年作家们的偶像和朋友。

五月的一天，我们应邀去到了曾家大湾。这个山清水秀的小湾子，黄陂东乡与红安县、新洲县相邻的犄角地带。村庄的东边有一座小山叫三台山。山不高却灵秀万端，五月的雨把这一带染得绿莹莹的，油亮亮的。我们进入这个小小的湾子，看到路口不远就是一座至少百年的古老建筑。墙体一半是整齐光滑的石块砌成，上半是红砖。从红砖来看，应该是清末民初所建。砖很讲究，有各种雕花，但也有一点儿欧式风格。照墙两边竟然是三个圆弧，看来设计者心态开放，受过当时外来建筑的影响。但门框、门楣都是典型的中式风格，巨大的条石，有大宅院的感觉。事实如此。整个房子有三进，可说是宅院深深。当初雕刻的“宗圣祠”三字没有了，依稀可见的是四个红漆字：桃园学校。在二十世纪六七十年代，这里确做过学校。走进去，已是破烂不堪。里面杂树丛生，都没了屋顶，成了牛们的栖息之地。木梁坍塌，各种雕花的饰物横七竖八。曾经的盛景、热闹和骄傲被不动声色的时间打败了。

我们还去看了据说是曾卓祖父的房子，也已经翻新，只剩下有几条阶石、一些砖是古老的记忆。我们穿行在湾子的小巷里，有穿越到久远过去的感觉。在这个村子里还看到了一处更大的破败的宅院，墙在，门在，大雕花条石在，院子在，就是人不在了，整洁、矜持、庄严不在了。有个很老的大房子里也是鸡鸭成群，牛羊安卧。但可以看出，这个曾家大湾的曾家，的确是黄陂的望族。而这个湾子，90% 以上的人是姓曾。

这个湾子里的曾姓同一个祖宗，文武人才辈出，文者才冠两湖，武者安邦定国。听介绍，这湾子里清朝出过探花。不少族人或高官，或巨贾，或将军，或学业有成的人，或在世界各地任职甚至联合国任职的人，不在少数。

但影响最大的是文化名人曾庆冠即曾卓先生。武汉的地下党员，新中国成立后任武汉市文联主席和湖北省作协副主席，《长江日报》副总编。

曾卓多次回到过他的故乡，因为他的父母都是黄陂人。最疼爱他的母亲死于逃难途中，他自己一生受尽磨难，苦难刻在他的脸上，脸上的沟壑多于乡下的老农。

不幸的曾卓结束了他们的那个苦难的时代，也拼命以自己不可遏止的才华闪耀过生命的光辉。他应该有自己的一个纪念馆。在逝去的湖北一代大家中，只有徐迟先生在他的家乡有一个小小的纪念馆。2008 年 5 月的一天，我到江苏震泽去参加一个笔会。震泽正好与浙江的南浔镇比邻。南浔就是徐迟先生的家乡。于是我去了南浔，在一个叫文园的公园里，找到了徐迟先生的纪念馆。这是一个小院，院子里有徐迟的铜像，展室里有徐迟生平，并复制了他在武汉水果湖高知楼的简陋的书房。还有老先生的一台 286 电脑。徐迟先生真是有幸呀！在前两年，在楚河汉街的迅猛拆迁中，徐迟先生以及碧野先生的书房化为乌有，文人们微弱的呼吁赶不上挖掘机疯狂的轰响。灰飞烟灭，让人叹惋。故乡却以其细心和爱保存了他的一切。只有故乡是最无私的，故乡愿意接纳她的儿子归来。这双手深情护卫，而不是粗暴毁坏。

黄陂方面正是基于故乡的情怀，认为有责任为曾卓建一个纪念馆。我们去拜谒的目的，也正是以行动来呼吁当地政府的重视。这应是名人家乡的一种义不容辞的责任。也将是继徐迟纪念馆后，第二个名人家乡建起的纪念馆。

我们在那里向黄陂方面的领导们提出了一些设想：可以将曾家祠堂修缮，作为曾卓纪念馆。而当地也有此想法。这座古色古香的建筑，正好可以容纳对一个诗人的纪念与怀想。一个老水手在漂泊一生后魂归故里，这也是他甚感欣慰的吧。这里面还可以设一些黄陂诗人，如绿原、彭邦桢、伍禾的展室。在开阔的门口竖一尊曾卓的铜像，并将他的著名诗篇一一刻在石头上，成为一处独特景观，大量的曾卓文物都将会汇集在这里展出。我当即表示，愿意献出曾卓先生为我诗集做序言的手稿给纪念馆。黄陂的严部长对这个方案极力赞同，并表示要抓紧进行。前期修复工作也许在不远的将来展开。这个纪念馆建成后，将是湖北作家诗人们朝圣、采风的目的地，这块曾诞生过曾卓的土地，相信也会带给后来者文学的灵感和精神的滋养。而蔡榨古镇是茶叶之乡，同样是诗人之乡。诗与茶，是文化的孪生兄弟，这也许是土地的赠予，冥冥中的安排。

著名诗人绿原在《追思“没有被打倒”的曾卓》中说：“曾卓是一位诗品赫赫有名、人品铁骨铮铮的诗人；他生前真诚地显现自己的真诚，他爱很多人；如今，他虽然远行了，但他仍被很多人爱。”

是的，曾卓将被很多的人爱，也将被他的家乡热爱，直到永远……

曾卓：伟大的行者

曾卓先生的魅力来自他的人格，说这句话可能会否定一些人，可能会否定一代一代的一些人。事实上，当我写这篇文章的时候，我沉痛地感到，我们在失去了曾卓之后，已经没有了一个可以成为我们中心的人，一个我们称之为“魂”的存在，没有了一个簇拥的中心，一个慈祥的长者或者同辈。可能会有疾恶如仇的，可能会有名声赫赫的，也可能会有大作品的，但没有一个大人格的人，让我们尊敬并围绕。想到这里，心中会有一丝悲凉。

一个人，人品要与作品的好相匹配，太难了。但还不仅仅是这样的。同曾卓先生打过交道的人都强烈地感受到，他内心除了安静和慈祥外，有一种能让人一眼见底的单纯和清澈。这可能是苦难造就的。但一个人，从一开始就是这样，也许更符合事实。人不可能改变自己。他不是那种名声显赫后就高高在上的，让你心虚、没底的人，让你琢磨不透的人，有面具和防御，从而把你拒之遥远的人。你跟他，会没有距离感，不需要在心里琢磨他。

在许多聚会的场合，他的穿着颇有风度，围着红围巾，时尚，但满脸沧桑。可是又很亲切，又像没有什么年龄，与你相仿。他与人交谈时，说自己时，真诚，没有一丝躲闪和夸饰，像一个朴实的老农，可又是一个深沉的思想家。他的谈话充满了善解人意的宽容（这对一个大人物何其难得！），没有霸气，没有不可一世的骄横。他说到兴奋处时，会大声喝唤：“谁给我一支烟？”那时候，烟雾像祥云一样围绕着他，就像我们围绕在他身边。那时候，他与大家在一起相聚时充满了快乐与沉醉。那时候，文学非常安静、美好和干净。那时候，文学远比一切高尚和优雅。我们并不羡慕其他。想到那时候，我会眼湿和怅惘。

但曾卓不仅仅是宽容和可爱的，也是深沉的。他的诗如此，他的人也如此。我记得一次在东湖宾馆开会时，我们中午坐在湖边的阳光里，听他讲他在“文化大革命”时的遭遇，讲到他被关在武昌郊区劳动，尚在读中学的萌萌（他的女儿）从汉口徒步来看他，整整走了一天。他说到这些时，眼中闪烁着老人的泪水。那就叫老泪吧，那就叫一个老人的回忆吧。说到这种遭遇，竟让人有一种草滩春日温馨的感觉。那是发自他宽阔的胸怀的，那叫父爱。

我记不起第一次去曾卓先生家里时我说过什么话，他说过什么话。我只记得是与王家新、曾静平等人一起去的。王家新从家乡均县带来了很多橘子，还抱着他很小的儿子。我记得王家新像回到自己家一样随意，记得曾卓先生与他夫人薛老师的亲切热情，记得我们大啖那些橘子。现在想来，那样的亲切感是油然而生的。

1990年我要出版诗集，像当时的所有人一样，都希望得到曾卓的序。我忘了是被谁怂恿并带去的。我与人提着一些水果去了他在台北路的家，请求他为我的诗集作序，没有被拒绝。他不可能驳别人面子，不可能让人难堪。我就明白了他为什么会给那么多青年诗人作序。作序是多累的一个活儿呀，我们太为难曾卓了，我们因为年轻和虚荣而害苦了他。他的有求必应，就是一种菩萨的作为。这篇写于“1990.10.9深夜”的序，让我不理解一个大诗人对一个小作者的了解为何会如此地清楚明白。他提到我“丰产的中短篇小说”、独特的生活经历：修闸、架线、驾船、流浪。至少在我给他的作者简介里没有这些。他还提到，记得我当时写给他信时的“那种略带凄苦的语调”。我想，这之前（我写诗的初期）我一定向他倾诉过，并寄过许多我的诗给他。一个善于记住身边每一个人的大人物，心里是有他人的，也值得人向他倾诉。我们做不到，或者因为一点儿虚浪薄名而不屑了。这篇序里之所以未提到我的《中国瓷器》，是因为我拿的是原稿，当时没有复印，我的《中国瓷器》临时被一个编诗选的老兄拿走了。这篇序的手稿我保存着，并将永远保存着。它留着曾卓先生扶掖后学的体温，暖融融的。

我还想说几句关于曾卓的诗。人们喜欢一个人，必喜欢他的作品。因为喜欢是真心的。不是如今的“喜欢”，是有目的性的，是有权衡的。那种由衷的喜欢，如水过石头，风清月白。他每一个时期的诗都好，受过难，没受过难；青年，或者老年。青年时期的诗，非常现代，到了老年，深沉，更加现代。现代，是一种年轻的姿态，是一种才华和超感。曾卓是才华过人的一代大诗人。他的心永远与年轻人相通，敏锐，多情，优雅，整洁，这真的太难！他的好作品远不止我们经常提到的《悬崖边的树》《老水手的歌》《听笛人手记》。他年轻时代的诗我更喜欢。

曾卓善于表达自己内心的感情，乐于奉献自己的内心，因为他的内心纯净、优美、光彩照人。一些肮脏的小人成为“大人物”之后，是要包裹起自己的内心的，并用大话来装扮自己，用“灵魂”“崇高”这样的字眼儿来美化自己的卑劣和内心的阴暗。

即使在他弥留之际所写的诗——也是最后一首诗，也依然如火灼痛着我们：“在病中多少次梦想着 / 坐着火车去作长途旅行 / 一如少年时喜爱的那句诗：‘/ 没有我不肯坐的火车 / 也不管它往哪儿开’ / 也不管它往哪儿开 / 到我去过的地方 / 去寻找温暖和记忆 / 到我没有去过的地方 / 去寻找惊异智慧和梦想 / 也不管它往哪儿开 / 当我少年的时候 / 就将汽笛长鸣当作亲切的呼唤 / 飞驰的列车 / 永远带给我激励和渴望 / 此刻在病床上 / 口中常常念着 / ‘没有我不肯坐的火车’ / 耳中飞轮在轰响 / 脸上满是热泪 / 起伏的心潮应和着列车的震荡。”读着这样的句子，心因为温暖而甜蜜地发抖和战栗。曾卓是这个世界曾经出现的伟大的行者，他现在消失了，消失在漫长而幸福的路上。他走过的路是他自己身影的结束，却是更多后来者的漫漫征途。

有情怀的少年，睿智的长者。这就是我对他的评价。在若干年前，在我还在写诗的时候，写过一首《老人的河》，在副题上标着“给老水手曾卓”。但在发表时却不见了副题。现在我抄录在下，算是我的一点儿温暖的纪念吧——

老人的河

——给老水手曾卓

一

向着河水的尾光，你带来
被血抹亮的晚桅
扑向梦，建起巨大而宁静的屋顶

河，发热的链槽
磨损着命运的石壁
繁响中，远岸蒸馏成无垠的蓝色
就这样注视它：古老的花园
无数青色的大鸟从云隙飞向眉结
温馨的风
慢慢平息了浪烟煽起的热望

二

但是，只要在路上
就会骤然凸出船歌
游动在神秘的晴帆之下
一直向波浪的废墟
装饰着强烈的螺号如回味

像最初一样，坐成礁石

朝拜于永恒的流水
（你这人类精神的使徒）
被声音抚摸，雕出冷静的耳朵
——最终宽解了一切不幸
一切的生命之水

三

痛苦的力量压进额头
——被浪横，被刺醒
河流神奇地返回自身时
一种苍劲的血，使纤更古老

在漂泊的荒原围猎自己
像一粒黑色的星星在峡谷焚烧
老水手，你就这样
爱一条忠实的河，叛逆的河
拒绝悔恨的河
浑如五月之光的女人河啊

四

河！带着很深的印痕拥抱你
汗的圣油涂抹在划桨者的背上
河底长眠着纯绿的卵石
你终于在一个很平凡的船头出现
以篙钩的月牙挑落了暧昧的叹息
舷水拍打着铜的沉响
你突进岁月，流浪而高歌
那就是水手

五

哦！俯向这永恒的浩劫
让水梳理着指缝的时间
光辉的秩序！河流啊

河在风暴的啮咬后面向你
——河面向你
悄悄地
绕出故乡的岸

而一个深藏的碘与盐之海
就将在凝望时，从眼中
慢慢浮现

甘孜印象

甘孜是康巴藏区的甘孜，甘孜是包括了蜀山之王、世上最难攀登的雪山贡嘎山和海螺沟冰川的甘孜，是有着康定情歌和跑马溜溜的山上的甘孜，是有着茶马古道、泸定桥，有着丹巴古碉、丹巴美人谷和被称为中国最美村寨甲居藏寨的甘孜，是有着德格印经院、有着川藏线上最高公路雀儿山口的甘孜，是有着“香格里拉之魂”——稻城亚丁、有着新路海的甘孜。在这片广大的、人烟稀少的高原上，有许多令我们惊奇的事情，比如，德格县城只有七千人口，所有的县城海拔都在三千米以上。若在湖北神农架，海拔三千米的地方只长草，不会长庄稼，也不会长树。可这儿的庄稼、树木都长得相当好。阳光灿烂，人们的脸晒得红红的，花朵开得艳艳的。最让我惊奇的是这儿各县的藏居，虽各有不同，但色彩都十分艳丽，在道孚的藏居，我看到的是比故宫还豪华的装饰图案，让人如进宫殿中，可这是一般的民居啊，难以置信。而且一般农家都会种上几盆盛开的鲜花，仿佛来到了欧洲。在内地，这样的乡村景色是完全没有的。

翻过了二郎山，一进入甘孜，就会看到那属于藏区的各种东西：

一是沿路的山壁上，只要稍微平坦的地方，都刻有那永远亲切的、藏文的六字真言：唵嘛呢叭咪吽。这是一种祝福。我在跑马山上，看到树上挂着、石头上喷着彩色的六字真言；在新路海的岸边，看到一块块巨石上，都刻上了六字真言。而公路边可以到处见到那放置的、年代久远的玛尼石和一些树边的玛尼石堆。这些雕刻的石头，就是对神的敬奉。我在往德格的途中，看到一面山坡上刻着这六个大字，它的下面就是村庄，家家户户的经幡杆和小白塔。在这种信仰氛围的笼罩下，人们的心是不会烦热、躁动和妄想的。

二是牦牛。那天早上，我们翻过四千多米的折多山口之后，我就看到了大群的牦牛。这些牦牛比内地的牛个头小，毛是黑的，毛长，尾巴拖地。它们站在早晨的阳光里，一动不动，仿佛雕塑。那是在晒太阳，因为高原上寒冷，在它们的生活中晒太阳比吃草更重要。这些牛啊，跟这里的人一样，如此安静、淡定，仿佛它们也沾染了佛性，灵魂已经涅槃。抬起头，在更高的山上，一群一群的牦牛，多得不可胜数，给人的感觉，这片高原的主人，不是人，而是那密密麻麻的牦牛。而过去史书上把这片高原藏区的人称为牦牛族。听当地人说，藏民一般是不杀牦牛也不出售的，但牦牛老了，也可能被出售和杀掉，一头牦牛可卖一千多元。每家有百十头牦牛的不算稀奇，这些牦牛是他们的生活保障，应该还是被卖掉和杀掉的。

甘孜藏区被称为高寒草原。也许是因为它的高海拔，自从第一天见到贡嘎山之后，那雪山的影子就跟着我们了。一个星期，在甘孜的流连，抬头或回头就能见到连绵的雪山。因为在贡嘎山周围，六千米以上的雪山就有二十多座，五千米的达一百二十座。其中最著名的有中山峰、爱德嘉峰、热德卖峰、蛇海子峰、白海子峰等。还有亚拉雪山，意为东方白牦牛山，是《格萨尔王传》记载的四大神山之一。还有折多山、鸡丑山——藏语叫央迈勇、降白央，被称为“香格里拉之魂”“世界最美丽的山峰”。无论是在德格，还是在甘孜、丹巴、道孚、炉霍，雪山都与我们如影随形。岂止在甘孜地区，据说就是在遥远的峨眉山顶，也可以远眺到贡嘎山那洁白高大的雄姿。在甘孜县，我们参观了甘孜寺后，走出来，但见远处一排锯齿形雪山，亮晶晶地横亘在我们眼际。在跑马山上，俯瞰着康定城，山风呼号，但远方一座叫不出名字的雪山在阳光下闪射着水晶和玻璃般的光芒，一下把康定和跑马山照亮了。特别是在翻过雀儿山口时，我们就在雪山之中。雀儿山也是一组群峰，可以看见白雪在那破碎山体中的层次，也可以感受到雪所带来的温润。因山体破碎，多日没下雨，道路尘土飞扬，未积雪的山呈现出干硬的铁红色，甚至正在崩溃，衣衫褴褛。而在高处，白雪皑皑，山形极美，雪就像是一件白毡袍，覆盖了那寸草不生的大山。如果不是雪，这些山松散、光秃，荒凉如外星球，当地人是不会给它们赋予什么神性的。可见雪那纤毫不染的质地，那种凝聚的力量，与天空互美，将万物照亮的情怀，是其他东西不可比拟的。不过山体如此破碎，雪山似乎还在生长，或者山体还将改变无数次。这种不确定性，这种高不可攀的破裂，会让人望而生畏，感到它还处于一种未命名的状态。这样的神性是十分原始的，那雪山仿佛透出一种难以捉摸的神秘，它的诡异和随意，有着我行我素的执拗和威严。可能这就是人们敬畏它的原因吧。

这块高寒地区的海子，也是令我沉醉的。我所见到的最美的海子就是德格的新路海，又叫玉隆拉措，是个冰蚀湖。新路海是当年解放军修路时命的这个名。玉隆拉措的意思是：珠牡倾心的湖。相传格萨尔王的王妃珠牡看见这个海子后就爱上了它，不想再走了。这个海子在雪山之下，四周雪松云杉森林郁郁葱葱，湖边到处是巨大的漂砾石，石上刻满了巨大的六字真言。湖水是碧绿碧绿的，德格的同志说这颜色不好，若五月来，湖水的颜色是碧蓝的。可我认为，这十月间的水够漂亮的。山坡上，小叶杜鹃一丛一丛，还有一些叫不出名字的红色、黄色的灌丛，像一队队仙人站立，这真是神仙住的地方啊！这个海子水深达六十多米，鱼特别多，所以鱼在湖里自由自在地生活，听说鱼长到百十斤不稀奇。那一天有风浪，所以没见着鱼，当地人说，平常只要你拿矿泉水瓶子敲敲，鱼就过来了，是找人讨吃的。湖是神湖，过去的土司根据海水的颜色预测年成，然后指挥种地，这中间必有许多神奇的故事。而且还听说这方圆几十里的几个海子是相通的，三个大海子，分别代表天堂、人间、地狱。

甘孜的藏族民居，是我见过的中国最美的民居，没有破旧房，很怪，所有房子都漆光闪闪，木质也好，砖石也好，永远色彩鲜丽，朝气蓬勃，青春年少。最漂亮的还是道孚、炉霍和德格民居，全是木头，或下部是干打垒，楼上是木头。但全部是木头的也不少。这种建筑叫“崩空”，“崩”意为“木头架起来”，“空”为“房子”。“崩空”就像我们看到的一种类似酒吧或是时尚餐饮的艺术造型房子，可它们分明是老百姓的普通住屋。斗拱结构，朱红色抹墙，精美绝伦的屋檐、窗户和大门是藏式图案——在我们经过的八美和马尼干戈小镇为最美，仿佛整个小镇是一个艺术品。而二楼女儿墙上，种满各种花草，高原上阳光灿烂，花开四季，永不凋谢。若是楼下墙壁为干打垒，则刷成白色。这个民族对生活的热爱，他们的浪漫气质，他们的艺术品位，他们的色彩感，是我们望尘莫及的。而民居最奇特的是丹巴，这里和民居紧连的是一座座古碉，被称为“千碉之国”。在丹巴，梭坡村的古碉群最壮观，它们呈褐色和赭色屹立在山谷之中，高耸入云。碉下大上小，四角、五角至十三角都有。这些碉堡起什么作用？解释五花八门。因年代久远，有说是打仗用的，有说是风水标志，称烽火碉、要隘碉、界碉、战碉。这些碉建一座可能要比建十座房子还困难，且在山间来建造这么高大的建筑，难度可想而知。而且这些碉堡不同于我们所见的笨重碉堡，它更像是一座座纪念碑，把这个民族的英武之气托于云端。我在想，这真正是一种炫耀，实际作用不大。“梭坡”藏语含义为“蒙古人”，这里原是元代蒙军大将驻防之地，他们的子弟留在了这里，也渐渐藏化了。在丹巴嘉绒地区的民居却是砖石结构的，少许木头，但也非常漂亮，平顶，四个尖角向上，比起那纯木头的建筑，显然要节约（木头建筑是对大自然的疯狂掠夺）。正是这样的建筑，那儿的甲居和中路两个村庄被评为中国最美村寨，如童话和神话。

在结束这篇印象记的时候，我的耳畔又响起了那美丽动听的藏族民歌，那高原上开阔、宽广、苍凉、优美的旋律时时把我带入那难忘的行旅中。那儿的人民，不论男女老少，包括汉族干部，没有谁不会唱的，没有我们的卡拉 OK 的浮浅，都唱得异常投入，很有感染力，生怕亵渎了那歌那曲那表达的内容。最令我感动的是一首《洁白的仙鹤》，是仓央嘉措写的情歌：“洁白的仙鹤啊，啊呀勒，请把双翅借给我，洁白的仙鹤啊，请把双翅借给我，不飞遥远的地方，啊呀勒，到理塘转一转就飞回……”这首歌的歌词只可意会，不可解释。可你又能理解歌中所唱，似乎非常明晰，但又充满神秘和佛味。不论是男人唱还是女人唱，都是深情无限的。我第一次听就禁不住眼热，以后每次听依然热泪盈眶。我看别人，也一样，眼睛里晶闪闪的。在甘孜，在任何地方，在餐桌上，在聊天时，在大街上，我都能听见他们的歌。我还能看见藏族孩子们的舞蹈。孩子们无比可爱，我们的车经过时，路上的孩子就会停下来给我们敬礼。还有在公路上向拉萨磕等身长头的朝圣者。那些蓝天、寺庙、雪山、高原上的花海和海子，都是令人感动的。我还记得我在道孚听到的一首《康巴人之歌》:“啊塔拉塔拉德，在这片雪域祥瑞的土地上，居住着我们勤劳的康巴人，我们的先祖啊，岭·格萨尔王曾在这里扬起战马震撼大地。在这片雪域祥瑞的土地上，康巴人建设着美好的家园。我们这个牦牛背上生长的民族永远向着太阳，向着太阳，高歌前进……”

甘孜，康巴的高原，真像一只洁白的仙鹤，她在我们的心上转一转就飞回了。我知道，对于甘孜，我们不过是匆匆的过客，在贡嘎山下的甘孜，它永远属于康巴人。可那高原上传来的歌声，从雪山上飘下的歌声，将永远是我心中最美的声音。

贡嘎山

为贡嘎山我已写了一首两百多行的长诗，歌颂她，并且凭吊那些死在登山途中的三十多名来自世界各地的登山者——在贡嘎山下，有一片登山遇难者的墓地。有法国人、美国人、韩国人、瑞士人、日本人。日本人最多。仅1981—1994年，就有四支日本登山队来此挑战贡嘎山，来了二十九名队员，回去了十名，另外十九名，长眠在了这座雪山底下。听说日本人尤其爱来贡嘎山。他们将富士山喻作母亲山，而将贡嘎山喻作父亲山。是什么道理，我不知道，但只知道，贡嘎山是世界最难攀登的山，比珠穆朗玛峰还难。1982年，有个日本人松田宏也在登贡嘎山途中失踪，十九天后一个当地山民在冰舌处发现了他，此人竟还活过来了，但四肢都冻坏了，只好截肢。这个生命力无比顽强的日本人，现在成了老人，还重返了贡嘎山。1982年，此事轰动中国，本人还写过一首诗，但没有发表。

贡嘎山藏语的意思为“白色冰山”，可译为“最高的雪山”。但也有译为“至高无上”，我比较喜欢此名。这座山就是至高无上的。她是众神居住的地方。传说贡嘎山的三座山峰是被一世达赖根敦珠巴和五世达赖格桑嘉措册封过的神山。这三座神山分别是文殊菩萨、观音菩萨和金刚手菩萨的化身。相传莲花生大师入藏传法时，他妻子益西措杰问他，藏地有何特殊的地方，值得你千里迢迢去传法。莲花生对她说，那里有四大名山，其中东方的贡嘎山有着“七政宝”“八祥瑞”奇观，是神灵居住的地方。关于她的壮观有许多数字资料，比方说有十公里以上的冰川五条，最长的就是海螺沟冰川。但我在杂志上看到另一个资料称：贡嘎山有大小冰川一百一十余条，海螺沟冰川达十四点二公里，末端深入森林带就有六公里。就是在这本杂志上，我看到一个叫王建军的摄影家拍摄的贡嘎山全景，大小雪山突兀而起，如凝固的波浪，充满了威严。一共有一百四十五座海拔五千米以上的雪山簇拥在贡嘎山主峰的周围。所谓“簇拥”，也许是一种错觉，所有这此雪山组成的气势本是靠高低参差，应是不分什么主次的，它们共同成为这片雪域高原的神山。但是照片再怎么雄壮，也不如我初见她时的那种震撼，那一瞬间被击中得惊呆。

我们是晚上到达磨西镇的，这一天没有看到贡嘎山。磨西镇因为毛泽东同志在长征途中在此住过一晚，并召开过“磨西会议”而闻名。当然它也是茶马古道上的重要一站。它现在成了去海螺沟的目的地，大小宾馆林立。我们接受了甘孜州委宣传部敬献的哈达，吃过晚餐后便被带到“贡嘎神汤”温泉游泳。最寒冷的冰山和最温暖的温泉在这里神奇地共生。贡嘎山的温泉之多，令人称奇，有的温泉水温高达90℃。说它是神汤，因为这里的温泉皆为罕见的高硅酸二氧化碳高温温泉，对人极有好处。

第二天一早前往海螺沟，沿途是卖野生猕猴桃的，这使人想到神农架，植被极其相像，因为纬度一样，都在那个神秘的北纬30°上（又是北纬30°！）。壮观啊，我此生真正见到了原始森林，高大的云杉、峨眉冷杉、雪杉密密匝匝，每一根胸径可达一两米或更粗，高几十米，无人砍伐。它们的脚下，是一根根倒伏的朽木，青苔深厚，而树上的云雾草也就是松萝长如马尾，达一两米。神农架的松萝与它们比就太细小了。从这里可以想见四十年前神农架未砍伐的模样。在甘孜，保留了这么一片森林，真是神佑！神农架可见的木兰、大杜鹃、铁桦、金钱枫、红豆杉、香杉、板栗、连香树在这里也处处可见。山呈直立状，人有憋气感。冰川地貌的沉积岩，结构松散，到处可见泥石流痕迹。一条叫蔡阳河的河流，水势汹涌丰沛，这是从贡嘎山冰川消融的水，清冽无比，河中的石头白闪闪的，完全是冰川雪水亿万年洗刷的结果。这河应该叫冰蚀河谷。

车往前驶时，突然有人喊：“雪山！”大家不约而同地朝前面车窗看去，一座通体洁白的雪山就如童话一样出现在眼际——那就是贡嘎山！我从来没看见过如此端庄、圣洁、庄严、高大、神秘的山，那就是雪峰，雪山，像是水晶堆砌的，真的叫亭亭玉立，与周围的山、周围的景色截然不同。车停了，大家争先恐后地下去拍照，欢呼。我直直地望着那山，总以为是幻觉。任何人遇到了这样的山，也不会无动于衷。

那山一直招引我们去海螺沟，就与她近了，更近了。我们坐上缆车，直扑贡嘎山的怀抱。一上缆车，脚下就是冰川。冰川并非纯白，而是黑乎乎的，带着破碎山体的碎石和灰土，裹挟而来。不知为何，这高原的山体都呈破碎状，仿佛都被严寒冻裂了。这冰川厚度估计达百米，冰缝极深，掉进去就爬不出来了。每年都有掉进冰缝的旅游者，也听说过有救起来的，但会被冻伤。整个冰川呈波浪形往下挤压，从山腰往下坠来——它被称为冰舌，好形象的名字！我看到，贡嘎山海螺沟的这条冰舌，如巨大的肿痛，极其柔软肥厚贪婪地往沟谷里舔舐——这条冰舌恐怕有几十公里吧。用壮观、惊奇等字眼儿不足以形容。在它的上头，就是那更加壮观、高耸、巍峨的贡嘎山了。说她是神山，看她在雾霭之中蒸腾的景象，那一定会令你哑然。她的山体像一个神龟，也可能像一只巨兽，那巨大的冰舌就是这巨兽吐出的信子。山顶可以看到一种飘飞的幻景：云旗。云旗在山顶上呈雾状。山顶之上，就是极碧蓝的天空。贡嘎山像一只矫健的巨兽迈上了苍穹，抢占了人们的视线，抢占了制高点。放眼望去，海螺沟两旁山上，是一片片葱绿的雪杉林，林中、岩石上，五色的风马经幡随风飘扬，更加增添了神山的神圣和庄严。到了海拔四千多米的观景台，这儿离那汹涌的、凝固的冰舌更近了，贡嘎山像一个半坐半躺的佛，在天空打盹儿，微闭双目，那冰舌就像她的被子——巨大的被子。一会儿，云雾上来了，遮没了一切。又过了一会儿，贡嘎山又出现了她的身影，仿佛是迷离的幻影，故意让我们恍惚的。定睛看时，她就像一座金字塔，尖锐的角峰，狭窄的山脊，就像一把残损的锋剑寒冽地横亘在天空之上。

她真的有诱惑性。对每一个人，对每一个心中有渴望的人，她会无声地召引你，让你向她走去。我就感到了那壮烈的、壮怀激烈的引诱，对于那么一种凭空出现，却又是拔地而起的白色，你没法拒绝，除非你的心已死亡。就是在那时，我决定写一首长诗，要献给这座雪山——蜀山之王。于是，我在返回的车上写下了这样的话：

在最远的地方，我最巍峨。你曾经感动过许多人，还将感动许多人。

那些登山死难者，死在这里是最好的选择。他们躺在雪山脚下，他们的灵魂每时每刻都可以依着她，仰望她，有时候，会轻而易举地飞去，像一只鹰。这些死去的人，是伟大的灵魂。躯壳是无足轻重的，只有意念，凝聚在此，向山说："我爱你。"这高不可攀的圣洁雪山，像高尚的人，像德行绝尘的人，像不可能。不可能的山，许多人向你攀登而去，却消失在你的怀抱里。太阳照着，风雪狂着，为什么向你走去，这是一个千古疑问。因为人们什么也不缺，在他们的生命中，只缺少一座雪山，而且高，而且在亲人们遗忘的地方。那些向这座山走来的人，要翻过崇山峻岭，又穿过茶马古道，要翻过高万丈的二郎山。如果不是有一种强烈的召唤，他们会向你走来吗？他们的内心肯定有一种声音，一个神的声音：你要向来世走去。那个来世没有丑恶，没有争斗，没有苦难和纷扰。贡嘎山就是来世，就是现世中的来世，今生中的天堂。因为你植根大地，人们可以很容易触摸到你圣洁诱人的来世的香巴拉，一寸一寸，一步一步到达心中的圣殿，也是现实中的圣殿。人们的心中都有一个神，可那个神是虚幻的，而贡嘎山雪峰，就是清晰的神，神就是她自己。她创造了她自己，在最高处，在最寂然的地方，在天空上，根却扎在我们生活的地方，我们如虫豸猪狗一样生活的地方。你想想，人们不会向她爬去吗？她的头颅在神居住的地方，她端坐在神的高度，可以企及，又不可以企及；可以抵达，又不可以抵达；可以相拥，又不可以相拥；可以倾诉，又不可以倾诉；可以托付，又不可以托付。总之，她是可以亲近，又不可以亲近的神灵……

回到家，除了把上面的"可以……又不可以……"写入诗中，其余没用。诗就是诗，诗更开阔和壮美，更让人神圣和肃穆。在写诗时，我引用了登山家马洛里的一句话。当人们问他为什么要登山时，他回答："因为山在那里。"这像是一个佛偈。不过我认为这一句话还不足以表达那些登山者蜂拥向贡嘎山的内心冲动。他们的内心肯定比这更丰富，当然，或许更简单：就是登山。我在网上搜索到登山者在贡嘎山腹部和山顶拍摄到的照片，那真是绝美的水晶世界。面对着那样的美景，你真的无法拒绝去攀登。我们这些人，永远也不可能见到那样的美景了，因为我们是胆小鬼，是一些碌碌之人，只能写下一首诗和一篇这样杂乱的文字，来表达我们的感情，来纪念我们的一次邂逅。但是，就算是邂逅，也是刻骨铭心的。

夹金山云海

宝兴因多种宝贝而兴，比如大熊猫——这里是第一只大熊猫被发现的地方；比如，还有金丝猴、扭角羚羊、牛羚、马鹿、宝兴歌鹎、珙桐等珍稀动植物；再如，有夹金山——红军长征途中翻越的第一座大雪山。还有这里的嘉绒藏族。可宝兴也是多难之地，近些年经历了“5·12 汶川大地震”和“4·20 芦山地震”，两次地震使宝兴元气大伤。但宝兴也因为这些灾难而受到了全国人民的关心。我到过的两个宝兴村寨，是震后重建的，一个是雪山村，一个是戴维新村。雪山村在陡峭的山崖上，而戴维新村在一个山谷中。这两个村的建设，都有国外的设计团队参与，其美丽程度是国内其他村庄不可比拟的，真正的风情万种。

去到硗碛镇，才遇到夹金山。硗碛是一个藏族小镇，意为高寒山脊，在海拔两千二百米的山上。下了车，转身即看到了白雪皑皑的夹金山，四周风马旗猎猎，带来了雪山的寒气。山上真的很冷，房间里要有电暖器才能坐下。到处买衣裳，终于买到了保暖内衣。这里的藏式火锅相当好吃，不知名的野菌汤撵走了高山上的寒意。当我们傍晚散步时，看到了夹金山从云中露出了她的真容。山峰在云之上，在晚霞的映照下，孙惠芬说多像天上的宫殿。她长期在东北，没有见过如此高大的雪山，这让她有许多美妙的联想。的确，就是天上的宫殿，也像屹立在远方的传说中的古堡。

第二天早晨，云彩上升，大雾弥漫。但这一天在多雨的雅安宝兴，从刚刚下过雨的硗碛镇出发，竟然天色大开，万里澄蓝，峰壑历历，天地如绢拭水洗过一般。

一路上在琢磨夹金山的名字，很怪，夹着金子的山吗？主峰叫夹金峰，一座山峰也夹着金子吗？古人敬山，不会糟践山，不会给山取个狗剩、憨豆的名字，对山有敬畏。何况，这里是藏区，在藏族人心中的山都是神山，湖是圣湖。在山上一看，四山围着一汪一望无际的云海，这个白云的海子，就叫它“白云措”吧。虽然我到过许多名山大川，看到过不同的云海，但我看到的最漂亮壮观的云海就在夹金山上。

我站在最开阔的山崖边，接近四千米的高度，只有积雪和高山草甸，但盛满白云的山谷像涨潮一般在激荡，周围的山只剩下山尖，远处的积雪山峰像白色的狮群蹲在那里，就像它们是云端的神兽。啊，那些黏稠的、松软的、絮状的、轻盈的、饱满的云海，那些无边无际的云海，那些在阳光的刺激下鼓动不安的、藏匿着无数深壑的、带着某种诱惑让我们恨不得一跃其间的云海，触手可及，仿佛我们站在天堂的门口。昨天傍晚的那些天上宫殿，就在我们身边，这是多么神奇和不可思议。更神奇的是，在东面的雪山中，我们竟然看到了四姑娘山的峰尖，在阳光下金子一般闪耀。

当地人告诉我，夹金山在清代还称“甲金达”，为藏语“夹几”的译音，意为很高很陡的山峰。主峰夹金峰海拔为四千九百三十米。又听说夹金山是指道路弯曲，但翻越夹金山到达阿坝，就是翻越王母寨垭口，这里海拔四千一百一十四米。夹金山还有一名叫大雪山，这名字直接。红军翻越夹金山的故事是我们小时候读过的课文，好像还有插图，穿着羊皮背心、拄着树棍的红军互相搀扶着往山顶攀登，走在纷飞的大雪里。按现在的话说，这是一只庞大的登山队，其实对职业登山人来说，海拔四千米根本就不是问题，怎么会碰到书上说的冰雹，死去无数人？那个巨大的登山队，无心欣赏如此壮美的风光。在没有被追杀，没有粮食短缺、身体健康的情况下，看景人只对它的景色有兴趣，革命只是一个插曲。雪山、峭崖、峡谷、湖泊、飞瀑、森林、野兽、云海……这一切是何等的壮观，这座山，有一万个理由不赋予她政治色彩。但，这座山注定是属于革命的。

在所有的回忆录中，这座长征中第一个大雪山是那样艰难和神圣，成了巨大的障碍，但也是红军起死回生的一道生命之门。虽是六月，对长途征战，人疲马乏，强渡大渡河，飞夺泸定桥之后的红军来说，这是一个鬼门关。山如此之高，虽六月，依然白雪皑皑，大家饥肠辘辘，衣衫单薄。据说能分到三个土豆就不错了，筹集到的辣椒水还不够喝。对从瑞金来的南方人，喝辣椒水比喝毒药还难受。我在纪念馆看到红军用过的重机枪，这得几个人抬才抬得动，但山上空气稀薄，山石陡峭，又常年被冰雪覆盖，走路都很困难，这样的机枪是如何抬过去的？还有炊事班的同志挑着锅碗瓢盆，又是怎么过去的？果然，我找到了这样的记载："炊事员们不顾轻装的命令，坚持负重六十至八十磅，锅里还装着米和其他食品。三军团的炊事员在山顶停下来，为抢救病人做姜辣椒汤。他们坚持说：'我们不能让任何人死在雪山上。'他们把热汤做好了，两名炊事员却倒下了，再也没有醒过来。红军到达陕北时，这支部队牺牲了九名炊事员。"在记载中，翻越夹金山因为高原反应和寒冷，倒在这条山路上的红军战士有几百人。后来的部队看到路边有许多红军遗体，也无法掩埋，就永远留在了这山顶，这云海深处。

夹金山不是一座山，是一个山脉，我们的汽车依盘山公路上到山顶，都花去了两小时，红军一天翻过，是我们不敢想象的。据宝兴当地学者考证，红一方面军 1935 年 6 月 12 日上山，6 月 18 日才胜利翻过雪山，前后耗时七天。这七天也许是所有部队的翻越时间，但一个人要翻过去，必须一天，还只能在下午四时前，否则留在山顶过夜必冻死无疑。

此刻，四月的山上寒风呼啸，一会儿风，一会儿雾。山顶垭口的积雪有三四十厘米深。在五道拐时，雾霭突然迷眼，雪风呼啸而来，气氛十分诡异。一会儿天才大开，王母垭阴坡的积雪更深，脚踩下去嘎嘎直响，在雪山坡上打滚，摆剪刀手照相，手脚一会儿就冻僵了。如果不小心，会一直滚到山下。山势陡峭，雪成冰壳，走一步都艰难。这支队伍中有毛泽东同志、朱德同志、周恩来同志、张闻天、王稼祥等。连被抬着长征的王稼祥，最后也因为山路太陡，只得从担架上下来，被搀扶着翻过了垭口。

虽然路上的地名不雅，什么牛棚子、筲箕窝、蚂蟥沟、五道拐、九凹十三坡，但回头看，群山奔腾，云海茫茫。常走大山，一定胸有大壑，神闲气定，看过这样的云海，心内激情奔腾，其境界与眼光，气场与襟怀，定在四千米以上，打败蒋介石是一定的。“五岭逶迤腾细浪，乌蒙磅礴走泥丸”，看一看这诗人的气度吧，眼界吧。翻过此山，天下还有什么不可征服的？不管出于什么目的，夹金山你应该在人生中遇见一回，她的云海，一定会在你的心中留下圣洁高远的怀念，并且时常会在眼前飘荡和奔涌。

河西走廊行

一

河西走廊也叫甘肃走廊，意思是黄河以西的大通道吧。八月的太阳如此严酷，河西走廊更加干旱少雨。从车窗外望去，大漠漫漫，黄沙如云。祁连雪山连绵千里，它们是带来河西走廊生机的唯一神祇。所有的绿洲都是她的恩赐，是她滋润哺育的产物。

河西走廊在丝绸之路上，是一个通往新疆的要道。它东起乌鞘岭，西至玉门关，长约九百公里。其中，以武威、张掖、酒泉、嘉峪关最为有名。这里的雨水稀少，山上自然鲜见植被。但听当地的朋友说，这里的雨水一年比一年多。这真是件好事，这也证明，自然生态正在好转。

我们进入天祝藏族自治县后，就看到了远方乌鞘岭的雄姿，山势壮观，犬牙交错，在蓝天下呈青灰色。它是祁连山的一部分。祁连山在匈奴语里就是天山的意思，海拔三千多米。这里是青藏高原的余脉，也是青藏高原与黄土高原的交汇地。气势开始变得狂野辽阔，变得更加陌生。历史上的河西走廊是血写的历史，这里的每一步都是雄关险隘，枯骨成路，血水成河，烽烟四起，刀剑铮鸣，战马萧萧。想起玄奘去往西域，哪儿有路，只是一路循着人与兽的白骨西行。前人的死亡就是路标。但是通往西域的世界是何等诱人！

而且西来的匈奴觊觎这片雪水浇灌的土地，把握住了河西走廊，就可以进入中原大地。各种信仰在这儿搏斗，生存与文化在这儿绞杀。

武威古称凉州，想必是寒冷。凛冽的雪风一定吹凉过这位为此地命名人的心。“凉州词”就是悲凉凄婉的词牌。“凉州词”有王之涣的“春风不度玉门关”，王翰的“古来征战几人回”；还有薛逢的“黄河九曲今归汉，塞外纵横战血流”。

鸠摩罗什是我在河西走廊结识的第一个伟大的人，他在武威有着传奇的经历，这里有座寺庙就叫鸠摩罗什寺。这座寺庙较新，据寺内石碑《鸠摩罗什舌舍利塔修缮记》记载，这座寺庙建于公元四世纪，有一千六百年的历史，舍利塔内供奉有鸠摩罗什的舌舍利。他圆寂荼毗后“薪灭形碎，唯舌不坏”。这位来自西域的、有印度血统的高僧，居我国四大佛经翻译家之首，比玄奘早两百多年翻译了《金刚经》，共翻译有七十四部、三百八十四卷。是大乘佛教在我国传播的重要高僧之一。根据般若类经而建立的大乘空宗经典，是中国佛教八大宗派理论的源头。因为他精通汉语，所以其翻译文辞优美，韵律铿锵，一千多年来沿袭至今并影响了我国的哲学和语言，特别是宗教和文化生活。鸠摩罗什本来生在当时西域三十六国中的龟兹（今新疆库车），是被秦大将吕光攻破龟兹时掳来，押往凉州。鸠摩罗什在凉州羁留了十七年。后去了长安，被奉为国师。公元四世纪，佛教虽在印度衰败，却是在我国兴盛的时代。丝绸之路上重要的敦煌石窟也是在这个时代开掘。

目前，赵朴初题写寺名的鸠摩罗什寺，有雄伟的大雄宝殿和舍利塔，还有关于鸠摩罗什的纪念馆，我们未能看到舍利，有部分建筑尚在修复中，寺内显得有些杂乱，一些年老的和尚坐在门口闲聊，这里因游客稀少，没有商业气息。但作为高僧，他在这儿未免寂寞了点儿。乌云密布，小雨淅沥。想到鸠摩罗什在此地的羁留，遥远的龟兹家乡是如何让他想念？同样，玄奘大师也因为他的高僧身份，多次在这条西行的路上被人截住，只得以死相逼。也因为人们对佛教的顶礼。当时的佛教有着它的神奇性，在大漠戈壁中严酷地生存与战斗，前途叵测，生死无定。他们从佛教中看到了一股神秘的力量。截留在西域活动，谙熟各国地理、文化、语言、习俗的高僧不仅仅是讲经，他们还是那些小国和部落首领的军事和政治顾问。

想想那些在凉州戍边的将士，怀着怎样的以身许国之心，在此与匈奴抗击，征蓬出塞，月黑风恶，羽檄交驰，车毂相错。寒日映戈戟，阴云摇旆旌。

武威雷台汉墓的主人至今是个谜，据出土马俑胸前的铭文记载，此汉墓系“守张掖长张君”之墓，约在公元 186—219 年。有说是破羌将军、武威太守张江；有说是度辽将军、护匈奴中郎将、武威太守张奂；有说是张奂的小儿子张猛；还有说是宣威侯、破羌将军张绣或汉阳（今甘肃天水）太守张贡，以及前凉国王张骏；等等。但他总是守护张掖的将军。

确定墓主人是个武士，有许多证据。首先看看出土的大型陶楼院，国家一级文物，既有瞭望、防御、进攻的中楼，又有习武、生活的庭院，还有主人的起居室，羊舍、鸡舍。里面摆放着栩栩如生的陶牛、陶马、陶狗、陶鸭、陶鸡、陶鹅等物品。我们进入墓室，在一侧耳墓里有复制的一排排战车和铜马。主人是如何来到这里征战戍边的？不得而知，但另一尊名满世界的马踏飞燕“铜奔马”，则将墓主人的胸中雄风托于天马的云蹄和飞燕的双翼。

这个天下无双，甫一出土就注定震惊世人的铜奔马，它出现在中国有关旅游的各种宣传之地，抬头就能见到。它就是中国旅游的标志，而它的巨大雕塑出现在某地，就代表了这个地方是国内优秀旅游城市。

它就是天马，就是传说中的汗血宝马，大宛马、西极马。这匹天马昂首扬尾，三足腾空，右后足踏于一只传说中的风神——龙雀的背上，健壮潇洒，驭风而行，精骛八极，气贯长虹，犹能闻鼓角连天，马鸣风萧。

雷台汉墓是一个象征，对于我这个来自遥远内地的人来说，在如此恶劣的边塞，一个人最后长眠于此，他是否心有不甘？这朔漠的荒风冷月，纵有奔马陪葬，陶楼相伴，灵魂中的豪气也被时光的风尘最后吞掳而去，仿佛那个时代并没有存在一样。在这位张姓将军的墓前，高耸的铜奔马和坑内放大的三十九匹铜马、十四辆战车，在低垂的浓云下，显得如此悲壮肃穆，也显得如此落寞清冷。但这块汉室用无数生命换来的土地，丝路上的美景和传说，终将存活在我们的现实生活里。

二

去山丹的军马场路途颠簸难行，也是我们去张掖的前站。

山丹军马场的闻名，也是源于它所饲养的天马，它悠久的军马放养的历史。去往祁连山冷龙岭北麓的大马营草原是多么遥远，我们的车一直沿着赭红色的焉支山而行。一望无际的草原、湿地，以及草原上挺立的明清时代的烽燧，更加增添了这里悠悠历史的纵深感。这里的面积是 329.54 万亩。曾经造就过骁勇的哥萨克骑兵的苏联顿河马场解体后，山丹军马场成为世界第一。它太大，远远望去，各个山坡上吃草的马群，就像蚁阵，那么多，想象一下万马奔腾的情景，那当是多么的壮观。当地朋友介绍说，它横跨甘肃青海二省，而且这里早在公元前 121 年就是军马场，是由西汉骠骑将军霍去病始创，距今有两千一百多年的历史。《资治通鉴 · 汉记十一》载，“（元狩二年）霍去病为骠骑将军，过焉支山千余里”，打败匈奴后，在这片祁连山和焉支山之间的广袤大草原上，屯兵养马。尔后自魏晋至隋唐，大马营草原一直是很重要的牧马场所，在盛唐时期曾养马七万匹以上。这些雄壮的大宛马、天马、西极马，曾经挟带着汉朝和唐朝的威风，征战和驰骋在今中亚和南亚的部分地区。西域三十六国的疆域是这些天马踏出来的。我们看到在河西走廊和新疆多地出土的铜的和陶的马、马头，神态何其自信刚毅，姿态何其优雅矫健。

山丹马场是丝路之上一颗少见的绿宝石。旷野奔马，祁连雄踞。此刻雨在下，道路泥泞。我们在有一大群马匹的地方停下来。天空铅云低垂，焉支山雾气弥漫，景色壮阔悲壮，有出征前的阵势。这里的天空和大地因为滋养过无数时代的战马和将士，有一股莫名的英雄之气，场景动人心魄。焉支山如血染过，瑰奇惊艳，为丹霞地貌，又名胭脂山。路边安详吃草的马匹，如我在新疆昭苏看到的天马一样，一律火栗色，健壮迷人。有的吃草，用尾巴拍打虻蚊，有的互相摩挲，有的母子在抚爱玩耍。它们身材高大，英气逼人，但有人走近它们时，它们也有几分胆怯，会打着响鼻离开你，退着步子和你逗趣。这些英雄的子孙，它们在八月青翠的草场上悠闲自在，战尘远去，它们的天命就是繁育后代，保持英雄的血统，颐养天年。

无论是霍去病、卫青、张骞，班超、鸠摩罗什，还是玄奘的遭遇，都说明这条不确定的丝绸之路，几乎是以死亡和未知为伴的，是拿生命做赌注的。无数死去的骆驼、战马，醉卧沙场、战死异乡的将士，无数经书、无数苍凉辽阔的诗，倾圮倒塌的城墙，废弃的城市、村庄和寺庙，兴起的绿洲和干涸的河道，都是这条路上生死相搏后出现的景象，是生命曾经走过的痕迹。

骠骑将军霍去病多次讨伐匈奴，我们才拥有了河西走廊这片富饶的地区，也才有了这片宽阔无边的草原和马场。

三

“张国臂掖（腋），以通西域”，进入塞上江南的金张掖，据说这是汉武帝赐名。张掖在河西走廊的中部，历史上又称甘州。“对潇潇暮雨洒江天，一番洗清秋。”就是“八声甘州”词牌中最著名的词。张掖是丝绸之路的重要通道。西汉汉武帝时张骞首次开拓丝绸之路，的确是冒险的“凿空之旅”。但此后汉朝多次派出使节出使西域，汉武帝时期汉使最远到了犁轩（今埃及亚利山大港）。罗马人征服叙利亚和埃及后，通过安息帝国、贵霜帝国和阿克苏姆帝国获得从丝绸之路上传来的中国丝绸，故知道了神秘的东方古国中国。西汉末年，丝绸之路一度断绝，但东汉的班超仅带三十六名吏士，征服西域三十六国大部归汉，又重新打通隔绝五十八年的西域。张开臂腋简直是一种深入虎穴的冒险。在与班超相关的故事中，全是那种让人难以置信的经历，仿佛他是神，在西域的万里黄沙间，指点江山，如履平地，帮助那些小国摆脱匈奴的统治。也许当时的汉朝太过强大自信，才让班超们大展抱负，大显身手。

我们在张掖的停留很短暂。最先进入大佛寺，大佛寺被当地人宣传是西夏国的国寺——皇家寺庙，事实确实如此。张掖曾是神秘消失的古西夏国的陪都。这个西夏国，在大西北存在了仅一百多年，就被匈奴灭了。它的文字至今未有人能解，关于这个短暂辉煌的国家有太多的传说。张掖是西夏国唐兀忒省的省会，即后来元代甘肃行省的前身，西夏在张掖驻有甘肃军司，甘肃省名最早源于此。西夏的疆域当时有多大？它“东尽黄河，西界玉门，南接萧关，北控大漠，地方万余里”，曾经横跨现今的宁夏、甘肃、青海、陕西、内蒙古，国势最强盛之际，到了青海的西宁、新疆的哈密。匈奴将它灭了，但忽必烈在此诞生。

大佛寺的国内最大木质卧佛和安放卧佛的大殿，木质陈旧，也未刷一层油漆，任其风化于时间中，一件名副其实的庞大古物。好在这儿空气干燥，风化速度缓慢，依然保持了它惊心动魄的宏伟的陈旧感。在这戈壁深处，是在哪儿找到如此大的树木，来雕塑这样的菩萨？从祁连山腹地运来，那也要相当的想象力。释迦牟尼佛睁着一双大眼安睡在大殿正中高 1.2 米的佛坛之上，佛身长 34.5 米，肩宽 7.5 米，耳朵约 4 米，脚长 5.2 米。大佛的一根指头就能平躺一个人，耳朵上能容八个人并排而坐。在逼仄的大殿里，想拍照的人无法伸展他的镜头。你只能看到佛的一小部分，要么是头，要么是脚。如果不是西夏的皇家佛寺，谁有这个能力建造这等巨大的佛像？

当地人笃定地说，此寺是西夏皇太后梁氏常朝拜和居住之地，在此设道场，大作斋会。还有蒙古别吉太后也住在此，生下元始祖忽必烈。别吉太后死后，灵柩也停殡在大佛寺。还听说唐玄奘去西天取经也住过此寺，马可·波罗被吸引，在里面住了一年（一说两年）……过去的大佛寺不只这么大。它历尽劫波，在繁忙的丝绸之路上，是佛教东进的见证，也看到了为宗教和文化而战的各族英雄厮杀后，佛教在怎样衰落，又顽强生存。信仰的力量比其他力量更强大。古往今来有多少大德高僧曾在这里诵经坐禅弘法？可以想象，它成为张掖驿道上的各路名人招待所是成立的。它身份特殊，身世高贵，卧佛天下第一，在河西走廊无可比拟。到后来，有明英宗敕赐的《大明三藏圣教北藏经》，为金粉所书，还有乾隆爷送的一块匾“无上正觉”。寺里经幡飘扬，藏式土佛塔高耸，似乎来到了藏传佛教之地，表明这儿曾是一个十分特别的地方。

当我踏进藏经阁，看到那些堪比敦煌石窟的藏经，之丰富、浩瀚、珍贵，让人感慨。这里保存有唐宋以来的佛经六千八百余卷，其中那部明英宗敕赐的《大明三藏圣教北藏经》，为全国仅存的几部经书中最完整的一部，俗称金经。保存如此完好的众多经书，与一位尼姑本觉有关。她当时住在藏经殿后部一间小屋里，谁也不知道她是守经卷人。有回忆说1937年，为防止日军轰炸及回军马步芳部，大佛寺和尚将存放《大明三藏圣教北藏经》和其他经卷的经橱全部用土坯砌在藏经殿后部柱间。藏经的秘密，仅有几人知晓。并由寺中住持，一任任传给最亲信的弟子。1952年，本觉尼姑住进藏经殿旁的小屋专门看护佛经，却对此守口如瓶。“文化大革命”期间虽遭受批斗暴打，几近死亡，但对佛经只字不提，后靠乞讨度日。1972年一场大火将本觉小屋烧毁，她本人也葬身火海。在拆修这个废墟时，民工惊讶地发现了一道暗门，打开暗门，通入藏经殿后部的暗道夹墙内，而这道夹墙从藏经殿正面殿堂一点儿也看不出来。夹墙里挤挤地排放着十个老式木制橱柜。打开橱柜，里面整整齐齐完好无损地码放着用黄色绸布包裹着的函装经卷。这就是《大明三藏圣教北藏经》。全部《大明三藏圣教北藏经》共包括《大方广佛华严经》《大般涅槃经》《金光明最胜王经》《大方便佛报恩经》和《大乘本生心地观经》五大部，总计一千六百二十一部、六千三百六十一卷。共计十八万页，三千多万字。经文为楷书，字迹工整秀丽，木版雕印，印刷精美。每函经卷的卷首印刷有秀美的单线白描版画一帧，内容为蔓荼罗、佛像画、说法图、经变画等。经卷画套及卷封用清一色的蓝绢包装或彩绢锦绣装帧。《大明三藏圣教北藏经》中，最为珍贵的部分是明正统六年（1441年）钦差王贵用泥金书写、绫锦装潢的六百卷《大般若波罗蜜多经》，及清代顺治至康熙三年，书画名流用金、银粉书写的五部佛经。在《大般若波罗蜜多经》卷首的一幅0.2平方米的曼荼罗中，描绘有近百个人物，个个眉目清秀，衣饰飘洒，构图协调，布局对称。有部分五彩佛画，用金粉勾绘，石青、石绿、丹砂、朱红等着色，绚丽夺目。

那些陈旧的橱柜现在依然陪伴着我们，像突然出现的信仰。让智慧藏身在密室，这是战乱和浩劫的幸运者。但敦煌石窟的命运却让我们愤怒——一个湖北道士将一件件国宝贱卖，散落海外，换了小酒喝。

四

嘉峪关，丝绸之路上的要塞，欧亚大陆桥的明珠之城。但在1965年建市前，这儿还是一片沙漠。嘉峪关是一座城市吗？它不就是黄沙戈壁中的一座关隘吗？走出这里，甚至玉门关、阳关，就是更远的西域了。

但是嘉峪关市却是一座无法想象的城市，它美丽、整洁，为了在戈壁上存活，这个城市发挥了人类最大的想象力和创造力。一个年降雨量不到五十毫米的地方，必须栽树。但没有土，也没有水。水就滴灌吧，土是从外地买来的，挖个坑，垫上土，栽上一棵树。每个市民都要缴纳树木栽种款，有工资的在工资中扣除。嘉峪关市的街道宽阔无比，在城市管理水平上算国内一流。人行道上每一块地砖都是完整的，破了会换掉。绿树成荫，规划大气。讨赖河是这个城市唯一的地表河，但蒸发量太大，即使是祁连山的雪水，到了市区，也奄奄一息。没有水的城市不能叫城市，因此这个城市修了三个超大的人工湖，用来调节气候。特别是讨赖河的建设，将其一节节地拦截，形成浩荡的河水，在两岸建设公园，建筑群一个接一个，亭台楼阁，加上超大的喷泉。这里因为炎热，白天少行人，一到傍晚，全城人差不多都来到讨赖河两岸，赏喷泉散步，戈壁中湿润的气息扑面而来，夜色如此美丽，有如海市蜃楼一般。

晨起推开窗，祁连山雪峰巍峨云间，仿佛不是沙漠中的景物。在蓝天之下的白，一块块的白，依山势的白，就在天上。

嘉峪关的苍凉雄浑，比图片上见过的更震撼。它配得上“天下第一雄关”的称号。它是明长城西端的第一重关，古代“丝绸之路”即是从此去往西域，是明代万里长城西端起点，自古为河西走廊第一隘口。看看它的庞大、坚固，看看它在大漠上的雄姿，真是浩然威仪，睥睨天下，用自己坚强厚实的胸脯为一个国家抵挡着一切。问题是，它能够抵御来自关外匈奴那疯狂剽悍的马蹄吗？事实上，嘉峪关不过六百多年。更早的时候，在霍去病和班超的时代，可能也有简陋的关楼吧。史料《秦边纪略》中这样说道："初有水而后置关，有关而后建楼，有楼而后筑长城，长城筑而后可守也。"应该有更古老的历史。在黄沙的尽头，在从祁连山连绵而来的长城边，嘉峪关土黄色的雄姿出现在我们眼前，像一匹咴咴嘶叫的战马。我们经过长长的坡道进入关口。关城有三重城郭，层层设防，它的内城、瓮城、罗城、城壕看起来是坚不可摧的，有多道机关。如果从城外冲进来，陡峭的坡道会让猝不及防的战马失蹄，撞墙而亡。各种射击的垛口，有相当精巧的观察工具，有保证士兵不被箭头射中的防护。瓮城就是如果敌人攻入，完全可以瓮中捉鳖。它有三座三层三檐歇山顶式高台楼阁建筑，有宽大的城壕和长城峰台组成威风凛凛的建筑群，让敌人胆寒。内城宽广，可以跑马，内藏十万兵力也不会拥挤。这里就是个小世界，小城市。为了让戍边的将士不感寂寞，关城内密密麻麻地设有游击将军府、官井、关帝庙、戏台和文昌阁。有关精神生活的，世俗生活的，全有。这些建筑非常精美，高大的城墙用砖，也用干打垒方式筑成，因为少雨水，虽经几百年驳蚀，依然完整，雄风犹在。站在关城的楼上，可以瞩望那祁连山浩渺的雪峰，如同蜃景梦幻一般，为国尽忠、碧血丹心的壮志情怀会油然而生。五里一燧，十里一墩，三十里一堡，百里一城。这样的气魄在静穆的雪山映衬下，何其浩荡！箭楼、敌楼、角楼、阁楼、闸楼，直矗青空。角楼和城堞上旌旗飘舞，阳光毒烈，仿佛是当年燃起的烽火，炙烤和烧灼着这关里抵抗与守卫的历史。黄沙就如浩瀚的史册，一切向我们袭来，让我们与历史的灼热感纠缠、熔化。让我们汗如雨下，心不能平。"马上望祁连，奇峰高插天。西走接嘉峪，凝素无青云。"明代陈棐的诗就像嘉峪关和祁连山的壮美辽阔。明代戴弁的"北上高楼接大荒，塞原如掌思茫茫"，是此地此景此情的真实写照。清代裴景福的"长城高与白云齐，一蹑危楼万堞低"，对嘉峪关充满了莫名的敬畏，似乎是在写一个人类无法到达和生活的地方。

从嘉峪关到敦煌的路上，如果我们不是坐汽车，而是打马上路，作为沉重的旅人，我们将如何书写和表达这一切？车即使在宽阔的柏油路上行走，心情依然充满了荒凉和伤感。没有一滴水，干枯的河床上，只有芨芨草稀疏地生长，还有一些废弃的土墩，是汉朝还是唐朝，是明朝还是清朝的长城遗址？还有一些死者的坟墓，它们只是一堆干燥的浮土，好像一阵风就要将它们抹平。是什么原因使他们长眠在这茫茫的戈壁之上？是那些远离家乡、战死沙场的士兵还是匈奴人？寸草不生的坟墓，如果能有一些大地的声音，如鸟叫、虫鸣和水流声的陪伴，有一些葳蕤的青草的遮蔽，他们与大地融为一体，这该有多好！死亡无论怎么说也是一件羞耻的事，会让亲人伤心，让路人恐惧。但是戈壁滩上的死亡是随意扔弃的土堆。只有那些箭楼、那些烽燧，那些高入云端的长城，逶迤在祁连山下。历史只留下一些高大的骨头。

敦煌，又是一座漂亮得难以置信的城市，一块翠玉般的沙漠绿洲。在这里，人，终于顽强地活过来了，纷繁的历史远去了。

敦煌在河西走廊的最西边，与新疆的哈密相接。据说敦煌跟张掖一样，是汉武帝赐名。但事实是，在张骞打给汉武帝的“报告”中就出现了。“敦”是大的意思，来自匈奴语。

在陆地的丝绸之路上，从长安出发，必须经过玉门关和阳关，沿昆仑山北麓和天山南麓，分南北两条通道，南线出敦煌，去楼兰，越葱岭到达安息（今伊朗），再到古罗马。北线由敦煌经高昌、龟兹，越葱岭而至大宛（今哈萨克斯坦），后来又开辟出经敦煌到伊犁，至古罗马帝国。但无论怎样，敦煌都是必经之地，因此繁荣无比。在中西交通史上，它有个名称：咽喉锁钥。我看到内地许多地方都有这个称呼，但敦煌才是真正的咽喉锁钥。欲去往新疆，只有这一条路。党河是敦煌唯一的河流，它也有许多泉水，所以农业比较发达。

我们在鸣沙山和月牙泉度过了一个干燥但凉爽的夜晚。风呼呼地将沙子往山顶上吹，这多么奇怪。沙子吹成的山脊像是刀切的，薄而流畅。被吹落的帽子一个劲儿地往山上翻去，看着看着小了，看着看着翻过了山头，消失了。而月牙泉的水非常清亮，水边的芦苇在八月就抽穗，在风中狂野地摇曳，仿佛在呻吟和喊叫，一弯冷月高挂在蓝得像玻璃一样的天空，那些泉水边的亭台楼阁，娘娘殿、龙王宫、菩萨殿、药王洞、雷神台，被风沙蹂躏得露出木胎的建筑群，像是一些怀揣经书万卷的古代高僧，游弋在这大漠的夜晚。这儿离世界多远？风吹沙子的声音像是穿过深邃的时间，把一切往上拽，拽向青空，拽向虚无。

莫高窟没有我想象中的雄伟。它几乎蜷缩在沙漠中，不是一座山，是一个沙漠中的高坎。但它叫山，叫三危山，前临一条干涸的河道，叫宕泉，多么美妙的名字。其实它在鸣沙山的东面断岩上，三十米高，有的高坎仅十多米，也就是沙漠的高处，因而叫漠（莫）高窟。凡圣地都要赋予它一个神奇的传说，莫高窟也不例外。说是一个云游的僧人叫乐僔，在公元 366 年路经此地，忽见山头金光闪耀，如现万佛，于是便驻足下来，开始在岩壁上开凿洞窟。这个传说在八月炎热的太阳中可以找到答案。一个在酷热沙漠中的跋涉远行者，一定口渴难耐，眼冒金星，四周毫无遮拦，他因为缺水而产生幻觉。但宕泉当时一定水源充足，有了水，他可以在此定居。当时也应该有人烟。不然，他不可能以一己之力凿洞窟。他需要信徒的供养，他还要付钱，要请人，要大量的凿洞工具。如果是荒无人烟之处，这一切都是空话。当然，公元四世纪是佛教在中国传播的鼎盛时期，那些河西走廊和接近西域的游牧民族与部落笃信佛教，人们虔诚无比，在沙漠的荒凉之处兴建一个千佛之窟的热情想必是非常高的，加上一些权贵和商人的投入，一洞引来万洞开。那些跨越千年的佛像、壁画、经卷，成为一个辉煌时代的见证。它洞窟的美丽也不禁让人想到丝绸的绚丽，与这沙漠单调、凝重的色调完全不相符。而整个风格，来自西域。那些飞天女神，她们的衣袂、她们的琵琶、她们出现的场景，仍旧鲜艳逼真的色彩，让人心驰神往。敦煌作为印度佛教东传的重要一站，这个被时间遗忘的莫高窟成为顽强有力的佐证。

敦煌石窟存有五百多个洞窟中保存有绘画、彩塑四百九十二个，按石窟建筑和功用分为中心柱窟（支提窟）、殿堂窟（中央佛坛窟）、覆斗顶型窟、大像窟、涅槃窟等各种形制，还有一些佛塔。窟型最大者高四十余米、宽三十米见方。最小者，可以忽略不计。据说，凿窟是凿窟的，窟凿好了，让有钱人来请画工画壁画、雕工雕菩萨。

有一个窟我们看到盛唐时期保存完整的雕塑，气度雍容华贵，又看到清朝时加塑的菩萨，简直面目狰狞，不像菩萨。导游解释说因为清朝的佛教衰落，人们不再虔诚。但也许是没请到好的凿工与画工吧。就这样了，不然，到了清代后期，那个湖北的王道士也不会把这几万件经卷贱卖给西方人。

为什么要由一个道士来管理佛教事务？这只能证明衰败的佛教已经连和尚都难找了。湖北麻城的王圆箓道士，逃荒到河西后加入戍边，退伍后无家可归，滞留在敦煌。据说在去敦煌石窟时，莫高窟分成几片，有一片叫下寺的荒凉破旧，无人管理，他就住下来管理守窟，每天清扫，混碗饭吃。但王道士住下后清理洞窟淤沙，修三清宫（俗称三层楼），还是做了些事。他雇请敦煌贫士杨果为文案，让其抄写道经，发售道教信众。后来“下寺”因道教香火盛了，朝山进香者络绎不绝，王道士便在今天编号的第十六窟甬道内设案，接待香客，代写醮章，兼收布施，登记入账。“光绪二十六年（1900 年）初夏，杨某坐此窟甬道内，返身于北壁磕烟锅头，觉有空洞回音，疑有密室，以告圆箓，于是年 5 月 25 日半夜相与破壁探察，发现积满写卷、印本、画幡、铜佛等的藏经洞。”

这些如山的经书共有五万多卷，包括公元三四世纪时的贝叶梵文佛典，用古突厥文、突厥文、藏文、西夏文等文字写成的佛经，世界上最古老的手抄经文。出土的藏经中还有禅定传灯史的贵重资料，各种极具价值的地方志，摩尼教和景教的教义传史书等，被王道士陆陆续续地卖掉了四万多卷。

国宝经卷不管什么原因流散于国外，已经被时间五马分尸。而当时王道士报告给官府后并未引起重视，不就是些庙里的经书嘛。有懂的，找王道士索要，求官，卖钱，中饱私囊。信仰崩滑的年代，人们看重的是金钱，没有对宗教的敬畏。后来因为大部分被卖，1910 年，风雨飘摇的清政府下令，把剩余的敦煌卷子全部运往北京保存。在运送的迢迢路途上，几乎每到一处就失窃一部分。听说“文化大革命”中敦煌本地竟有一捆捆经卷在抄家时被抄了出来。

我曾在俄罗斯圣彼得堡的冬宫，看到过多幅收藏的敦煌壁画，色彩富丽堂皇，一如新饰。它们就是1914—1915年，俄国奥登堡率考察队在敦煌和莫高窟，收购和窃掠走的第两百六十三窟的多块壁画。但我在敦煌看到的壁画都有变黑，人的脸，几乎全是黑的，特别是西夏时期西夏人画的众多佛像。敦煌壁画的散失太令人心痛，中国的文化劫难太多。走在敦煌正午的烈日下，宕泉河没有了一滴水，河床裸露，像是死去了千年。热汗涔涔地放眼三危山四野，一片黄沙卷热烟，生命的迹象也难寻找。敦煌就蜷缩在这里吗？这就是赫赫有名的敦煌？它的出身如此低微，貌不惊人，蓬头垢面，弃于荒野，但它却惊艳了世界。我只能感叹文化到了一定的巅峰，纵然破落衰败，也难掩其辉煌炫目，绝俗容姿。虽然文物尽失，但石窟中的国宝依然琳琅满目。而且“敦煌学”成为一门国际研究的热门显学，这也是不幸中的万幸吧。

天山之南

一

从敦煌到哈密的路上，五百多公里，经过一个叫苦水的地方。水一定是苦的，才狠心取下这个名字。看见了大漠落日，而天山雪峰巍峨壮丽，渐入云深处。我们走在天山之南，这令人晕眩和无望的戈壁，一路上没有任何变化。有一点点山冈，小得像一座坟或一个古代的烽火台遗址。云像是堆积上去的，并在暮色四合中开始安睡。低洼处是白花花的盐碱沟，会有些低矮的芨芨草和芦苇，半死不活地活着，它们的一生是悲惨的，作为植物，它们没有看见过雨水，也不知道什么是阴凉。

天空的蓝色是一种遥远的荒芜。草籽是什么时候埋下并不再做梦？它们是否还在灼热的沙砾中等待，在未来的某一天，从雨水里钻出来，重获生命？

风从远古奔袭而来，即便带来战马的嘶鸣，但明显的，这只是一种历史的伤风咳嗽和千百次沙漠噩梦的翻身辗转。风抽打着故城断墙，残缺烽燧，就像失败的入侵者再一次反扑而来。风摇曳着灵幡开路，英魂在后。那些长相怪异的芦苇、芨芨草、红柳、骆驼刺、罗布麻，是那些战死的士兵，它们溃散在戈壁上，至今，还在孤独地、忍饥耐渴地活着，在这无边无际的荒凉的狂野。高大的草木都是那些远逝的英雄，他们打马而去，留下风沙漫漫的背影。砾石伪装成这块土地的历史，无奈、沮丧和绝望。

鹰也离开了，天空因此显得格外悲伤和孤独。大海和季风离它们太远，如果让暴风雨猛烈地践踏和蹂躏一次，那将是它们生命的狂欢，让惊喜和欲望在新婚般的期待中复活，但这只是一万年的梦。绿洲是有可能的，但那些随处可见的草木葱茏，那带着河流光芒的枝叶，仿佛被天空吞噬，收走了。还有那些壮怀激烈的灵魂，也被天空吞噬。他们曾经折柳西去，送别故人，马背踯躅，但从不回头，在没有人烟的地方，默然前行。

雪山完整无缺，像巨大的晶体守护着这千里驿道，千里顽强存在的绿洲。多少人也曾经让一路花朵相随，这是多么欣喜的旅程。但干旱从何时开始，成为常态？它诅咒着战争和烽火，还有这吝啬的雨水。雪山在退却，只剩下褴褛的外衣。水躲在深深的地底，在石头和沟壑里哭泣。

道路被各种遗弃的河流和风痕取代，戈壁迷失了方向。它知道再也不能走到那里，干脆不要道路，让风沙泛滥，天空成为假想的河道，夕阳西下，红水四溢。

沿着这条通往西域的道路行走，似能在戈壁的雪山下听到战马咴咴，征夫夜泣。那些寺庙、那些坟墓、那些陪葬的物品，都萦绕着那个时代远去的烽烟。

城墙在戈壁的冷月下叹息，衰草在夜半摇曳哀伤。风是这儿唯一的倾诉者，独言独语。河流是风暴的形状，四处泛滥，但早已干涸，像一条大蛇的死尸。秋风会把大地收拾得干干净净，包括那些战场上的箭镞、车毂、马鞍、刀戟，把它们埋没，像埋一堆垃圾。一座座残存的箭楼和烽墩，是一座座即将抹去的历史墓碑。

在英雄出没的时代，黄沙退却，不会如此荒凉。战马的嘶鸣胀满了夜空，那个历史因此被放大。沙漠的生命是要用英雄气质浇灌的。

二

我们穿越河西走廊之后，又将穿行南疆，也就是从新疆的东大门哈密一直驱车向最西的喀什。

哈密是唯一一个地跨天山南北的地区。翻过天山就到了北疆，到了乌鲁木齐。但它又与蒙古有漫长的边境线，达五百八十多公里。因此，看起来这里也是与南疆一样的太阳和戈壁，但在天山以北有广大的森林和草原，有雪山和冰川。而且，哈密这块大盆地是一个巨大的绿洲。在南疆，万里戈壁中最大的绿洲就是哈密了。天山国家森林公园几乎不可能出现在哈密，但却是事实。这里高山冰川、浩瀚林海，茫茫草原，牛羊遍地，与沙漠戈壁扯不上一点儿关系。哈密瓜、哈密大枣，都是它的赫赫名片。但也有吐鲁番的朋友说，当年哈密回王献给朝廷的瓜产自吐鲁番，只有吐鲁番的香瓜才是最甜的。但一路我们在南疆吃到的瓜果，都非常好。甜瓜、西瓜、葡萄、大枣，肯定是全国最好、最甜的。因为南疆日照时间长，昼夜温差大，适合糖分聚积储存。

哈密地区主要经天山雪水作为生活和耕种的水源，有冰川两百二十六条，所以，虽然干旱少雨，但作为沙漠绿洲，它又有得天独厚的条件。维吾尔族人以面食为主，到达哈密后，吃到了地道的维吾尔族大餐，有馕、油塔子、抓饭、凉皮、曲曲儿（馄饨）、萨木萨（烤包子）、皮特尔曼塔（薄皮包子）。皮特尔曼塔很大，里面是南瓜。还有焖饼子、油炸馓子、手抓肉、灌面肺子。特别有味道的是大串的红柳烤羊肉，两三串就吃饱了。肥瘦相间，味道鲜嫩，是用沙漠中的红柳枝串上羊肉烤的。主人不停地给我们的薄荷茶加蜂蜜，在如此炎热的地区，加上夏天吃羊肉会让人发燥，薄荷茶正好清热解暑。

哈密是西域与中原文化的交汇地，历史上是汉朝与匈奴激烈争夺以制西域的战略要地，交通要冲。城市的风格有维吾尔族和汉族的元素，也有回族、蒙古族的元素。像回王府和回王墓，将几种建筑风格统一在一个建筑之中。

回王府在市区，二十世纪三十年代被毁，重建于八十年代。清朝时哈密回王因与朝廷关系很好，平叛有功，是被清廷任命的，世袭九代。在回王府展览馆里，我们看到，1697 年一代回王额贝都拉助清廷平定噶尔丹叛乱，被册封为“一等扎萨克达尔汗”，其部被编为蒙古镶红旗。回王为维吾尔族人。越往喀什走，维吾尔族特征越明显。这证明，哈密的民族融合是数千年的结果，而且各民族比较亲密，没有矛盾，语言也没有障碍，都能用汉语交谈。

再者，这里靠近内地，教育发达，农业也发达，与内地看不出有什么差别。

回王墓在城郊的回城乡阿勒屯村。“阿勒屯勒克”意为“黄金之地”，这是回王家族的墓地。七世回王伯锡尔陵墓穹顶高矗，四周墙壁镶嵌绿琉璃砖，初看是阿拉伯风格，但又有中式八角攒尖顶及蒙古式盔顶的木质结构建筑形式，这也表明，这些文化在这儿和谐相存相融，已经分不出彼此，你中有我，我中有你。穹隆顶覆以苍绿色琉璃砖。整个建筑雄伟高大，素雅庄严。

回王墓附属的清真寺名为“艾提卡尔”（一名艾提尕尔），相传为四世回王优素福（1740 年—1766 年在位）所建，占地两千二百八十平方米，寺内有大红柱一百零八根支撑开阔的平顶。有的梁柱因陈旧被换掉，但大多是三百多年前的原件，因空气干燥，少有风化和腐朽。寺顶彩绘花草图案，并开有天窗。寺内四壁书古兰经文。这个外观并不高大的朴素的清真寺，寺内可容纳五千人礼拜，而寺外可容纳一万人礼拜。它居哈密清真寺之首，也是中国第三大清真寺。

“艾提尕尔”是节日的意思。

三

虽然，在哈密近五十万人口中维吾尔族人只有八万人，但维吾尔族人在这儿创造的音乐却是令人震惊的。这里有一座漂亮的木卡姆博物馆，我们也观看了一场让人感动的木卡姆表演。音乐虽然热烈，我却听出了伤感，这些木卡姆也是一个民族的心声吧。想一想，作为丝绸之路上的重镇，西域的门户，华夏文明、印度文明、古希腊文明、美索不达米亚文明都在这儿冲撞过，留存过。曾经这里的音乐让唐代诗人高适、岑参、王建等沉醉并讴歌。

木卡姆是阿拉伯语，是位置、地位、等级的意思，也是曲调、歌曲、乐曲的意思，现在也有古典乐曲的含义。成套的大型乐章才能称之为木卡姆。在这里展出介绍的十二木卡姆，其实是新疆音乐的总称。木卡姆虽然是阿拉伯语，但并非来自阿拉伯，依然是维吾尔族人的音乐。在天山南北，在叶尔羌河谷、塔里木盆地、吐鲁番和哈密流行，是维吾尔族人生活的一部分，是他们心灵的歌声。尔后的几天，我们不仅看到了哈密木卡姆，还在喀什麦盖提县的刀郎地区看到了刀郎木卡姆。

哈密木卡姆是流传在新疆东部哈密市的陶家宫乡和伊吾的淖毛湖绿洲一带，是一种有着悠久历史传承、篇幅结构宏大完整的大型维吾尔音乐套曲，共有“琼都尔木卡姆”“乌鲁克都尔木卡姆”“海海约兰木卡姆”“加尼凯姆木卡姆”等十二套，其中七套包括两个乐章（即两套曲目），共有两百五十八首曲目、数千行歌词。当地文联同志给了我一本精美的《哈密木卡姆》，里面有极其完整的历史介绍、音乐知识和丰富的歌词。伊州是哈密的古称，与龟兹乐一样传入中原，在民间深受喜爱。从历史上看，正如当地朋友所说，“伊州乐”相当于汉族李白、杜甫的诗。而《乐府诗集》中的伊州乐竟收入的是王维的一些诗。如“清风明月苦相思，荡子从戎十载余。征人去日殷勤嘱，归雁来时数附书”，这首诗题目就叫《伊州歌》。还有“三秋大漠冷溪山，八月严霜变草颜。卷旆风行宵渡碛，衔枚电扫晓应还”。我在想，是否当时的哈密人都能传唱汉人王维们的诗？或仅仅是王维用了伊州的曲调？但不管怎样，木卡姆现在是属于民间的，是维吾尔族人过节、婚礼、宴会的表演。

恕我不引用这本书里面的歌词。那些幽人思念的，那些贬客倾吐的，情真意切，无不打动人心。

也许一把热瓦甫、一把都塔尔就可以倾诉内心的苦乐怀念，但木卡姆有多种乐器伴奏。我们在哈密看到的除了热瓦甫和都塔尔，还有弹布尔、萨塔尔、卡龙、达普（手鼓）、艾捷克、沙巴依、阔捂子、巴拉曼、乃依、胡西塔尔、塔布拉、冬不拉等。我们一般在内地见到的达普是羊皮制的，但在哈密，也有马皮或驴皮的。鼓框是用葡萄木或胡杨木制成，但大部分鼓面是蟒皮。纳格拉是用双槌敲击的大鼓，苏尔奈有点像汉族的唢呐，羌则像汉族的扬琴。

木卡姆是一个民族历史和情感的记忆，也是生生不息的情感的发泄和对生活的赞美。它有口头叙述的特征，也有民族的神话、英雄、饮食习俗、劳动生产的记录。一个民族的历史全在其中。

我们观看了约一个小时的木卡姆表演，这些演员全是地道的农民，有诙谐的老人，有个子高挑的维吾尔族姑娘，他们漂亮的彩裙，头上的辫子，旋转起来像一道道流光溢彩的河流，伴舞的小伙子矫健灵活，边弹边唱的歌手唱道："杜鹃在山上唱歌，歌声是那样悲伤，愿咱俩交个朋友，你我都无家可归……"有一首这样唱："我趁着夜色而来，沿着水渠走过来，小伙子的手已被束缚，被少妇的头发缠起来。美丽美丽真美丽，你的美丽让我爱你，美丽的少妇啊，阿亚莱。"

木卡姆的音乐热情洋溢，节奏欢快，但我真的听出的是深处的伤感，禁不住眼湿。我听出了一个民族在大漠之中的不停迁徙和艰难的生存。虽然多有幽默逗趣，但内容大多还是对生活感叹，对美好爱情的向往。木卡姆浓郁的西域色彩，一定会把我们带向远方，而我们正在这个"远方"陶醉。任何一个民族都是伟大的，你看他们的自信，他们肢体的舒展，服饰的艳丽，乐曲的动人，过目难忘。闭上眼睛，全是那些旋转的光影，五彩斑斓，像一道道彩虹。

哈密木卡姆与南疆其他木卡姆另一个迥异的特征是：它与内地西北的秦腔和花儿等十分相近，仿佛有着黄土高原的血统。这真是神奇的音乐。

四

从哈密到吐鲁番四百公里，经过一个叫哑口的地方，风大，全是发电的大风车，这凛冽的大风吹得人面部狰狞。风把汽车吹得摇摇晃晃，司机的方向盘都快握不住了，像是与风拔河，嘴里不住地嘟囔。吐鲁番是中国海拔最低的地方，海拔负一百五十米。所以，翻过哑口，往前方的火焰山去有几十公里的下坡路，两边全是赭红色的石头，像是被火焰烧过的。山势奇特，与我们心中的火焰山几乎一样，非常险峻。

我们下到了吐鲁番盆地的最低处，盆地的中心。这里是中国地势最低的地方，是世界第二低的地方，仅次于死海。火焰山是一个景点。虽然我们要求师傅在最震撼的地方停车照一张火焰山的照片，但前方已经有吐鲁番的朋友等着接待，我们只得赶去与他们会合。但山的气势已经慢慢不如所经过的地方。其实火焰山不是一座山，是一条山脉。维吾尔语称“克孜勒塔格”，意为“红山”，古书称之为“赤石山”。它东起鄯善县兰干流沙河，西至吐鲁番桃儿沟，是一条横卧在盆地中的赤色巨龙，全长九十八公里。果然，在最低的盆底，靠近公路边，有一个景点，有简易的大门，里面有不少游人。这里有火焰山石碑，有孙悟空、牛魔王、铁扇公主的雕像，还有一根金箍棒式的巨大温度计。这天，我们遇上了千载难逢的下雨天。因为这儿基本无雨。雨虽然只有不大的几点，但乌云让天阴了。这里的人说，乌云也是难见的，是我们带来了喜雨。这里的年降雨量只有十六毫米，估计也就南方五分钟的降雨量。这天加上风大，阴天，气温只有 40℃。所以他们才说：今天才 40℃，你们来得是时候啊。因为吐鲁番历史上最高温度是 51℃。气温是越来越高了。而在火焰山地表温度会达到八十多摄氏度，这是沙地上烤鸡蛋的温度，一点儿不假。

火焰山自然是《西游记》为它做了几百年的广告。想象中的玄奘西天取经当然是要经过这里的，《西游记》写道：“西方路上有个斯哈哩国，乃日落之处，俗呼‘天尽头’。这里有座火焰山，无春无秋，四季皆热，那火焰山有八百里火焰，四周寸草不生。若过得山，就是铜脑袋、铁身躯，也要化成汁哩！”所以孙悟空三借芭蕉扇才将火扑灭，师徒四人才得以继续上路。

少雨，极度干旱，山头上自然光秃秃的。加上是赤褐色的山体，就像被火烧灼过的，太阳毒烈，红砂岩灼灼闪光，炽热的气流腾腾上升，就像烈焰熊熊，火舌撩天。而且这盆地四周是山，有限的水汽又被天山阻隔。地势太低，山地与盆地在短距离内高差超过五千六百米，就成为一个日夜烘烤的大火炉，当地人戏称这儿是个大馕坑。气流下沉增温产生“焚风”效应，人行其中，就如焚烤一般，自古这里就被称为“火洲”。好直截了当的名字！它还是“风库”，有记载 2008 年 8 月 5 日的大风达到 14 级。因此这儿到处可见巨大的风力发电风车。

我看玄奘取经的经历，比这更惨。他在一个人进入沙漠之后，两个水囊一落地，便没有了水，在如此炎热的沙漠，竟然有四五天滴水未进，他必死无疑，他的马也只剩下最后一口气了。但奇迹发生了，马驮着半昏迷的他走向一条陌生的路，竟然找到了一处水源，还找到了青草。后来的小说把他的马神化，也是有根据的。对炎热的火焰山的恐惧，简直扑面而来。在古代，每个书写过这儿的诗和游记，都充满了莫名的惊悚。

可是，到了吐鲁番，才知瀚海沙漠中还有如此甜蜜和葱茏的世界。吐鲁番城区因太过古老而略显陈旧。但是它们掩映在一片片不见阳光的葡萄藤下。我们住宿的葡京酒店就在吐鲁番最著名的葡萄大街边。从楼上望去，看不见大街。但大街很宽畅，藏在葡萄架下。机动车道是大葡萄架，两边的人行道是小架。但都是非常粗壮的葡萄藤，有些年头了。此刻，正是葡萄成熟的季节，一串串葡萄挂满头顶，密密麻麻，有大的、小的、长形的、圆形的。当地朋友自豪地介绍说，这条大街在全世界也是独一无二的，一条街上的葡萄有几十个品种，有无核白葡萄、红葡萄、黑葡萄、玫瑰香、白布瑞克、马奶子、喀什哈尔、梭梭葡萄等。在吐鲁番，葡萄品种达五百个，当之无愧“世界葡萄植物园”的称号。而无核白葡萄的含糖量可高达 22%—24%。它生长力强，结果多。因其无籽，适宜晾制葡萄干。制干后，果粒色泽仍碧绿鲜艳，果肉柔软，色香味俱佳，为国内干果中之珍品，被称为“中国绿珍珠”。因为吐鲁番日照时间长，不仅葡萄甜，西瓜、甜瓜也特别甜。所以当地在争哈密瓜的起源。他们认为，哈密瓜的故乡是在吐鲁番。这里不仅瓜果甜，就连棉花也含糖。这里的棉花在加工时，还要增加一道脱糖工序。

满街的葡萄，硕果累累，触手可及，但没有任何人采摘。一是市民素质好；二是在吐鲁番葡萄太多。我还是摘了一串，差不多成熟了。有的好像因成熟未摘还腐烂在枝头。8 月 20 日，是吐鲁番一年一度的葡萄节，我们早来了八天，多遗憾啊。

吐鲁番，维吾尔语意为富庶丰饶的地方。也有说是回语“蓄水”之意。商务印书馆出版的《通名大辞典》释为维吾尔语“都会”之意。也有学者说“吐鲁番”系“吐蕃”的谐音。

这里是西域三十六国之车师国的旧址，但古称“姑师”，在古丝绸之路上，这里战火纷飞，你来我往，汉朝与匈奴曾发生过漫长的战争。

我们的第一站就是寻访交河故城。交河，就是两河相交之意。它位于吐鲁番市郊的亚尔乡。它曾经是一个城市，而且是一个巨大、辉煌的城市。但现在它是世界上最大的生土城遗址。一片苍凉，残垣断壁，就像是被时间扔弃的城市的骨头化石。你根本无法相信这里曾是有着十万人口的大城市，甚至怀疑这只是一些大漠上的黄土堆，被风化的土山，毫无人类活动的痕迹。但事实上，这里曾有中央大街、官署、生活区、集贸市场、寺庙。可是中央大街竟那么曲折，还是一条爬坡的山道。整个遗址在河岸高地上，气势雄浑，苍茫一片，静默死寂。那些所谓的街道纵横交错，黄得让人晕眩，令人揪心，令人绝望。这座城是由上往下修建的，也即由山顶往下挖。挖成地窖子，盖上土屋顶，于是冬暖夏凉。反正这儿也没有雨水，不用担心屋顶漏雨，一些低低的屋顶盖，有用芦苇糊泥往上苫的，还有在顶上开天窗以透气。在这只有黄土的高地上，木材是稀缺之物，几乎没有什么建筑材料，就挖洞吧。于是各种精巧的洞窟，互相连接，结构玄妙。长长的台阶往下延伸，感觉真是怪怪的，走下去豁然开朗，有一个个四合院，里面有各种洞窟，多种用处。这里生活设施齐全，甚至打有深井。这个古怪的城市，看似简陋，其实充满了古人的生存智慧。

这座城市有记载的是，西汉时，它是“车师前国”的都城；唐代时，它是驻西域的最高军政机构“安西都护府”办公之地。最早是由车师人建造的。交河故城又称东方庞贝城，也是世界上最完美的废墟。故城南北长约一千六百五十米，东西最宽处约三百米，四周有高达三十余米的壁立如削的崖岸，完全不怕敌军偷袭，一夫当关，万夫莫开，选这里筑城，应该是天赐宝地。当年崖下一定是河水翻滚，现在只剩下干涸的河床，叫雅儿乃孜沟。当地人把交河故城称为“雅尔和图”，就是“崖儿城”的意思。《汉书·西域传》中记载：“车师前国，王治交河城，河水分流绕城下，故号交河。”

如果说这是城的话，这就是活生生的鬼城，已经有几千年见不到一个人了，最后一个人离开的时候，他是多么匆忙，简直是逃离。人们是为何要遗弃这座曾经繁华的城池？

历史记载，1383 年，蒙古人攻破了高昌和交河两座丝路上最繁华的城市，在这两座佛教之城发生了争斗。寺庙一一被毁，它的衰落是一个文明的衰落。在考古时，三十多口古井里，全是人的骸骨，全是头朝下，这表明，这个城市经历了残酷的杀戮，血雨腥风。战争是破坏力最大的，比自然灾难和岁月风化更为惨烈。

在所谓的中央大道，地面气温常常超过 80℃，行人的鞋底会粘在地砖上。这样的气候好像只能掏地窝子，不然是没法生存的。我们一路往上，故城全貌尽收眼底，一片一望无际的废墟，一些用黄土筑就的建筑。街道两边有纺织、酿酒、制鞋等各种手工作坊，也有军营。坡路杂乱无章，建筑是干打垒，挖的一些洞窟就是人居住的吗？洞窟太小，钻进去不知如何生存，这个城市不是原始的吗？但事实确凿，佛寺的佛龛里还有比较完整的佛像，藏兵的堑壕里，有开阔的演兵场，有保存完好的佛塔，依然宏伟，它肯定不是大自然的杰作，是人类活动和信仰的证明。何况这里还出土了许多国宝级文物，如唐代的瓦当、经卷，还有车师国的墓葬。因为远离我们的时代，这样直接地面对一个遥远的朝代和历史，如此直观，让人太难了解与想象。故城不是古城，故城是没有人烟的，是曾经的城，古城是有人居住的城，有今天。交河故城没有今天。至今，它的悲壮依然触目惊心。

交河在我们的古诗中经常出现。唐代李颀的“白日登山望烽火，黄昏饮马傍交河。行人刁斗风沙暗，公主琵琶幽怨多”，李世民的“塞外悲风切，交河冰已结。瀚海百重波，阴山千里雪”，都是很有名的。

但交河还有水，另一条小河筑了些涝坝，还有几只鸭子。有葡萄，有晾晒葡萄干的土屋，有高高的钻天杨，唯独城里不再有水有人，也不再有屠城。阳光热烈，但天空安静，一只鹰在故城和祁连山雪峰之间飞翔。如果在夜晚，穿行在这千年废弃的城市里，你会听到什么声音？哭号？悲咽？欢笑？琴声？

五

吐鲁番还有一种伟大的东西：坎儿井。

我们见到的坎儿井是在吐鲁番亚尔乡新城西门村，这里的坎儿井有四百多年的历史。可崭新的水却在欢快地、汩汩地流着，声音清澈，流在古老的渠道里。

也许是因为有坎儿井，我们来到这个村时，已成浓荫的葡萄在我们头顶。有一种药用葡萄，是世界上最小的葡萄，叫索索，晒干后用来治风湿。坎儿井是在地下，我们进村时就听到了地下传来的流水声。因为坎儿井是有竖井的，可以看到水在地下流。而我们脚踏的地上，该炎热的依然炎热，大地依然看不到一滴水的影子，还是年降雨量十六毫米的地方。但叮咚的来自雪山上的水，却穿越地下一路欢歌。这的确是一项伟大的发明，是新疆人民在沙漠中生存的奇迹。当地人介绍说，仅在吐鲁番，坎儿井总数就达一千一百多条（现在因为生态破坏，事实上已经没有这么多，资料上说还有六百多条），全长约五千公里。是不是指全疆的总和？不得而知。但如果细细了解这项工程，还是得佩服它的伟大，它的艰难。生活的奇迹无处不在，人们利用大自然也算是绞尽脑汁了。

坎儿井并非新疆独有，内地也有，各省叫法不一，陕西叫作“井渠”，山西叫作“水巷”，甘肃叫作“百眼串井”。在这样的极度干旱地区，水的蒸发量太大，也许雪山上的水还没有流到村里，就被太阳和沙漠吸得一干二净，因此井的存在很重要。

在新疆，没有坎儿井也许没有人烟，也就没有那么好的葡萄、甜瓜和西瓜。水是人类的生命之源。在这里生活，说白了，就是怎么得到水源和保护水源的问题。“坎儿”就是井的意思。不过维吾尔族的“井”更加复杂。是由竖井、暗渠、明渠和“涝坝”（小型蓄水池）四部分组成。我们走进西门村，就看见了竖井，而在深处流淌的水渠就是暗渠。走过一段，又有明渠。明渠为什么需要？不是让其蒸发掉了吗？一是为人们的生活饮用水；二是，这些水是从雪山上下来，非常冰凉，直接浇庄稼会冻坏幼苗，致使减产，在太阳下晒后增温才可以浇地。另外，明渠蓄水就是涝坝，涝坝可大可小，可以改善干燥的气候。

我们被引入地下看坎儿井暗渠。这里完全是抗战时冀中平原的地道战，而且比地道更加宽畅。下到地下深处，就看到了坎儿井在地底行走的真面目。那确实不简单，如果这样挖几千公里，可真是不可思议的奇迹。在地表的沙漠之下，土质是沙砾和黏土的胶结，质地坚实，井壁及暗渠不易坍塌，水也不容易渗漏。但暗渠实在太窄，在竖井处宽点儿，往里看，只容一个人匍匐。这是怎么挖的？当初挖它的人怎么操作？的确是一个人挖的，跪着挖掘，天山雪水冰凉刺骨，工人掏挖暗渠只能跪在冰水中挖土，也正是因此，那些从事暗渠掏挖的工人，寿命没有超过三十岁的。这连绵五千公里的吐鲁番坎儿井——这壮观的“地下长城”，是用多少人的生命换来的！如今有人说适应农业的现代化，灌溉不再需要这坎儿井，巴不得废除掉。这真是无知。尊重祖先的非凡的创造和智慧，这是起码的做人的道德，何况，它现在依然以最简单的方式，浇灌着我们的葡萄园、棉花和其他庄稼作物，而且是一劳永逸的，是子子孙孙受惠无穷的。说白了，我们至今都在喝着祖辈的水。我喝了几口暗渠里的水，非常冰凉，但很清甜。这水在地底没有经受任何污染，经过长距离沙石过滤，含有大量矿物质，可以直饮。现在这里就有一种坎儿井瓶装水，几元钱一瓶。而且，我竟然看到水里有小鱼儿游动。这些鱼是冷水鱼，钻进深深的地底，逆流而上，悠然自得，太有趣了。

在坎儿井博物馆，我们了解了这井是如何挖的，解开了不少疑惑。暗渠的掏挖有的能直达地底九十米深，先打竖井，再往下游挖。竖井相隔距离相等，为了不让方向歪斜弯曲，在指南针未传入西域之前，吐鲁番人创造了木棍定向法。即相邻两个竖井的正中间，在井口之上，各悬挂一条井绳，井绳上绑上一头削尖的横木棍，两个棍尖互指的方向，就是直线。然后再按相同方法在竖井之下定向，地下的人按木棍所指的方向挖掘就八九不离十了。其实这是运用了平行四边形的原理。另外，还有油灯定向法，依据两点成一线的原理，用两盏旁边带嘴的油灯确定暗渠挖掘的方位，这样也可以检验洞内的氧气，如果油灯熄灭了，人就得尽快爬上竖井。在地下的油灯定位很简单，就是挖掘时，掏挖者背对油灯，始终掏挖自己的影子，就可以不偏离方向，而渠的掏挖深浅，则是以泉流能淹没筐沿为标准。

据说坎儿井如今在伊朗、哈萨克斯坦都存在，甚至连坎儿井几个字的发音都是一样的。在吐鲁番，每条坎儿井都是有名字的，有的以挖井人命名，有的以动植物命名，有的以地理方位、水的味道命名。我们参观的这条坎儿井叫米依木·阿吉坎儿井。米依木·阿吉就是开挖这条坎儿井的主持人。这条坎儿井在吐鲁番最著名，已有八百多年历史，全长二十五公里，日水量可浇地七十多亩。

吐鲁番另一有名的地方就是葡萄沟。这条沟就是一个峡谷，在火焰山西侧。沟谷西岸，山势柱柱直立，也许是远古火山爆发形成的。沟内有一条布依鲁克河，如今正是雪山融水的季节，水流湍急，哗哗作响。因为有水，这里便孕育了这条葡萄沟。

近十公里的葡萄沟全是葡萄，现在正是葡萄成熟的时候，空气中甜味弥漫。各种颜色、各个品种的葡萄在这里汇集。头顶上全是葡萄长廊，遮天蔽日。这里与我们住的葡萄大街一样，有无核白葡萄、马奶子、红葡萄、喀什哈尔、日加干、琐琐（或名梭梭）等，简直让人应接不暇。而村路两边，除了新摘的葡萄，更多是葡萄干，有做药的索索王，有绿宝石、野葡萄干，有葡萄爷爷、葡萄奶奶，有女人香、黑加仑、白巨王，也有桑葚干、乌梅、大枣、野西瓜干、全球红。葡萄奶奶就是红妃。葡萄摊有百多家，有维吾尔族老人，也有孩子，都能讲汉语。我们边走边尝，甜在葡萄沟。在新疆，有一首民谣说：“吐鲁番的葡萄哈密的瓜，库尔勒的香梨人人夸。”

带我们去的宣传部朋友告诉我，不要买那些颜色黄黄的，虽然颜色漂亮，但那是熏出来的。风干的葡萄颜色深暗，虽不好看，但吃得放心。于是我买了几大包红妃，其价格只有武汉的四分之一。

在葡萄长廊下散步，旁边是奔腾的涝坝，坐在那儿，手上一串葡萄，嘴里甜蜜蜜的。维吾尔族老人们也在那儿闲坐聊天。生活如此甜蜜悠闲，哪儿有沙漠和骄阳的影子？

葡萄沟的“农家乐”也十分火爆，家家是手抓饭、烤羊肉、手抓羊肉，是馕、拉条子，更有西瓜、甜瓜、葡萄。手抓饭里的羊肉、胡萝卜、土豆条，色彩缤纷，引人馋虫。

葡萄沟真是袖珍小江南。

六

翻过天山支脉，就到了真正的南疆，到了库尔勒。公路两边的山势嵯峨怪异，风景绝佳，石山上竟有沙山，这种地质是如何形成的？

看到了一片片绿洲，看到了几万亩的湿地盐碱滩，一望无边的芦苇。库尔勒在塔里木盆地东北边缘，是中国面积最大的州新疆巴音郭楞蒙古自治州的地级行政区首府。距死亡之海、世界第二大沙漠塔克拉玛干沙漠七十公里，也被称为古丝绸之路上的咽喉。库尔勒是维吾尔语“瞭望”的意思，也称犁城。这里的香梨享誉全国。古时，这里称焉耆，西域三十六国之一，也称乌耆、乌缠、阿耆尼。《西游记》中称这里为乌鸡国。包括今焉耆、库尔勒、和顾、尉犁一带。最早属匈奴，西汉神爵二年（公元前 60 年），西汉在乌垒设置西域都护府。

这里年降雨量为 58.6 毫米，有孔雀河穿城而过，而境内塔里木河流经全境，有著名的博斯腾湖、巴音布鲁克草原、天鹅湖、巩乃斯林海。境内还有海拔六千九百七十三米的木孜塔格峰。

当我们夜游孔雀河的时候，我们没有丝毫感到是在塔克拉玛干沙漠边缘，也没有感到是在南疆。我们惊叹这个城市的三河连通工程，感叹这里官员的能干和敬业，感叹他们的胸怀和气魄，感叹他们的视野和能力。三河便是指杜鹃河、鸿雁河、天鹅河。而连通后的河叫孔雀河，就是与孔雀河连通了。而且，这三条河全是人工河。河流之宽阔，浩荡，美丽，无与伦比！音乐喷泉壮观，两岸的民族特色建筑众多，高层住宅鳞次栉比，倒映在粼粼波光中。这是想象力的胜利，决定了这个城市的崛起。而开挖三条大河调节气候，这该要多大的大手笔！库尔勒的城市改变可说是翻天覆地，我在南疆的这些天里，鼻子干燥难忍，但库尔勒让我仿佛回到了湿润的南方。

尉迟县的胡杨还没到金黄的时候，我们还是得去那里。我们要去看传说中的罗布淖尔和神秘的罗布人。罗布人的胡杨林紧靠塔克拉玛干沙漠。已经有沙漠的景象了，沙丘一个接着一个，但维吾尔族人种的棉花也一望无涯。

罗布人就是罗布泊人。罗布泊和楼兰都是丝路上有名的城市和湖泊。楼兰城市不明不白地衰落了，罗布泊也逐渐消失了。在楼兰废弃之后的一千年或者两千年里，罗布人沿着孔雀河逆流而上，到达现在的尉迟，在水面宽广的地方捕鱼猎兽。因为罗布人的祖先就是干这些的，他们不会稼穑。库尔勒是在孔雀河上游，而楼兰与库尔勒在当地的语言中发音一样。有人就猜测楼兰衰落后，那里的居民都搬迁到了库尔勒。

尉迟之名在汉代就有，就是罗布淖尔的意思。罗布淖尔系蒙古语音译名，意为众水汇集之湖。楼兰王国是在公元三世纪神秘“失踪”的，但罗布人还是生活在这大片的罗布泊的海子边，当年这里的海子星罗棋布，当地人靠水吃水，那么多的鱼足够他们生活。张骞出使西域后向汉武帝上书说：“楼兰，有城郭，临盐泽。”罗布人在这里有着久远的生活历史，“不种五谷，不牧牲畜，唯一小舟捕鱼为食。”其方言也是新疆三大方言之一。这个食鱼民族，喝罗布麻茶，穿罗布麻衣，丰富的营养使他们大多长寿，八九十岁时还能驾船捕鱼。

在这块有水的土地上，先后住过塞人、汉人、土火罗人、羌人、吐蕃人、吠达人和多浪人。罗布淖尔，古代也称过浦昌海、盐泽、泑泽、牢兰、临海等稀奇古怪的名字。

我们来时，塔里木河正进入汛期，水很浑浊，流速急遽，卷起一个个旋涡。没有想到这里有这么大的水，无论怎样渗漏，都可以浇灌沿途的村庄。一些高大的胡杨和红柳都淹没在水中。而巨大的沙丘正在奔往远处的塔克拉玛干大沙漠。

到处是死去的胡杨，也到处是生长的胡杨。这里的胡杨林一直通向大漠，因为有水，它们生机勃勃。

在这个人造痕迹太重的罗布人的村庄，我们看到了几个罗布老人，在塔里木河畔浑浊的水边，在胡杨树下闲坐着。他们皱纹满脸，神色安详，不再在海子里驾船捕鱼了。

七

库车是古龟兹国都。库车之名是在清朝改定的。古龟兹人属于雅利安人种，地道的白人。有“西域乐都”“歌舞之乡”等美名。龟兹是古印度、希腊—罗马、波斯、汉唐四大古文明在世界上唯一的交汇之地。在这块文化因碰撞而产生耀眼光芒的地方，它的文明、语言、文化形态，都有着神奇之处。据研究者说，龟兹语本属于印欧语系中吐火罗语方言，用印度的婆罗米文字书写。但又与欧洲的拉丁—凯尔特语与日尔曼语有较近的关系，因而欧洲考古专家对此地情有独钟。库车系突厥语译音，维吾尔语地名，胡同之意。库车在古代的史书中也称丘慈、屈兹、曲先、鸠兹、库叉等。1758年，乾隆时代定名为库车。也有说“库车”系古代龟兹语，意为“龟兹人的城”。汉时在此设西域都护府，唐时为安西都护府驻地。

我们到达库车主要看的是一个叫苏巴什佛寺的遗址。当然，南疆这里最有名的几乎全部是遗址。它们是历史的骨头，就像沙漠中一具风干的牛，最后只会剩下骨架一样。这个遗址太有名，与唐玄奘紧密联系在一起。它在天山支脉却勒塔格山南麓，在铜厂河出口两岸洪积台上。东寺南北长五百三十五米，宽一百四十六米，西寺南北长六百八十五米，宽一百七十米。这些尺寸是以残存的寺院围墙为依据的。但都已毁，东寺依稀只存庙塔、僧舍遗迹，还存有三座高塔。西寺尚存僧舍残垣和数处高塔。全是黄土堆砌的，也有一些瓦砾残片，寺院的院墙中可以看到砖。据说还可以捡到龟兹小铜钱、波斯银币、唐代钱币。我们找了半天没有找到。苏巴什是维吾尔语，意为“水头”。这里据说在不久前遭遇过一次大洪水，但这些土垒的废墟依然屹立不倒。它已有两千年的历史，是魏晋时的建筑。

一个巨大的黄土堆上，却有两个佛窟，砖砌的拱门，但我们上不去，也不让上去。它比交河故城壮观，因为它高大巍峨，所保存的佛寺较为完整。据玄奘的《大唐西域记》中记载，这里：“荒城北四十余里。接山河。隔一河水。有二伽蓝，同名昭怙厘，而东西随称，佛像庄饰殆越人工。”昭怙厘大寺，就是库车当地人称的苏巴什佛寺。

唐玄奘西天取经，这里已是遥远的西域，为龟兹国国都郊外，他曾在此讲经两个月。《西游记》中称这里是女儿国，说此河为子母河。

废墟之美说的大概就是这里。这种废墟因为顽强存在着，让我们隐隐约约地感受遥远历史深处的壮观，但又是实实在在的寺院面貌，高大的围墙，一直延伸到很远，几乎与却勒塔格山相连，历史与自然成为同一条山脉。那我们想，在这个大漠戈壁中，为什么会出现如此宏大的寺庙呢？据说它最多时曾有上万僧人在此居住。想想这样的场面，每天所消耗的食物也惊人，而供养僧人的信众又会有多少呢？原因是：这里曾是西域的中心。龟兹是西域三十六国中第二大国，仅次于乌孙国。公元七世纪唐朝在此设立的安西都护府所管辖的范围有阿富汗、巴基斯坦、哈萨克斯坦、吉尔吉斯斯坦、印度孟加拉等的一部分。“龟兹”就是古语“称王称霸”的意思。了解它的历史后，才知道这儿既然是西域政治经济文化宗教的中心，寺庙众多，高僧云集就不奇怪了。唐贞观二年（628年），玄奘西行印度时在此滞留，佛教在当时盛行，凡长安来的高僧，基本被称为国师，被人景仰。

在南疆，许多景物都是留下来供人凭吊和遐想的。黄土坯建造的佛寺，在色彩单调的戈壁上，寺庙和佛永远都是色彩鲜艳的。后来，当佛教在这块地方衰落后，故事还在继续，它成为女儿国的国都。当时这个地方是母系社会，男人都是入赘。再后来，女儿国也被游牧民族攻破了。

历史就是这样，有升起的，也有沉落的。不过，这条丝绸之路，依然是畅通的。通往西域的路依然生机勃勃，绿洲片片。在离开的路上，我写了一首诗《西行记》:“往一条干涸了一千年的河道 / 走向干涸 / 肩扛十座烽燧和一千座故城 / 箭镞一头扎进大漠深处 / 历史和自然同一条山脉 / 山河倒伏英魂溃散 / 历史打马西去它的遗产 / 一只灼热孤独的鹰影 / 带着河流光芒的枝叶 / 被火焰嚼碎 / 天空红水泛滥 / 半陷的车毂至今被太阳盯梢 / 飞沙狂舞 / 澎湃西来的宗教 / 为生存而战刀剑铮鸣 / 它们的真理一次次逃亡和遗弃 / 只有柔软的丝绸胜利了 / 水远走 / 石头翻越三千年 / 到达与天空永久对峙的地方。”

八

我们在阿克苏匆匆而过。但阿克苏是应该停留下来细细欣赏的地方。它的托木尔峰，它的天山神秘大峡谷，它的克孜尔千佛洞，都是极有名的。阿克苏市位于塔克拉玛干沙漠西北边缘，在塔里木河上游，因水而得名，阿克苏系维吾尔语。“阿克”意为白色，“苏”就是水。所以它的别名就叫白水城。现在它是“清澈奔流的水”的意思。名字美好，有水就是好地方。所以它也有“塞外江南”的美誉。是西域三十六国的姑墨、温宿两国的属地。

多浪河穿城而过，这里就没有了沙漠戈壁的感觉，虽然，塔克拉玛干大沙漠就在它的旁边。阿克苏的夜色美丽。我们在当地朋友的带领下坐出租车去了多浪河畔，我听错是刀郎河。原来这里有非常宏大漂亮的公园，汉族人、维吾尔族人在一起享受这迷人的夜色。我们去的是威戎城（阿克苏古称）和西域广场周围。这里有新修的城楼姑墨亭，后面是气势磅礴的汉白玉西域三十六国图腾柱，中间是三十六国地砖图。再后面是多浪文化广场、鸠摩罗什法坛，横跨多浪河两岸的十一孔桥在霓虹灯的披挂下营造出一种大漠戈壁的幻影。

但是我们将奔赴喀什，去喀什的第一站是麦盖提县。

我们沿着塔克拉玛干沙漠边缘行走。在南疆，从一个城市到另一个城市，没有任何过渡，经过沙漠到达另一个城市，这些绿洲是断裂的，孤立的，仿佛天外飞来的，它们像是一个个旱地岛，人们能否在这里够生存，全在于这个“岛”是否有水源。

麦盖提县在塔克拉玛干沙漠的西南，喀喇昆仑山北麓，叶尔羌河中下游、提兹拉甫河下游。这个县是真正的沙漠孤岛，它三面被沙漠包围，比较贫困，县城陈旧，但文化非常独特，是“刀郎文化”的发源地。

麦盖提的羊肉很有名。我们在这个县和喀什市，吃饱了麦盖提羊肉。麦盖提羊又名刀郎羊，是当地土种羊与阿富汗引进的瓦格吉尔羊杂交，身材高大，黑头，两个耷拉的牛舌般的羊耳朵，弯刀似的鼻梁，奇怪的盘尾。该羊肉无腥膻味，肉质鲜嫩，大块，吃不腻，而且据说还有预防心脑血管疾病的奇特功效。

麦盖提也是刀郎木卡姆的故乡，跟哈密的木卡姆明显不同。我们在当地安排下去看了一场老人们演出的木卡姆。这些老人在北京演出过，还应邀去了美国和法国演出。老人们穿着维吾尔服装，皮鞋都很老旧，脸上是岁月碾压的深辙，但一个个很健康，嗓音洪大。他们的木卡姆一进入音乐的伴奏中就惊心动魄。卡龙琴、刀郎热瓦甫、刀郎艾捷克，还有摩挲得闪闪发亮的羊皮达普（手鼓）。在领唱人一声“噢咿——”之后，我们被带进雄浑和苍凉的意境中，似乎在大漠深处追击猎物，在风沙旷野中呼朋唤友。我们无法听懂他们的语言，但我们听懂了他们的内心，他们民族的生命的呐喊。这种歌曲被叫作“巴雅宛”，就是旷野之意，与漠北游牧狩猎的生活有极大的关系。那些老者都是坐着的，他们以乐器应和，面目平静，但声音洪亮有力，高亢激越，就像沉默无声的土地的一次爆发。唱者和演奏者坐着，舞者舞着。演奏者和唱者们虽然坐在原处，但他们苍老的鼻腔和胸腔憋足了气息，一会儿高歌，一会儿发出猛兽般低沉的共鸣。他们神色庄重，像出征前的神秘仪式。他们汇集了最宏大的嗓音，像洪水一样朝我们卷来，浩荡恣肆，不可阻挡，就像生命本源的号叫。

我们已经来到了塔克拉玛干大沙漠，这儿的生存环境十分恶劣，麦盖提人过去大多以狩猎为生，嗓音大，是要有那种豪气。

麦盖提县是唯一一个延伸进塔克拉玛干沙漠的县域，基本被沙漠包围，有可能被沙漠吞噬，人们的生存环境虽然恶劣，但他们在顽强地与自然环境进行搏斗。这个古丝绸之路上的南北两道的交会之地，也是进入塔克拉玛干大沙漠探险的出发地。它的五十六万亩红枣，它的四十五万亩棉花，它的十六万亩核桃，五万亩杏子、黄桃等，使它享有“红枣之都”和“瓜果之乡”的美名。但最令人惊异的是它的百万亩人工林地，浩浩荡荡地向沙漠腹地挺进，成为抵抗塔克拉玛干大沙漠泛滥的壮观景象。我们去看了这片一望无际的防沙防风林，全是滴灌，在灼热的大沙漠中，他们栽种了冠果、红枣等经济树种和新疆杨、胡杨、沙枣、红柳、竹柳、沙棘、梭梭等生态树种，每一个树根下都有一个永不干涸的人工泉眼，不管太阳多么毒辣，树木有水就能成活。

我们登上一个高高的沙丘，塔克拉玛干沙漠就在脚下和眼前。太阳仿佛把所有的仇恨都泼泄给了这个“死亡之海”，没有任何生命的迹象，特别是在正午的太阳下。一浪一浪似乎凝固的沙丘，就像是月球上的景色，整个世界了无遮拦，像是经受着火刑。即便是那些种下的树木，还有那些在滴灌旁侥幸生长的芦苇，命悬一线。没有比沙漠中的植物更绝望和悲壮的，它们活在一生的饥渴和炙烤中。为了保持优雅的绿色，它们忍住挣扎和号叫。所谓沉默，就是命定瀚海，一声不吭。

塔克拉玛干大沙漠，维吾尔语为“山下的大荒漠”“迷失的家园”“进去出不来的地方”，恐怖的名字。它的总面积 33.76 万平方公里，沙漠是流动的，仅次于沙特鲁卜哈里沙漠。塔里木盆地是一个巨型的封闭性盆地，周围被天山、帕米尔、昆仑山、阿尔金山环抱，只在东端有一个七十公里的谷地与河西走廊相连。也因此它的沙是自然生成的，谓之就地起沙，因为吹不到任何地方，最后形成了这个巨大的沙漠，它的诨名叫“死亡之海”。

九

喀什是中国版图丝绸之路上的终点站。还记得红其拉甫口岸吧，从这个口岸过去即是巴基斯坦。红其拉甫口岸，一直是中国与中亚连接的重要通道。

当年玄奘取经回国、高仙芝征战吐蕃都从这里走过。卡拉苏口岸，在塔什库尔干县，对面就进入塔吉克斯坦。也可往阿富汗。伊尔克什坦口岸是中国与吉尔吉斯斯坦的国界。吐尔尕特口岸是中国与吉尔吉斯斯坦的第二个口岸。从这些口岸，就知道喀什对中国的重要，作为中国最西端的城市和地区，它被称为中西交汇的枢纽和门户，南疆重镇。

喀什古称疏勒，东边是茫茫的塔克拉玛干大沙漠，西部与塔吉克斯坦相连，西南是阿富汗、巴基斯坦，邻近国家还有吉尔吉斯斯坦、乌兹别克斯坦和印度。它是新疆唯一的中国历史文化名城，中国内陆第一个经济特区。

在喀什，我们听到最多的名字是喀什噶尔——这就是喀什的全称。至于代表什么意思，有说“各色砖房”的，有说“玉石集中之地”的，还有“初创”之意，另有一说是“绿色的琉璃瓦屋”。在古代三十六国中，它是疏勒、蒲犁、莎车、依耐、乌禾宅、西夜六国大部分的地方。

我们此行约八千六百公里的丝绸之路之旅结束在喀什的夜晚。这使我们想逛一下喀什老城的愿望落空了。我只能在这里遗憾地写几句资料上的老城。同行的作家徐剑在车上对着暮色中的老城说，不止这些，高台古民居为什么破坏了？其实叫石头城的高台古民居没有破坏，与老城区只隔一条街。我们经过的老城已经整旧如旧，老城的改造十分成功，政府花了十亿元人民币。高台古民居同样在进行改造。听喀什朋友介绍，这个原称疏勒的老城，已有两千多年的历史。西汉张骞所记载的古疏勒，就是我们经过的盘橐城所在地，也叫艾斯克赛尔古城。两平方公里的老城，在一片高地上，这使我想起在土耳其伊斯坦布尔看到的高地上密密麻麻的建筑，何其相似。因为土耳其人与喀什的维吾尔族人有亲缘关系。这里住着 2.3 万人，两三百条巷道纵横交错，曲径通幽。极具维吾尔族情调，但也显得破旧。我们经过了老城，感受到了那密集纵深的街道的历史情调和新鲜市声，看到那些卖葡萄瓜果的摊子，嬉戏的孩童和悠闲的老人。不过这只是匆匆的一瞥。

我们在天黑之后到达艾提尕尔清真寺。它是中国最大的清真寺，也是最古老的清真寺。始建于 1442 年，占地总面积为 1.68 万平方米，有正殿、外殿、教经堂、拱拜孜、宣礼塔等，但感觉并不宏伟，有些简朴，可能是在土耳其等地看到过更壮观的清真寺如蓝色清真寺，但是它的古建筑群却很庞大，有一种沧桑感。

我们在艾提尕尔广场散步，没有进入这个古老的清真寺。据说艾提尕尔清真寺内的礼拜殿特别大，设在寺院西端的大院落内。分为内、外殿和殿堂入口三部分，有一米多高的台基。南北总长一百四十米，东西进深十九米。如此大型的礼拜殿，国内没有，国外罕见。而外殿的一百四十根高达七米的绿色雕花木柱成网格状排列，听说气势恢宏，壮丽雄浑。那是一定的。

有趣的是，我们在大街上看到了几拨结婚娶亲的车队。维吾尔族人都是晚上提亲，晚宴后载歌载舞。车队前是一个小货车，几个吹打的老者在前奏乐，音乐是西域的。

整座城市都是西域的。

喀什的夜色太美了，它有密集的灯火中的老城，但更多的高楼大厦在崛起。它的喀什唐城古文化商业街的夜市，东湖边的栈桥和水中摇曳的霓虹。那些在晚风中品尝烧烤和咖啡的人们，那些坐在草地上聊天的人们，汉族人和维吾尔族人，其乐融融，享受这夜晚的清静美好。

因为匆匆来去，回到内地，感觉我并未去过喀什一样。如此丰富的喀什，我怎么只有在夜晚隔着厚厚的夜色与你相见？

我会再来的，喀什和南疆，因为你实在太迷人了。

长白山

一

冬天的长白山，冷。冷酷和风，疯狂的风，不顾一切的风，吹人欲倒的风，像死去活来的号叫。八级？九级？抑或十级，可能更大。从未遇见过如此猛烈的风，不讲道理的风，暴虐无度的风。

寒冷。-20℃，这不算什么。一上山，就冻坏了脸和手。僵直，破损，吹脸欲破。美丽的天池竟在此遭受如此的蹂躏和折磨，不吭一声？

每个人都像天池一样，在摧残中变得脆弱或者坚硬？像斧头恐吓木屑？

天池有什么样的定力？它冰封着，不动声色，像一坛封死的酒。什么时候能开启？看见它的碧波荡漾，看见它用冰雪锻打的水珠。

全是冻裂的石头，寸草不生。风是这儿最暴躁的主人和歌手，像一条恶犬。这儿会有阳光吗？会有春天吗？会有一朵花，在微风的吹拂下轻柔绽开？

这里，只有树，坚硬的筋骨和肌理，能够与风抗衡。石头都坚持不住而解体。人被憧憬裹挟，他会匆匆逃离。这不是人生活的地方，你的手无法握住另一只手。问候之语还未出口就冻僵掳去。

水比岩石坚强，它成为化石——冰。它紧咬牙关，它会醒来。

石头在地狱里，是一汪清水，像花朵在寒风中等待。

这里无法乞求，连火焰也无法说服它们，这些狂暴的风雪像鞭子抽打天空。

不要奢求太阳，连肩膀也没有。

火山口最冰凉的怀抱。

整座山，被风刮倒的废墟。

就像布罗茨基写的："北方！一架白色钢琴冻结在冰山里。"诅咒这样的浪漫。我是一个残酷的现实主义者。正视眼前的风，站住，这就是一切。

天池会死去？它冰凉的手和面颊，已经冻得失去呼唤名字的权力。

太过严酷，森林活在这里是一个悲剧。它整天忍受着呵斥和鞭笞，像没有终点的精神劳役者，接触天空的机会就是吹折的机会。

休眠的火山口，瀑布喑哑。

二

白桦冻白了，红桦冻红了，美人松冻美了，山冻碎了，风冻怒了。

森林里有一些阳光的影子。是树影，还有人影，但都是阳光的影子。

松鼠在跳跃，在储藏着松果和榛子。

树倒伏，草已经枯了，雪还欺凌它。

那些虬曲的树枝就是它们出生后摸索的路。哪儿都不中，哪个方向都不对。于是，它们成为畸零但绝美的生命造型，迷惘是最好的路。

只有白桦是最倔强的。它化装混迹于冰雪中，一下冲入天空。

你活着，不能让母亲哭泣。

只有眼泪才是年轮。

我被针叶残忍的刺扎出了血。我忍着疼痛进入森林。那些赤裸的树木，每一棵树，都在全神贯注地经受和爱着。

眼睑被风撕开，而我在沉睡和蔑视中将关闭一切。

这里没有信仰和主义，他们靠自己活着。

在长白山，我想起最野蛮的时刻。在那里，被冰禁锢的日子。大雪呼啸，如此寒冷，唯一的诱惑是体内的呼吸。血开始行动。

可以唾弃这个世界，不可以放弃拥抱远方和森林。可以忽略所有人，不可以忽略山冈。

三

只有在夕阳浮现的时刻人们才会欢呼。才会想起炊烟，想起火炕、人参、灵芝酒，想起坚硬的松子儿和榛子，想起长白山的松鸦和熊。在晚归的时刻长白山才有人烟。想着他的冷面、狗肉汤、泡菜，想着他的酸菜、猪肉炖粉条、小鸡炖蘑菇。

滚烫的夕阳在林间，这是大山仅有的生气。

鹰在天空飞翔，它们的翅膀浸着光。在落日绛紫色的无奈和悲哀里，鹰和它们的影子是大地的安慰。

它跟着我们，夕阳，也许是壮丽的落日。它在群峰和森林之间，像一个独匪与我们兜圈子。它总是出现在黑暗降临的时刻，需要成团的光芒照亮我们对异乡茫茫夜路的恐惧。

苍山浴日。哦，苍山浴日。

在这里，最好的寒冷是他忘记家乡，在颠簸的山路唱一首绿林好汉歌。在森林里，在雪原中，用盒子炮击打松尖上的积雪，让它们簌簌落下。

在这里，他想起逝去的响马，曾滑着雪橇燕一般地穿行。

群山晕眩，巨大的黑夜会像梦魇降落。许多被黎明规划好的行程，血液舒畅恒温。我们在请柬和通知中生活，在黎明低沉的钟声中出发或出殡。睡吧，罪恶和谎言，无法占领森林的泉声。鸟在唳叫，蜜蜂在冬眠。那些野蛮的念头，像林中游弋的兽，在夜里踏着积雪嘎吱嘎吱地走动。

我愿意在雾气弥漫的寒冷中活着。没有理想，身处异地，就像怀着占有欲最后一个见你的人。

在即将谢幕的时候，会有奇迹。

四

我们到来的时候，我们的思想就像苔藓。

黑松是它们的队伍。

在针叶林中，升起了最凛冽的爱。

封冻的夜晚，冰凌像剑一样泛着寒光。

豹子的爪子在磨，在古老的树皮上，峡谷喘息，它怀抱自己的一生。

那些山上，我们把自己最卑贱的经历忘掉了。

像夜晚的风，我们的语言突然变得浑厚毒辣，不可捉摸。

听见我们内心的渴望，拖动群山和森林。

重返山冈，人变得不可欺辱。冬天像我经历的最长一次爱情，在快乐的雪崩中被窒息。

> 哦，万物死睡，不见巍峨高顶的山谷 / 可怕的半调色，没有清凉的溪流也没有爱的洞穴。/ 哦，在一根被拉得长长、指向光秃单一的手指上 / 急奔而过的声音与城市啊！（瓦烈赫）

人间的草木不能代替遥远的山峰和森林。在高楼上，纵然视野再高，不及野外的一座土堆和坟冢。

春雨潇潇

没想到我挂职家乡荆州的首个行程就是春雨中的垄上行，“垄上行”是一个电视栏目，“春天垄上行”是荆州电视台举办多年的一个超大型的文艺演出和赶集会。2009 年春天的这个活动在百里洪湖边的官港村，也是仙（桃）洪（湖）新农村建设试验区的中心。二月底，春雨潇潇，春雷滚滚。田野的麦苗青碧娇嫩，油菜花已经开始了喷吐它的金黄，在淡淡的雨雾中，田野的色彩层次分明，春意萌动，墒情勃发。雷中春响，寒木初芽，蛙声渐醒，渔舟欲放，村庄如在水墨皴染的画里。此刻正是垄上行走，赏春闹春的好时日。而且这仙洪试验区里已有了新的面貌。有的村庄开始了精心设计的农舍建造，其新颖美观程度，堪比城中富人别墅，河道整治，沟渠硬化，全铺上水泥板，河边有观景台，步行匝道，挑水洗衣台阶，农家户户门前有小花圃，垃圾桶成排。一些旧屋上写着“拆”字。据说这将是全国新农村试点的样板，将会成为全中国最美的农村，全由国家投入。仙洪试验区八十万父老乡亲，你们有福了！

在浩荡厚土大荆州，风俗丰富多彩，人稠地密，却也因河湖港汊的分割，限制了人群的聚集，从未有真正的大集。“集”也是北方的说法，家乡人叫“赶街”。各赶各的街，各走各的路，就是在湖北，荆州也没有鄂东的花朝节、龙抬头节之类的春天大集的节俗。但是，这一次地道的垄上行却使我强烈地感受到了江汉平原上那种人头攒动、伞花如霞的场景。“垄上行”的舞台真正是搭在田垄之上的，背景是大片的麦地和油菜花。而会场所占的六十亩地，正是一片油菜地，油菜已经被砍掉。为此电视台付了六万元的补偿款。一卢姓老哥告诉我，他的四亩三分地，给补助了四千一百块钱，每亩差不多一千元。这是按去年菜籽的收入算的，今年菜籽价下跌，去年有两块七八，今年只有不到两块了，他的油菜种好，每亩也就五百斤，国家补偿的肯定有赚的。因此他积极地在自家田里挖沟排水；因为雨水太大，淤泥太深，来看戏赶集的乡亲们少有穿深筒套鞋的，让乡亲们在自己的田里看这大戏，看到电视里才能见到的大人物，是他的福气。卢老哥用当地土语说："湖（福）气湖气，灰（非）常满意。"等活动结束他就要开犁种早稻了。我也跟他用当地土话说："你的地经千人踩万人踏，就聚了人气，今年的稻谷肯定是大烘（丰）收。"他说："是是，大烘收大烘收。"

即使在春雨里，泥水中，但开着汽车、拖拉机的来了，骑着摩托载一家老小的来了，骑自行车的，步行的，扶老携幼，都来了，公路两旁的车阵不见头尾。还有各种来展示的插秧机、收割机、旋耕机也开来了，抽大奖的就是一台价值七万元的收割机。农业局的农业专家来了，兽医来了，卖化肥种子农药的来了，司法局来咨询宣传乡村法律的来了，电信局推销手机的来了，家电下乡（有补贴）的来了，就业管理局发放就业服务卡的、特别针对返乡农民工的招工单位来了，宣传农副产品质量安全法规的来了，就连知道湖区农民爱得风湿病卖风湿膏的也来了，防艾（滋病）的也来了。还有卖土特产如藕粉莲子鸡蛋糕的、小吃的。卖农资的，特别是良种肥料，令人眼花缭乱；养猪养鸡养野鸭龟鳖的资料随便拿，强力推荐春夏农作物品种的通告强行发，因为事关农民一年的收入，不得用假种、劣种，必须做到高产、优质、高效、生态、安全。招工的在宣传自己的工厂，卖药的可着嗓子叫喊。但还是农机具聚集的人多，另一些地方就是抽奖得化肥的。一个化肥厂的在散发传单抽奖，回答问题正确的一袋化肥。题目是传单上、展板上有的，弱智都会答，于是化肥滚滚到了乡亲们手中。一位周姓老兄背上了一袋尿素，一百斤，致使双脚下陷，他老婆因为高兴而嘀嘀咕咕地假埋怨他走错了道儿，我抄了他一把，才把套鞋从淤泥中拔出来。我问他是不是得的奖，他说是的，我说买一袋要多少钱？他说八十多元，那还不喜得脚软的。另一处卖肥处，全是赠送，不答题，凑上四人赠一桶去分。一位老乡要我凑个数，说搞一桶婚（分），我说我有事就不分哒，你再搞两个人分去。我在另一处领了两小包赠肥，一包是棉花肥，一包是稻谷肥。嗬嗬，今年我的水稻和棉花也要大烘（丰）收啦！我揣着这些肥料，似乎闻到了稻花的香味，触到了棉朵的暖意，一个秋天似乎正在向我们招手哩。这个秋天已经洋溢在我的心里了。

在另一边，美丽的春天在舞台上绽放。省里来的大领导冒雨坐在台下，我在荆州的顶头上司易部长亲自督阵。舞台很大，上面是洪湖荷乡的衬景加道具，几辆奖品摩托车扎着大红花放在显眼处，旁边就是七万元大奖的收割机。舞台下人山人海，人们站在田中，没有套鞋的站在远远的公路上，挤在人家的窗户里，爬上车子，还有几家自搭了高台观看。当“洪湖水，浪打浪”的乐曲在这样的雨中垄上响起，我突然一阵感动，有一种想流泪的感觉。不知为什么，这久违的乡音乡情，这熟悉的音乐歌声，这片深厚荆州大地上真正涌动的乡土情怀，这触手可及的春的芬芳和雨露，一种千万年这块土地的人民所生活的渴盼与希望，美丽与善良，梦想与现实，霎时间冲注进我的心田。春心一寸归乡难，激起的却是这春潮万丈，长空裂石。洪林村的威风锣鼓和舞狮，真个是威风八面，震天价响，让我心中如何不狂澜感奋，如痴如醉。当地剧团唱的原汁原味的“哟喂哟”——花鼓戏《站花墙》，有着浓郁楚风荆韵的舞蹈，还有纯乡音的小品，时尚的街舞和模特秀，就是这些新的洋的，也极具荆州情调。还请来了大兵、何晶晶这些“活宝”，而“垄上行”的超级偶像王凯（主持人）等的演出，使得这台节目展示了荆州人天性中的幽默、风趣、智慧、爽快、真诚。这就是鲜鲜灵灵的、活蹦乱跳的荆州人的生活，当代生活，现实生活，乡土生活。同时，它又是与历史割不断的、穿越几千年的、有着传统韵味的生活。乡情在这种生活的春风中滋滋地生长，乡音在这蒙蒙的喜雨中润润地展开。而那些土生土长、土里扒出的笑声与舞台上狂热呼应，敢说这不是另一种春天醒来的声音，不是另一种爆裂的墒汛？

听说，为了看这次演出，赶这个大集，当地老百姓早在几天前就把在异地的亲戚朋友们请到了家里，好吃好喝招待。这活动有时达三十万人之多，因怕出事，主办方只好取消。一般可达十万人。荆州这块地界，因土地肥沃，鱼米丰腴，素有“天下粮仓”的美誉，农业在楚国初创时就非常发达，农业是传统产业，也是荆州人生命的根，立命的本，活命的泉，同样她也孕育出了荆州乃至荆楚大地的文化与精神。我以为荆州的现代传媒如此重视农业，而且将一个娱乐活动上升为全社会关注“三农”、服务“三农”的超大型赶集会，是有其必然原因的。虽然在回来的汽车上，市广电局的吴局长有些诉苦地说：“搞这项活动太难了，许多的工作人员，住在农民家中，五个人只有两床被子，感冒生病不少，花钱达百万之多，似乎只有付出，没有回报。”我安慰且怂恿他说：“这个活动可一定要办下去，什么叫回报，十里八乡的父老乡亲，拖儿带女，扶老携幼，万人空巷来这里就是回报；当那个周姓老兄喜滋滋地背一袋化肥回去，当人们开着摩托和收割机回去，这就是回报；当成百上千的人追捧那个超级偶像——那个被誉为农民知心人、农业百科全书的主持人王凯时，这就是回报；当这样壮观的场面在雨中和泥泞中仍然笑声不减，兴高采烈，这就是回报。”我写此文时，对这个超级的赶集和演出，只有八个字相赠：乡土气息，农民情怀。

雨还没有停住的意思，乡人正在依依不舍地散去。我注意到在会场旁一农户家菜地里，有几十箱蜂子，那些嗡嗡的蜜蜂，正衔着春天油菜花的蜜汁儿归来，它们也为这垄上的春景增色增甜。田野上的春蜜，在曲终人散时，正悄悄地酝酿着，泛滥着。这些成千上万的人来这里赶集看戏，不也是在寻找他们心中的、春耕的，同时也是文化的和精神的蜜源吗？我甚至想，虽然荆州没有龙抬头和花朝节等与农事有关的节日，“春天垄上行”与“秋天垄上行”，只要坚持下去，就会成为荆州新民俗也说不定呢。

荆州人的执着，一切皆有可能。

桃花村

到了荆州城，随便找个人问桃花村在哪里，都会给你回答：西门外。荆州这座南方古老的城垣，人们对方位的认识就是四座城门。西门外、东门外、北门外、南门外的，颇有古意。城里人往城外踏青赏春，这几年，无一不是往西门外。那郊野有个桃花村，可也远了，十里地，该有多少村庄？可人们只认桃花村，只奔桃花村。

这时节，阳也艳了，风也暖了，天也蓝了，菜花李花也开了，桃花怎能不开？桃花村的一千多亩桃花，那个红，不正是“满树和娇烂漫红，万枝丹彩灼春融”（唐代吴融），或是“雾裹烟封一万株，烘楼照壁红模糊”（清代曹雪芹）？据村里人讲，坐飞机遇上好天气，看荆州城西门外，有一大片红色，一大片白色，红色是桃花，白色是梨花，那云彩下面的彩霞花海，就是桃花村，据说桃花村就是这么出名的。刚开始，栽种果树的人，哪来的赏花心情，也不知城里人好这一口，种自己的果树，盼结个好年成，多卖几个桃子梨子，桃花一红，飞机上的人发现了，城内就一传十、十传百，那个花呀，从古到今，还没这个阵势的。荆州水乡，女人水色好，说话语调妖媚，带点弹舌音，连乡下女子，也有见过世面的派头，就是一个莺声燕语，水姿花容，个个如水的精灵，花的精魂。赏花踏青的，到了桃花村，那还不是“人面桃花相映红”吗？看了花，也看了人，人面与桃花，就是一个美字，桃花把人托得更加俏丽，人把桃花烘得更加娇艳。究竟是花娇艳还是人娇艳，是人俏丽还是花俏丽？赏春的人已经分不清了，而春天也就来了，三月也就入怀了。“紫陌红尘拂面来，无人不道看花回。”（唐代刘禹锡）红尘原来指的是这个呀，这样的红尘，我看坠入其间，没有什么不好。桃之夭夭，灼灼其华，花入梦，人入梦，享受这样的春景，今夕何夕，那又有什么要紧呢？

桃花村最早其实是一片荒地，芦苇丛生，狐奔兔窜，它原名叫黄台生产队，开垦后种黄麻。来此种黄麻的村民说，他们点了三年蜡烛。带果树来栽的是章应佐，在当时张珂玙书记的邀请下，他从邻村带来了一万株桃树苗、两万株梨树苗，这些大部分栽在了此地，于是就有了以后的桃花村。梨树苗是两个品种：湘南和黄花。梨树是异花授粉，而桃树是自花授粉。这湘南和黄花，俩名一个男性化，一个女性化。就像是一对小夫妻。桃树则有沙石早春、布目早春——这两个是日本品种，国内品种有早春玉、春蕾、雨花露，名字都是润润的。但一般人称桃花村的梨为沙梨，桃为蜜桃。梨皮黄褐色，清甜，耐运输；桃个大，上市早，两个一斤，在南方有相当市场。

刚开始，看花的人来看花，村民也没理这个茬儿，还有钓鱼的，肚子饿了，就找村民要饭吃，说给钱，也有拿钓来的鱼让其加工的。鱼有了，腊肉也有，蔬菜就在自家地里掐。这样到了二十一世纪，荆州区政协有人提案，将这片桃花园建为荆州观赏休闲区。也不知是谁最早叫上桃花村的，一来二去，就真叫成了桃花村。村里就说，冲这个名儿，冲这种人气，咱们也要办几家餐馆，号召村民办，就有七家应了。餐馆是棚子餐馆，三两张桌子，酒席就相当于开在田头，喝的是桃花浸香的酒，吃的是雨露没干的菜，那个醉呀，春风在筷子头上缭绕，脚下是正待苏醒的田野，这哪叫吃饭，这就是在吃春，吃自然，吃天与地。吃到的，抹抹嘴满意而归，神清气爽了，大量还是没吃到的，一天只不过七十余桌而已，远不能满足几万人的需求。泥巴路，低电压，连冰箱都启不动。再后来，线来了，路来了，道路硬化，房子大变脸，由村里和区里投资，全部换上蓝瓦，砌上马头墙，红窗，灰裙，过去的棚子全拆掉了，防盗网全换成了方钢古铜色，时尚又古雅的路灯，江南情调，江南风韵，放在桃花村，绝对风情万种。后来农家建的房子，好得像苏州园林，四合院、各式盆景、鱼池、花台，一应俱全，进入村庄，桃红柳绿李白，小桥流水人家，蓝瓦白墙，春风丽日，到哪儿还能找到这般景致，这般去处？整个荆楚大地，绝对是第一家第一村了。

不过整个村庄是被呼呼欲燃的桃花所淹没了，或者说村庄是漂浮在桃花巨浪之中的，那种气势又不是江南的小家碧玉，而是荆楚的编钟乐舞。菜花的黄，梨花的白，桃花的红，犹如彩墨狂泼，万女斗艳，这荆州的土地在春天可有它显示的方式了，也有它炫耀和呼喊的方式了。其表达，那是不顾一切的，恣肆飒辣的，浪漫痴狂的，明明就是几千年猎猎楚风的田野版现代演绎！

桃花村的美食如今也是名声在外了，最著名的是土鸡火锅，每天一车车的土鸡全上了餐桌，还有荆州特有的坛子菜。坛子菜就是酱菜腌菜之类，如豆腐乳、辣萝卜、酱拌萝卜皮、南风盐菜。这儿的辣萝卜、拌萝卜皮儿，可真是脆嘣嘣的，还有土灶烧的锅巴饭，吃起来更是香脆过瘾。

“陶令不知何处去，桃花源里可耕田？”这被称为荆州后花园的桃花村，就是那传说中的桃花源，真是可耕田的。不仅仅是乡村美景，千亩桃花，更是这里民风淳朴，乡情浓郁。这里没有欺诈，价格低廉实惠，吃饭犹如在农家做客，吃了一碗主人要你添两碗，吃了两碗主人要你添三碗。来到这里，吃自己钓的鱼付点儿加工费，园子里的瓜果免费吃，自己摘，自己掐，如果想带点儿回家，给钱多少不拘，主人不会计较。吃完了，满口余香，再拎着没有污染的水果、蔬菜，那个新鲜呀！再是打包的坛子菜，那种感觉，不就像是去乡下走了亲戚回来吗？

而且这村里乡亲一家人似的，各家东西从未有丢失过，鸡鸭散放，无人问津。到了杀年猪的日子，谁家杀了就到谁家“吃大户”，几十家几十头年猪杀完，要吃几十天，每天个个醉醺醺的，你家吃的是三个火锅，我就上四个火锅，比着招待乡亲。一家有事四邻帮，村人没有粗言粗语，也没有恶性竞争，更没有在路上拉客的，他们认为拉客是羞耻的事，会被全村人瞧不起。可真是有点世外桃源的味道。

桃花村的淳朴，不知能否保持下去。但是桃花村的美丽将会持续下去，且越来越美。他们的规划是让这里成为荆州乡村旅游第一村，让这个村里有乡村农家乐、莲花屿、垂钓池、桃花园、乡村美食长廊、民风民俗和现代农业科技园等景区，待建设的有桃李结义园、杏坛、生态鱼乐园、七里扬帆、水车、知耕园、皇叔菜园、乡村博物院、蜂情园、乡村牧场、桃花岛、荆绣坊、橘颂园、竹海等。来此游玩的人，可以参与田野耕作，田野放牧，采桑养蚕，传统手工制作。

桃花村前景无限，住在桃花村的村民是幸福的。乡村是一个令人温暖和快意的名词，是一只抚摸灵魂的手，是一种召唤和皈依，是我们的梦境和童年，是我们丢失的故居和家园。何况，还有那一望无涯、如火如荼的三月桃花，还有这春风与艳阳，人们需要这样的洗礼和沐浴，陶醉和回家。

桃花村，城里人一年一度的乡愁，一年一度的春梦。

秋天栗子坪

栗子坪，秋来了。秋天是从玉米的枯黄开始的，但结实的玉米也终于成为粮食；秋天也是从路边的打破碗碗花和野苦荬花开始的，黄的金黄，紫的艳紫。但秋天在栗子坪的天空是一阵掠过的云，飞腾如候鸟。像鹰一样小憩的印把子山，也准备凌空而起。云上的栗子坪在海拔一千三百米的地方，在生产湖北最好茶叶的五峰采花乡。但此处不产茶，产板栗，村庄的每个角落都是掉落的板栗，一颗颗的青果子，在路上、垄上任人踩、任人踏，在草丛间、水沟里任其老、任其烂。栗子坪的秋天，栗子熟了，玉米也熟了，白玉米，如此白，晶莹如玉，果然是玉石样的玉米，晒满了屋场，就像铺着一层和田玉石子料。咋这么多白玉米？莫非也是古代的种子？

这个古老村庄的秋天很有古意，像在宋人的画中。山是轻描淡写的山，水是飞瀑流漱的水，若用好听的声音形容，就是淙淙流水，每个屋前屋后都有山泉环绕。树是古树，人也有古貌。九十多岁的老人坐在秋阳的阴影里，像是活了九百岁。秋收在这里也是静悄悄的，先说了晒白玉米，再是收烟叶。还有晒红辣椒、紫茄子，也是秋收的色彩。一个收五倍子的，背着满背篓的五倍子从山上下来，也不说话，咧嘴微笑，有劳动者的羞涩。这种从盐肤木上采下的中药，囊状聚生物虫瘿，咋有这么多呢？这像不像很久远的生活场景？

栗子坪据说成村在十一世纪，它远离世界，山水相抱，战乱少侵，土家人在此繁衍生息，唱堂戏，跳丧舞，毕兹卡，撒儿嗬，载歌载舞，活得有声有色。这里除了有印把子山——有人叫玉玺，皇帝的官印，还有牛峰尖、金顶、马鞍岭、杜鹃岭、龙头岩、凤头岩、打子岩、卸甲寨、白溢寨。山上有古松，有从古至今飞流直下的小白龙瀑布，它的东面是峰尖，南面是得乐山、关门山，北面是帽儿山。还有蝙蝠洞、老虎洞、官藏洞，天然生成的香炉和天桥……山上的白溢寨，说是明末大土司唐镇帮当年修建的帅府，古土司衙门、月拱桥、望湖楼、仙女观，一眨眼就是几百年，一条绝壁路通往苔藓深厚的寨子，年年春草掩石城。人说栗子坪的土家人像神仙一样，祖祖辈辈生活在这等烟霞之间，枕石听松，拨苔捧泉，日丽千芳，风和百鸟，月寮烟阁，云榻水镜。古老的村落有明清时期的民居，山上有那么多寺庙遗址，有神奇的石臼、天坑。村庄风景呈西险东奇之态：西边金顶皇印、绝壁天眼飞瀑；东边三桥六洞、龙凤呈祥。五百多年的椴树枝繁叶茂，横亘在路口，是村庄的见证。三月有独特的野生红花玉兰群落，杜鹃在山中卷起团团春火，珙桐在枝头舞出阵阵白鸽。村庄一夜醒来，妩媚野性。到了秋天，这里依然有仙桃正红，与柿子桂花一起比艳。村里是一色的土家吊脚楼，五柱三棋，讲究的人家是七柱四棋。有新的，有旧的，都上过桐子油。土狗静卧不吠，阳光明而不妖，家家门口挂有农具、衣帽，背篓、背叉子都萦绕着劳动耕耘的体味。街道一尘不染，田垄庄稼整齐。吊脚楼上的板壁前，吊着白色的玉米。进屋去，火塘上鼎锅里煮着香喷喷的腊肉土豆，头上挂着一排排熏肉猪蹄，这等生活，皇帝只怕也要艳羡吧。

这里的农家乐可能与山外的不同，吃是一方面，吃的人大多是在此小住的人。夏日此地没有溽热，也无喧嚣。一位老将军慕名而来，大老远地到此住了几个月，天天提着相机拍这儿的美景。爱上此地的不少。沿路有栗花山庄、玉姐农家、染铺农家、奇泉渔家、临风阁农家、兴鑫农家，我们行到一棵至少两百多年的古板栗树边，参天大树下有掉落的板栗铺路，有路牌“何家岭”，一个四合院建筑，却是三户人家，原来是何家三兄弟。本来还有一兄弟，但这小坪住不下，住到坡底去了。几兄弟共一个屋场，中间有花台，合伙做农家乐，妯娌和睦相处，兄弟团结一心。我爬上何银星的吊脚楼，楼上有多个房间和床铺，干干净净。何家大嫂说，过去他们兄弟及孩子在外打工，十分辛苦，现在回来经营农家乐，一年一家也有十来万收入。一个客房平时八十元一间，逢上节假日，一百元一间。在这里避暑的人，吃香喝辣，一租就是几个月甚至一年的，这里没有蚊子，也不用空调。吹山风，喝山泉，推窗满眼青山绿水，庄稼就在脚下，晚上星空当头，虫鸣蛙唱。村民淳朴好客，存有周礼之风，朴者勤稼穑，秀者事诗书。我看到一个农妇在田里种大蒜，刨出土中石块，对我们的到来似未有察觉，也许她对山外人不太在意，她沉醉的是刨土种蒜，这是这里的女人一千年来要做的事。

晚餐自然是秋收宴。何主任留我们吃晚饭，席开十四桌，这么多人，全村就像办喜事一样的，村里的食堂热气腾腾。在北风垭上，北风有了些劲厉。饭不可白吃，村主任让我们留下些“墨宝”，这是个有头脑的人。文人经过，茶酒招待，留几个字也是古风。我写了什么染铺、蝙蝠洞、杜鹃岭、打子岩、卸甲寨、自驾游驿站，一个高山的野村有这么多美好的名字，是何等有趣之事。村主任告诉我们，村里几十年没来过这么多作家，我笑说：“不说几十年，五千年这也是第一次啊。”蒸肉、土鸡火锅、有机蔬菜、溪河小鱼……土家族宴客讲究的“十碗八扣”趁热端上八仙桌，待客人坐定，好客的村民抱着十斤大酒坛为我们斟酒，酒是苞谷老烧，村里用山泉酿制的，用土碗盛着。跑堂的十多个，添饭也是用大木盆。这不就是盛大乡宴吗？村民说，村里办喜事也没有这么热闹。

体验了土家乡宴，泡一杯采花毛尖，村里又为我们备下了联欢的篝火晚会。点燃大木柴，锣鼓铿锵响，我们欣赏到了土家族的摆手舞、撒儿嗬和毕兹卡。土家男男女女围着蓬勃大火，唱着他们民族的歌，跳着他们喜欢的舞。火光熊熊，火星飞舞，栗子坪的寒冷被驱散了，夜空映红了，山村的夜晚沸腾了。这古老的土家的精灵之舞，灵魂之歌，在大火中飞旋，在霜风中扩散，在黛青色的山冈上激荡。

老想有这样一个去处，听流泉，看古松，杖藜桥东，足散烟霞。霜天古寺边，千里红尘外。村子不局促一堆，山野很开阔，每家守住一坪一丘，有山泉绕过，村夫古道热肠，状若圣人。庄稼安静，山峰沉稳，阳光白净，田畴井然。到了傍晚，山头红云聚集，群鸟归巢。心无物趣，坐有烟云。月下荷锄，默然相守，村霭袅袅，不问归期。宜昌五峰栗子坪，就是这样一个好地方。

竹之刻

竹刻在楚国出土的竹简上有。我曾写过诗，说竹简为竹中之竹，刻下的是黄金之语，刀下的每一声呻吟就是一段历史。但留青的刻法是在来常州时第一次听说，且知道它在唐代就已出现，在宋代有了明确记载，到明代，竹刻盛行，但不是常州最盛，嘉定和金陵才是竹刻中心。风水轮流转，这些年常州留青竹刻有了名气，潘向黎在南京说，你到了常州，就写留青竹刻。好！查资料，有这四位是大家：白士风、徐素白、徐秉方、范遥青。前两位去世了，后两位因时间紧未见着。但这也不怕，常州有两派留青竹刻人，分白派与徐派。徐门写意，白门写实。白门留青，徐门浅雕。其实我看到的作品，徐派也有写实和留青之作。白派也有写意之作，互相渗透发展。白派奉白士风为祖师，徐派祖师为徐素白，他们的传人众多。这两个人年龄相差十多岁，但在二十世纪七十年代先后去世。后人赶上了好时代，人们手上有了闲钱，也不愁温饱，艺术品的需求量大了，只要与艺术和收藏沾上边，什么都看涨，留青竹刻这么好的东西自然被人们追捧，争相收藏，于是，留青竹刻再次辉煌。

江南胜地，衣食富庶，人文气息弥漫，才有了把玩艺术的趣味。各种工匠出现，各种工艺出现，玩家如过江之鲫。对司空见惯的廉价竹子也要雕刻出惊天之作来，这不得不说是江南奇迹。在我的家乡湖北，也是竹子遍地的，但人们只会将其编织成生活用品，或者在竹笋时就把它煮吃了，而无雕刻的闲情逸致与雅赏乐趣。看来，艺术是要有经济作为基础的。

还是得先说说什么叫留青竹刻。通俗一点儿说，不是我们惯常想象的在一个做笔筒的竹筒上雕刻点儿什么山水花鸟，这太简单，称为阴刻，留青竹刻在于留青，即将皮铲掉，将青皮图案留下，也就是阳刻。这个难度是谁第一人挑战试验的？简直是不要命的一种工艺。竹子皮非常难雕，我在年轻时刻过印章，木头石头都刻过，木头下刀柔和，极好掌握；石头更加好刻，雕刀下去，声音爽脆，而且面积不大，还是平面。留青竹刻是在弧形的竹片上，竹皮太硬，稍有不慎，几个月刻的东西会毁于一旦。比如线条，细如发丝，在一块竹子上留下这根线，像柳丝、丝瓜须等，是如何有这等本事？这一刀偏一点儿，铲断了，你的作品也就前功尽弃了。这是何等可怕的艺术，艺术如果这样让人胆战心惊，如履薄冰，那不是太恐怖无趣吗？艺术在创作时是要享受的，可有人偏偏认为这是一种享受，譬如常州艺人。

留青竹刻的制作过程烦琐复杂，一个竹片，包括采竹、煮青、雕刻三个步骤。采竹要在最冷的春节前后，采三至五年的毛竹。煮青，要将竹片放在柴锅里煮开，去除竹子里的糖分，杀死寄生虫和虫卵，再晾晒几月。雕刻分画稿、切边、铲底、分�、平地……复杂得我都不想记下了，这真是一件劳神费力的工艺，谁想干留青竹刻，得要下比出家更坚定的决心。所以，真正能够从事这门艺术的，寥寥无几。但铲去图案以外的竹青后，露出竹青下面的竹肌。这种留青后雕刻的器物精巧异常，是典型的江南艺术，而且竹器外表色泽莹润，通过经常把玩摩挲，竹肌光滑如脂，温润如玉，色泽深沉发红，近似琥珀，同时图案部分不会磨损，反而更加清晰突出。

在常州的第一顿饭就有竹笋，竹笋大而嫩，心想这多可惜，要是让其长大，雕成花鸟鱼虫，山水自然，不就价值连城了吗？

见到的白派传人是白士风的女儿白雪飞和其侄子于常青，介绍说还有白坚仁、邵风丰等。白雪飞刻有《牡丹小鸟》，得过国家级金奖——她的父亲也刻过这个题材。于常青刻有《百寿图》，邵风丰先生刻有《秋蟋》等珍品。我们参观了白派的私人艺术馆，陈列有白士风三代人的留青竹刻作品。看着那些作品，我的意识一直纠缠在雕刻家们的刀功上，我在琢磨这些东西究竟是怎么刻出来的，刀要玩到什么地步才能将这些画面精美地、清晰地展现出来。写实是传统功夫，显功力更耗时间。我看白雪飞和邵风丰的雕刻，也有流畅奔涌，释放自己情绪的张扬感，有艺术家的独到悟性。

白士风先生有许多精品存世。最为轰动的是他刻的竹筒《孙子兵法》，全套共十三篇六千一百二十八字，约九平方米，在竹刻史上绝对前无古人，或许后无来者。二十世纪七十年代被新加坡藏家以三万元从常州工艺美术研究所买走，几年后中国台湾藏家又以六十万元收藏，在那个年代是天价，现在若拍卖，应该是千万以上的天价。我听到的白士风先生的故事是，当时的常州工艺美术厂，因为雕刻一件作品耗时耗力，常常发不出工资，就靠白士风先生在香港拍卖他的作品养活大家。

写意派徐派传人，徐素白两个儿子徐秉方、徐秉言，徐秉方的女儿徐文静、徐春静及徐秉言的儿子徐枫、女儿徐云、女婿沈华强等，都是名声响亮的大家。

我们去武进区拜访徐派二代中的徐秉言。徐秉言先生家的门上一副对联："一心雕就清奇韵，十指拓宽锦绣程。"七十四岁的徐先生拿出他包装好的大件红木作品《苏东坡饮乐图》给我们观赏，这是红木浅刻，而浅刻正是徐派的特点。徐先生的父亲徐素白在上海以浅刻著名。徐先生还有一幅未到客户手中的红木浅刻《龙马图》，都是常州画家莫静坡画，由他雕刻。他说由留青竹刻到红木浅刻，是程十发先生给他的建议，艺术总要探索新的领域。他拿出他父亲留下的一个竹笔筒，却是留青刻法，花与花苞，几层雕刻，毛茸茸的小鸡，栩栩如生，确实与我见过的当代许多留青作品迥然不同，有古风雅趣。这个笔筒用布袋装着，要小心翼翼地打开，要戴上白手套，得慢慢观赏。这可是价值连城，是徐家的传家宝，也是留青竹刻的罕见珍品。

徐派的特点，就是雕出中国画的效果，有书卷气，以竹皮当墨，跟着墨一样，以刀法显示墨色的浓淡枯湿。简洁、浑然、写意。徐秉言这一幅《苏东坡饮乐图》，他刻了二十多天。徐秉云说，要刻出透明感来。我在他刻的作品中，看到了水杯中养的花，跟真盛着水一样，他说，他刻出的蝉羽有四层，是透明的，这是他的功夫。他的作品在大英博物馆有收藏。我问他："你现在还能刻留青作品吗？"他说当然，他视力好，不要放大镜。他之所以视力好，是因为每天转眼睛两百五十次。坐公交车，或没事时就转，白内障都可以转好。

他的工作室的台桌上，有几十把雕刀，这就是江南工匠、江南艺人的工具，看起来就是雕虫小技，但它成了艺术绝技。一件作品往往要几个月，将一块价值一元钱的竹板雕成一件几万几十万元的艺术品，这真是化腐朽为神奇的一个漫长过程。我还是无法相信，一根兰草、一根柳丝，能在竹片上将它留下来，内心的安静肯定比高僧入定还要难，要进入一个相当无我、无他、无扰的境界，徐先生说这种修炼是几十年的。白的弟子和徐的弟子都是几十年的雕功。我摸了摸徐秉言先生的右手，靠近雕刀的手指间全是老茧，这跟我右手拿笔的地方全是老茧一样，也是几十年磨出的，甚至变形。为了一件工作，一门技艺，必须一辈子苦练和坚持。

他的一些竹片都是放了二十年以上的，他说他有些竹片要专门放到新疆去半年，这样竹片的性能才稳定，不会开裂。他拿出有些年头的他的作品让我们玩，说好的留青竹刻要时常放在手里摩挲，让其有陈年古味，就是包浆。我说，您留下的那么细小的一条线，长期摩挲不就消失了吗？就是石头也会棱角磨圆。他说不会的，竹子皮十分坚硬，故雕刻时要有力，比雕刻石头还坚硬，所以刻竹手上功夫要好，要有力量，一刀下去要稳准狠。我试着雕了几刀，根本铲不动，手上一滑，就不知道滑哪里去了。

徐派到如今徐秉方、徐秉言大师，以阴刻为多。如徐秉言先生追求的大写意，我看他的竹刻，是真正的艺术创造，有大开大合的艺术境界，有奔放的激情和开阔的气象。他的龙马图之类，已经没有了刀刻的痕迹，简直就是用笔写意，这种技法已经达到了羚羊挂角、无迹可循的地步，有巧夺天工的造化之感。他的《双龙图》，有留白，有浓淡干湿，淡墨染色，有在宣纸上作画的渗化和干擦的特点，有焦墨皴染之韵，不求形似，只求神似，其刀法粗犷、遒劲而又细腻，整幅以气势取胜。七十多岁的人激情充沛，有童贞之趣，充满了充盈的活力和创造的喜乐。我喜欢他具有创意性的刀法，他的精神感染着他的画面与匠心。

他给我说到画与刻的区别，实在是彻悟之言。他说，由于画与刻使用的工具决然不同，笔是软的，一笔下去就能产生浓淡干湿的墨迹效果，而刀是硬的，一刀下去只能留下一种特定的刀痕。笔可以用中锋、侧锋、顺笔、逆笔，从而产生不同的墨色效果，而刀则必须综合使用如单面斜锋、单面平锋、双面平锋、双面槽口锋等不同刀锋，通过切、削、铲、推、拉等刀法，才能表现好画面中点、线、面的组合。画家的一笔，刻家往往要数刀甚至百十刀才能完成。画是用笔做加法，刻是用刀做减法，刀笔统一相融，是一辈子探索不完的艺术世界。

红木浅刻大写意，有几十种刀法。要表现出中国画的丰富层次和韵味，要表达出作者的内心世界，在精雕细刻中有疾风暴雨的写意和快意，将一个瞬间分解成无数个漫长的时间，再叠加呈现成一个瞬间的笔锋。要达到酣畅淋漓的效果，要爽辣干脆，这将是一个多么折磨人的过程，是一个难度系数奇高的活计。徐秉言和他儿子徐枫的一些作品就是这样。像徐枫的《胸中云山》，刻画的是一个云雾混沌、风雨欲来的苍茫景象，没有了传统的刀法和表现，不再清晰优雅，是一种动感十足的表达。

说起来，江南艺人的工匠精神令人敬佩，雕一件作品几个月甚至一年是常事，这种宁静的、在创作中等待、在等待中创作的内心，在作家中已经不多，都是短线操作，没有多少人想到的是先把活儿做好。浮躁、匆忙、潦草，潜心做一件事的人似乎很稀罕了。

参观常州工艺美术研究所时，一个叫夏嘉钰的女孩在那儿刻一幅《渔舟夜归图》，这幅画要刻完得六七天。但我看到她旁边有几幅裱好的工笔画，画的是枯荷寒鸭和春雪鸬鹚，字也写得好，什么“积雪暮寒三月余，江水江南终有春”。我惊叹这女孩画这么好的工笔，花一周刻那么点儿竹片，听说一片也就卖六七百块钱，莫非这么好的工笔画不能卖五千一万的？他们是怎么想的？为什么偏爱那一块竹片，一把雕刀？

江南工匠，是一个天大的谜。

在书房

在书房，这是一件美妙的事情。无须红袖添香，只爱夜雨秋灯。这是一种嗜好，一种心境。一本书，一个夜晚。春夜冬夜都行，我的书房四季如春。各种各样的书都想翻一翻，各种质地，是一种旧癖。书房可能是我们的另一个枕头，另一个休憩的卧榻。我自己，是将书房当作我的乡土的。我的灵魂长期在求食生涯中游荡，不得安宁。电话、短信、邮件……也不知道为什么在这个十分陌生的地方（城市吧）被许多人盯上了。而且还得身不由己地回答，生怕怠慢了人家。太累。即便像我这样完全不喜交际，非常被动生活的人，也是有这么多“骚扰”。唉，躲进书房，就躲进了故乡。再俗一点儿说，就躲进了母亲的子宫。徜徉，栽种，都行。假设有乡有土，假设在那儿种瓜得瓜，或种瓜得豆，或者干脆是荒年。再假设在那些书里稿纸里，闻到了从小熟悉的气味，那是太好了。没有的，自己想象呗，创造呗。书房成了我的农场，偷他人的菜，种自己的菜。有自己的种子，有他人的种子。人退守、退守……最后书房成了唯一的堡垒，在那里苟延残喘，负隅顽抗。或者休养生息、自得其乐。人的一生是一个不断退守的过程，也是丢盔弃甲的过程。剩下的东西不多了，你钟爱的，总是保守在最后。几本破旧的书，在淘汰和搬迁的不停折腾中，什么都丢弃了，最后竟让这些不停地打捆，不停地拆开，为怎样捆得结实不致散落而耗尽心机，耗尽力气的书，为找很多理由不致扔掉、说服自己是有价值的书，积积攒攒地组成了如今一个庞大辉煌的书房，让它成为我们心灵的据点。书有自己写的，也有别人写的。拥有这么多，你坐着，欣赏着，巡视着，就像一个财主数钱。哦，很好，这很好，这太好了。

我是这个房子的主人。要拥有一间这样的房子，我梦寐以求的，就是要拥有这么一间以书籍隔绝世界的城堡。这些四处收集来的“砖头”，砌猪圈的，砌皇宫的，砌虚荣的、遮羞的、掩罪的、化妆的、卖笑的、献媚的、说谎的“砖头”——书，跟随我颠沛流离，千里迁徙，不离不弃，称得上伟大爱情的典范。是的，这些书。这些疲倦的、陈旧的、进入历史的书，这些文字，这些思想，这些过时迂腐的说辞，这些古人的智慧和经验，经过我的摆放，很漂亮了，装饰了最靓丽的柜子，打上灯光，再配之以世界各地收集来的饰物、纪念品等器物，非常有形了，像一个人，一个帅哥，一个有档次和身份的人。我们这些人，这些所谓的读书人，要像保存江湖秘籍和传世家谱一样，精心地保护它们，穿过千山万水，越过荆棘荒原。这些书，是我们的命根子。

本不是书香门第，却爱耕读传家。我的父亲很愚笨，是个文盲；我的母亲很聪明，也是个文盲。但他们再难再苦也要保证我读书。他们说：“养儿不读书，只当养头猪。”我因此读着读着，读成如今这副迂蠢模样。对这个社会的一切不再有兴趣，甚至嘲笑官员和商人，认为他们不读书没书房是怎么活的，有什么意义。也嘲笑那些把书房当作出征前夜的厉害角色，也弄了一些文字，却四处招摇。书房是他们隐秘的制造假冒伪劣产品的不义之地。对他们，没有退守一说，人生永远是进攻，进攻，人生就是攻城略地，攫取名利的疯狂竞赛，书是旗帜、幌子，也是盾牌。书房是虎帐倚枪，硝烟弥漫。踏着他人的鲜血，满足自己的野心。

我的书房里当然是好书。至少有三十本，甚至三百本是我特别喜欢的书。也可能只有三本是我至爱的书。有时候，常常，非常安静，非常快速地安静下来。因为那些书，那些高人写的文字，就像他们亲自陪伴着你，看着你。要跟他们一样调整呼吸。要学他们的作派。这是无声的榜样。这些有好文字也有好为人的高手，就是在教你怎么生活和写作，写什么样的？有什么招式？有什么追求？你认为是最好的文字，你就要写最好的文字，不降低标准，不投降，不屈服。学着他们。师父就在书柜里，我是放在桌子上的。每天让自己受折磨。让他嘲笑你的文字，鄙视你的笔力。“你不配！”他们说。伟大的文字，我是要乞求的，请你们再等一下我，我行。请让我学着你们的笔，进入你们的云端。有的书沉，有的书轻，有的竖着寒光闪闪的刃口，不小心会划伤我们，包括心。但被我摩挲多年的书，残了页，封面也软弱无力，皱巴巴得像个老人。我会时常翻开它变黄变脆的书页。它里面的思想和智慧越来越深邃，越来越亮堂，越来越亲切，也越来越苍老。它知道我："你也想写一本这样的书？"是的，我是这么想的。我渴望，我发誓，我攒着劲儿。因为，我几十年与你们为伍，我拜你们为师，我琢磨着你们，与你们同呼吸共命运。那一柜子我写的书都不过是垃圾，我只想写一本，靠近你们的书。模样有点像，说话的口气、方式、架势，狠狠的倾泻，幽默，大度，结构，小文章，大体积。不狂，不躁，随意，心口一致，本色，高不可攀的微笑和优雅……

在书房，我知道我要敬业，要吃苦耐劳，要忘掉一切。没有那么容易的事情。一本穿越历史、时间和国界的书，到达一个你喜欢的人的手中，会要一百年，或者五百年，一千年。还要让别人珍藏，更是太难太难了。不要理会那些不喜欢你的人。全心全意地为你喜欢的人写作。或者，这个人还没出生也不要紧。在很远很远的地方，一个人珍藏着你的书，你要爱她。是的，你只爱她。

写作的另一半

我热爱行走，这是我写作的另一半。我特别喜欢山区，也喜欢平原。

我的喜欢对于一个生活在大城市且与乡村失去联系的人来说，是一个巨大的障碍。而且我还是一个特别“宅”的人。但是，我偏偏就喜欢在山乡行走。

在神农架，我冒着与人打交道的尴尬，挺身而出，在那儿找到了两位“走”友。山里实在危险，失踪于神农架的人不少，没有当地朋友的陪伴，你是无法深入深山和森林中去的。在神农架，我的行囊中有两样东西，一是手电筒；二是弹簧刀。这是行夜路和护身的必需品。另外，什么打火机、维生素丸子、消炎药、活力碘、绑腿都是随身携带的。后来，朋友还送给我一个睡袋。但，我喜欢住在山区农民家里，听他们讲故事，所以睡袋用不上。

我喜欢在行走时记日记，回到城市就不写了。每天在乡下，我能写下几千近万字的日记，这是一种不让自己偷懒的良好习惯。再怎么累，我的日记是一定要写完的。从早晨到晚上的最细微处我都要写下来，下雨、刮风、下雪、阴天，我要写得详详细细；农民家里的一切我也要全部记下来，每一个家里的感受不同，也得记下。这种对景物的强大描写能力，是我在乡下行走练成的。照片固然重要，但当时的许多闪念是要用文字记下的，否则稍纵即逝，永不再来。我对景物的描写自信来源于我的日记。而且我的观察能力也越来越敏锐。

说到在农民家住，我碰到过许多好玩也不好玩的事。在神农架有脱鞋留客的习俗。去了客人，是一定要留你过一夜的。这是一种古老的待客之道。

让你好吃好喝，还得过夜。如果你执意要走，就强行将你的鞋子脱掉藏起来，让你赤脚在他家。山路何等坎坷，石头扎人，没有鞋子不能走路，你就只好乖乖在他家过夜。碰上好的，脱你一只鞋，你也没办法。这是感受农民情感的最好时机。为防虱子与跳蚤，必须脱光身子睡觉，衣裳要放离床很远。就算没有虱子，也可能有其他虫子。有一次我的身上爬满了一种苞谷虫，叫什么名字不知道，就是陈年苞谷里生的虫子。因为半夜痒得难受，打开手电筒一看，床上全是这种虫子，原来放苞谷的木桶与床是挨着的。毛巾是自带的，但盆子不能带，只能用山民的。有一次去山里几天，回来发现脚丫奇痒，一细看，脚丫全烂了，患上了脚气病。

但是得到的比失去的多，他们会给你讲故事，这种“围炉夜话”（他们自己生的火塘），可能比外祖母的故事更精彩。我的小说大多是在这种深山里的“夜话”中得到的灵感，小说肯定会带有深山老林的气味。

我还在神农架最高峰的瞭望塔里睡过，是为了感受一种近似洪荒中的心境。在这样的夜里，我看到了世界上最繁华拥挤的星空，看到了最明亮清晰的银河。半夜出去小解（因塔内无厕所），感受到了那种最深的恐惧、空旷、寂静、荒凉、无我和无他，那种伟大的夜晚里我的心灵与天地相合的暖流。这种心境肯定不是其他作家能够得到并可以享有的。这是一种奢侈，但必须付出代价。

在深山老林里行走还要冒着生命危险，这是不言而喻的。我曾经迷过两次路，一次遇到过坏人，但好在，我有“走友”，而且我们的运气不错。

前几年我在荆州挂职，我也在许多乡镇住过，有的住一星期。有时也住村里农民家。我同样在夜半故意去田间地头行走，像个游魂一样，带着恐惧和惊喜，像小时候夜里跟大人一起去抓鳝鱼、捉青蛙、踩乌龟、逮獾子、打鸟。这种自虐式的行走，让我体验了许多曾在写作时遇到的盲区，如春天的田野，夏夜的村庄，秋天的收割，冬日的湖区，其实是在寻找我青少年的记忆。自到了城里，我已经完全对此陌生了。我想重新当一回农民，重新回到儿时和少年时光。这个愿望满足了。往来路上寻找，会发现你丢失了太多的东西，但都可以全部找回来。这种连土豪也不能享受的乡村行走和生活，是我在远离文学得到的。有时候，因为你远离文学，你才会得到文学。

不仅是行走，我的采访也很有意思。我会摆脱他人的跟踪监视有更多的时间去采访一个人，因为我的关注可能不是当地政府喜欢的，但我就是对那些可能会让当地人麻烦的事件感兴趣。这种时候我不要“走友”，我会体验一个“地下党”的惊险。对采访，我有许多自己摸索的技巧，知道怎么对付那些形形色色对你横拦竖挡的人，知道怎么到生活的最前线，冒着“敌人”的炮火前进。

我在乡间行走时，当过家庭矛盾的调解员、阻止过暴行、为农民和劳改犯求过情、当过信访办接待员；参加过生日宴、婚礼与丧礼，给乡村学校（比如，只有一个残疾老师的学校）的孩子们上过课，玩过老鹰抓小鸡的游戏。还在微博上发起了对那所只有一个老师的乡村小学的捐助。

我的书房里也因此有了深山老林和田野乡间的气息，有百年老猎枪，有老人烟袋，有捡回的石头，有枯荷与镰刀，有斗笠，有老墙的砖瓦，有谷穗，有用刚采摘的新棉花在村里弹的数床被子，还有许多植物。我存有大量植物瓜果的种子。因为我有一个嗜好是在乡村小店买种子。存放种子的人是超有福的，与土地和季节保持着某种神秘的联系。过去我住一楼，有地方种神农架的植物，现在上了楼，我会用大花钵每年种一点儿。把田野的小景搬到花钵里，这是对乡村的敬奉。

五月去新农村

雨中，突然听到了杜鹃的叫声："豌豆巴果——豌豆巴果——"这含着水雾的声音，把我带入了江夏的初夏，带进了乡愁一样的五月。

豌豆（就是蚕豆）果然熟了，结荚了，枇杷结果了，荷叶也钻出来了，在水面上招摇。秧田里有白鹭。

一条不宽的乡村水泥路悄无声息地穿过两边的水田和池塘，往那儿看上去，有白墙黛瓦的徽派建筑群参差出现在一片浓密的树林里，这一定是一个好去处。果然，我们走入了一个桃花源般的江南园林深处，亭台楼阁，小桥流水。梦幻一样的庭院全是新的，但安静无比。在一个别致的地方下车，卫生间也像是古代书房。进了一个大厅，一位面貌姣好的汉服女子正在拨弄古筝，弹的是《高山流水》。庭前，雨水从檐瓦流下，打在荷缸中，形成雨帘。哦，这美妙的古曲，有一丝清寒，有一丝温藉；有一些伤感，有一些留恋。如此怀旧的情氛，却在五月的夏雨中，云烟袅袅，四野新绿。这是什么地方？如此之多的花开，如此之多的果实。

我们品茶。有一副对联："雅怀重向丹青得，胜势兼随翰墨回。"这里有禅机。这里禅意缥缈，桌、椅、灯、壶，所有摆设，所有花、石、盆、池，所有通幽的曲径，所有禅房般的院落与客舍。

石是太湖石，院主李治龙对我说，这些石头是从江苏拖来的，拖了几大卡车。树，许多大树，有樟树，有桂花树，有朴树，有紫薇，都是几十年几百年的老树，买这些树，花去了不少钱。还有那些檀木家具，也是一车一车从外地买来，一些古物，数不清。从一个庭院穿过去，到了又一个庭院，又是一番风景。小路的风景，墙上的风景，田垄的风景，水上的风景。荷风、藤荫、鱼跃、月影、苔厚、林幽。小阁清流，曲桥溪声，杂花修竹，云水之间。桂园、梅园、茶园、樱桃园……

对二十世纪七十年代出生的李治龙说，他喜欢中国传统的东西。他过去在外打工，赚了点儿钱，就想在家乡弄块地建个古典的苏式庭院。他带回的资金全投入这个梦想中，可他的父亲却反对，认为他不务正业。可是，这个人倔，他不仅要做，且要做大，做生态农庄，不是自家的几亩地，而是要流转村民的，加上租的，现在陆陆续续地有了七百亩。后来，他做出样子了，村民选他当村委会主任。于是，他规划全村做起了生态村。村里全是种树，果林，四个茶园，千亩荷田。春天茶畈碧绿，到了夏天，水中一片喷香的红荷，如火如荼。秋天百果成熟，丰收的甜蜜在田野丘陵上荡漾。

这位村主任是个有文化情怀的农民，朴实，不张扬，就像藏巧于拙的他的生态庭院——茂康嘉园。他说，这些建筑布局没有找人设计，全是他自己想的。他还想将这里做成一个禅茶中心，让大家来这里喝禅茶，悟禅意，体验禅修中的安静生活，涤去心尘俗垢。他指着一个巨大的石缸说："只要与庭院有一点儿关系的东西，我也要想方设法地把它们买回来。"平常，他与爱人出去学习别人的建筑，记在心里，到苏州、安徽去了多次，然后琢磨怎样在自己这块地方建造，按心中想象的模样，一点一点地积累建设，只用了五年时间，成了如今的规模，已经在武汉周边小有名气，得到了政府的鼓励与支持，这个村也成为江夏区生态文明的典型，他自己也获得了各种荣誉。他告诉我，这个村可有名气了，历来这样，第一任大队书记毛主席接见过的，当时朝鲜的朋友经常来参观，主要是因为沼气做得好。这里风水也好，山清水秀。前面的笔架山真像一个笔架，有文脉与文气。这个仿古的中式园林在如此美妙的山水之间，既有几分仙风道骨，也有几分山林野趣；既是古典禅意的，也是现代时尚的。

这儿叫李家湾，这个村庄叫新农村，也就是新农村村。好怪的名字，莫非当初取名时就有预感，就知道这个村子肯定将来是新农村的典范？新农村村，美丽的新农村。

东陵松

沈阳有三陵：永陵、东陵、昭陵。

东陵又叫福陵，为清太祖努尔哈赤及皇后叶赫那拉氏的陵寝。它坐落在沈阳东陵区，该区也因此陵而得名。

皇帝寝陵，循有旧制，大同小异。东陵真正让人震撼的，是它的松树。东陵松高不可名，形不可状，虬枝乱舞，造型各异，每根皆有惊奇，枝枝缠有风雷。皇陵必植松，《太平御览》中称："天子树松，诸侯树柏，卿大夫树杨，士树榆。"等级分明。可皇陵中能有如此之多奇松，实属罕见。据载，陵初，植有三万多棵，现存一千六百棵。沈阳八景中有天柱神松一景，即神松立在天柱山上。

那还不为一景吗，棵棵三百年以上的巨松，不萎不死，苍翠华盖，莽莽英气，数百年绵荡至今，撼人心魄。松真是皇家之树，树中之魂。松有擎天之气，峭世之态，如丰碑，如巨雕，飞扬跋扈，而又动静皆备，不声不响，却又傲视苍穹。除有英气，还有浩气、清气、灵气、神气。以此烘托一个民族的暗示，传递先祖的遗语，体会历史的风云，汲取振奋的潜血，还有什么比松树更好的吗？柏太仁慈谦卑，松有霸气；柏太庭院，而松系大野；柏有扭曲之态，松有秉直之质，不可同日而语。

问当地人，余下的几万棵松去了哪儿？如尚在，飙风疾来，夜色苍茫，那山潮松涛，不是振聋发聩，让人心底瑟瑟，云翻水乱吗？

当地人说，皆因清帝退位后，守陵人薪饷无着，遂向溥仪报请开垦园区，还在二十世纪二十年代成立了"东荒垦植局"。此等局机关，那还不是谋财害命组织！短短几年，青山不存，陵内珍宝被内外贼徒窃掠一空。可是，陵中心区还是侥幸留了下来，这又是为何？

无答。

这是一个谜，也是一个奇迹。

是清太祖魂灵之威吗？还是院内看管甚严？三百年刀斧觊觎，三百年战乱碾踏，竟一一躲过，只能说是天佑、神威，清太祖努尔哈赤还是有震慑力的。我猜想，盖是迷信保了这些树至今不死。因为陵中心，就是坟墓，封建迷信坟山之物有祟邪之气，坟山上的树做柴烧也会带来灾难；做梁做柜，俗人岂敢？做了也不敢用啊。正是这种迷信忌讳，有了惧怕，从而改变了这些树的命运，使它们苟延残喘至今。看来，人们的心里还是要有所畏惧。

因为人的迷信，侥幸逃脱夭折，最后成为栋梁之材，只要风雨不欺，地脉不断，营养充足，还可以存活三百年、三千年也未可知。

可是，蹬上一百零八磴，上了神功圣德碑亭，亭前左右两棵巨松，都已轰然倒塌。一棵死了好多年，已经补种；另一棵已死被锯倒，正横亘在树蔸边。大树直径一米有余，长可数丈，木质新鲜发黄。这棵树就放在那里，似乎准备永远放在那里，让其腐烂。这么高大古老的松，也应该给它找个位置啊。几百年之物，也是个文物啊！何况，它是陪伴了努尔哈赤精魂三百年的皇陵松，更是罕物，也应沾了皇家灵异之气，是棵不凡的老松啊！拿一句东北的俗语说，别拿豆包不当粮食。写此文，就是恳请有关部门，尽快将此松置于风雨不侵处，让其展览，不也是一个景点吗？

又想到一事：伐松者，皆是守陵人。清太祖啊，自作自受，养了这批吃里扒外的东西。东陵守陵人有多少？当无统计，但我看到昭陵即太祖儿子皇太极的陵墓，常有两千多人守护。守陵皆有官职，还是世袭。那东陵也未必少了这个建制。真是人满为患。最后呢，剩下的树比守陵人少，岂不成了笑话。看来，机构臃肿，古已有之，祸害皇陵，不是活的教材吗？

好在，总算有这么多大松巨松古松保存下来了。守陵人再多，也已树倒猢狲散，不知所踪。这是不幸中之万幸。

听说昭陵古松更是了得，更是精彩，更是奇崛，松皆有名，声势更大，只是此次无缘相见，憾。仅以此文留与东陵松，算是略表寸心。

又见凤凰

上次路经凤凰，且是夜间。那时候，作家徐晓鹤带路，只看了奇梁洞，看了黄丝桥古城，却忽略了凤凰。不过，当时记得我们是从王村直奔边城（茶垌）而去的，那儿也因沈从文先生的《边城》而成了我们的朝圣之地，却在不知不觉中忘了沈从文先生出生和生长的地方，这一擦肩而过，竟是十八年之憾。

今天踏上凤凰，凤凰更古了，凤凰更美了。说美是套话，如何美呢？又如何古？古是指那些夹杂在青砖黑瓦飞檐和吊脚楼中的恶俗水泥建筑，给一一剔除了，像拔草一样，拔得干干净净。那你以为家家吊脚楼木窗花的房子就全是木头？非也，也多是水泥的，但当地政府要求式样一致，以古式为准，外墙必是木制。因此今日的凤凰城——在虹桥风雨楼两边数百米的范围内，可真是古意盎然，加上那夜晚燃起来映于沱江之上的红灯笼，家家的红灯笼，恍然走入了岁月的深处，恍然成为那安静小镇上的一员，任河风阵阵，杵更声声，任脚踏石板小路，烟笼流水桥头，渔火微明，深巷狗吠——那样的意境里还走不出一两个沈从文黄永玉才怪呢。

其实小镇的幽静是因为它没有多少闲杂人员，大家彼此相识，彬彬有礼。但小镇的本质是热闹的，没有那集市，没有那茶馆，没有那学校与庙宇，没有那各种商贩店铺、骡马大市、背背篓的生苗熟苗，如何能显示并形成小镇的繁华？小镇之美美在一个嘈杂。

撑着红纸伞走雨巷，碰见一个结着怨愁的丁香一样的姑娘，这才是小镇的魅力，如今可就难找了，这样的小镇大多破旧了。对于朝气蓬勃的凤凰城，满街巷的游客与满餐馆的吃客，烟雾腾腾，生意隆隆，临河开窗，边品茗赌酒，边看河景水流，那才是最惬意的事。我猜想，当年沈从文的凤凰，也应是这样，说不定比这更热闹呢。

最让我吃惊的是，这个小镇竟保留了这么多吊脚楼，这么多楼宇，这么多古宅——全是私人的宅子，这真是天下奇迹。这么多大人物深居在这湘黔边境，精心营造了他们的安乐窝，又是什么原因呢？如果他们有钱，他们为何不把房宅建在长沙，更能享受最新式的生活，莫非仅因为故土难离，叶落归根？

其实小镇的那些名人都走出去了，而不是回来了，比如，这个小镇的沈从文、熊希龄、黄永玉，等等。还有其他小镇的，如鲁迅、徐迟、郭沫若、李劼人、茅盾等。这时我突然想到，为何一些大作家总是出生在小镇？莫非小镇的水、小镇的山更有灵气？非也。只能从这几个方面找线索：小镇其实是文化和风俗的汇聚地、杂交所，因它总是通衢大道，能接纳各路军民人等；小镇繁华热闹，又是有限度的繁华热闹，不像大城市，人们见怪不怪。小镇人保有了一种好奇心，能探索一些新奇的东西，而总能探究到；小镇人因能看到有限的新奇，激发了他的想象力，小镇人的想象力比大城市和深山中的人更活跃，且始终处于活跃状态，却又不声色犬马——小镇人有一种淳朴和丽质，聪明而真诚，他们对人生和他人都有一种温情的宽容，这恰恰是写小说和弄艺术最应具有的情怀，所以小镇人生就是写小说的。小镇人的心态也适合写小说和弄艺术——他没有野心，却有耐心；他不狂妄，却有激情；他言辞不利索，却心有千秋结；他善于观察，揣摩，决没有故作的粗放，这样的心态如何不是艺术的敏感？

敝人也是小镇人，设身处地地这么想。看凤凰小镇，看桥与流水，看洗衣妇与戏水顽童，河边水车，小巷庭院，有一种重回儿时记忆的感觉，亲切温情，何处是我家？从文故居定不是我家，可我却生出恍似儿时玩伴的幻觉。生在小镇是幸福的，保留了小镇的故居是幸福的，成为名满世界的大作家是幸福的，死后又被小镇收留更是幸福的。最幸福的是小镇人，小镇给他们带来了滚滚财富，而且将永远带下去，前来朝圣看沈从文和沈从文笔下的湘西的人们，也顺便看了他们。他们的族别，他们的服饰，他们的菜肴，他们的一切一切，都将发扬光大，无限放大，成为全世界好奇的对象。

不管朝圣也好，游玩也好，凤凰都是一个可以多次前往的地方。最好是一人前往，最好是找一小客栈小住十天半月，细细地玩。凤凰可是太美了，每一个细节都美得心疼。

在回来的路上，春雨霖霖，心有所动，信口诌了几句，抄录如下：

其一

文心恨不落凤凰，一路春雨归途茫。
灵山秀水无言在，误把潇湘作故乡。

其二

从文此生何从容，不折不从寂寞中。
文峰何惧一时辱，刺破青天万世雄！

其三

凤凰幸有大师家，大师幸有凤凰城。
纵然世界多寒意，家山殷殷暖我魂。

碧水丹山

在电视上看到一个《发现泰宁》的短片，突然想到那年的泰宁之旅。

泰宁的确是闽北一个最令人难忘的地方，它的美与奇刚刚被人认识。若论地貌，泰宁与武夷山同，都是丹霞地貌，可世人只知武夷山，却不知与它一箭之遥的泰宁县，而泰宁，却是因丹霞地貌而被批准为世界地质公园的。它的丹霞山景比武夷山宽广神奇，不仅有丹霞洞穴，峰林峰柱，还有雄奇的花岗岩石蛋地貌景观。其丹霞地貌孕育出的孤峰、石墙、石柱、方山、峡谷、巷谷、线谷比比皆是，被称为“碧水丹山大观园”“峡谷洞穴博物馆”。

泰宁一绝是它的金湖，金湖之上，全是丹霞奇山。我们在船上游览数十公里地，那些如刀劈斧削的红色山冈都屹立在湖水之中。白水际瀑布是我们遭遇到的第一道令人震撼的风景：瀑布从十五米高的山上奔腾而下，砸进湖中，船行瀑下，如雷贯耳，周遭白雾腾腾。而水上一线天则是最为神奇的，载有数十人的船开进一线天峡谷，其逼仄处也就两米左右，常行此处的舵工技术绝佳，虽时常有两边碰撞，却把这条水巷开通。往头顶上望去，两边丹崖似要封闭，泉水飘洒而下，如细雨纷飞。船到一宽处，仅能调头，四周环山，船如在一大洞底，再往回开，出得一线天，豁然开朗。中国一线天者多矣，而水中一线天，大约仅此一处吧。

船开到另一去处，是一岛上的甘露寺。寺庙见得也多了，可这甘露寺的绝妙之处，是建在半山洞穴中。洞穴不深，上有岩石覆盖，可以遮蔽风雨，但建寺必须有一平台，于是就用一根大木柱擎起，再在上面铺地板建起了三层的参差寺庙；三层依山岩之势，错落有致。据说日本的奈良东大佛殿就是宋时名僧重源法师来此考察后依该寺所建。明人江遵有一诗吟此寺：“危岩千嶂抱，奇峭半空悬。门隐虬松内，楼浮海市先。四时泉滴露，一片石为天，层折弥幽邃，苍苍绕古烟。”

所谓碧水丹山，丹山在碧水中，碧水在丹山里。水中有仙山，山山如幻景，这就是我对金湖的印象，难怪金湖被批准为“国家重点风景名胜区”。

泰宁的另一处丹霞山景是寨下大峡谷，又称金龙谷，此谷刚刚开发，野性十足，少有人烟。景点有一水带三桥、悬天峡、问天峡、天穹岩、通天峡、云崖岭、天书崖等。

这儿的山崖通体赤红，巨大的呈切面的赤壁上，蜂窝状的洞穴千姿百态，撼人心魄，巷谷、线谷及堰塞湖均可见。听说此谷是泰宁世界地质公园的样板景区，三条苍翠奇幽的峡谷，以流水侵蚀、重大崩塌和构造运动等地质作用而形成。

寨下村是一个古老的村庄。有趣的是，这村里一百五十余人全部姓杨，为杨家将杨七郎后裔。这些后裔如今在有些清冷的峡谷口摆小摊，卖的是闽北山区绝对的山货，如香菇、木耳、笋干之类。

峡谷险峻幽深，古木荫翳，如傍晚光线。这些树有阿丁枫、米槠、苦槠、柳杉，往往数人才能合抱。这些树站在路边，加上巨大的岩块崩落堵塞，形成“金锁关”（当地人的叫法）。

往里走，可见悬天峡、五线谷、问天岩、金龟爬壁、千藤壁等地名，一步一景，一弯一景，奇诡难言。如金龟爬壁，就是丹霞岩崩裂坍落后形成的错落体，丹霞岩岩体较松散，容易分解破裂，而裂处往往笔直笔直，平滑得如人工琢磨过一样，其实是大自然的神工鬼斧。有一叫“通天碑”的，整个岩体劈削如镜，高不可攀，就像一块无字巨碑，直插云天。云崖岭有一处从山顶崩下的大石，上刻两个字：“山崩”，在此留个影，别有一番寓意。导游说，这块大石及周围石头崩坍是在 1976 年 12 月 26 日，莫非真有天人感应？往上爬去，见一大湖，便是那次山崩后堰塞的，湖上浮莲片片，湖底游鱼群群。一次灾难会给另一些生灵带来逍遥的生活。

若说金湖把丹霞奇山抱在水里，寨下大峡谷就是拒绝水的丹山。而该县另一绝色处上清溪，却是将水夹在峡谷之间，或者说勒在山的掌心。这溪就是河，闽北将河都叫溪——溪宽处不过五六米，窄处二三米，长达五十公里，全在悬崖峭壁间流淌，水势并不凶险。过去没有公路的若干个世纪，这就是一条山里通向外面世界的通道，木筏云集。公路通后，此溪河就冷落了，只是近几年，开发旅游，才有了上清溪漂流。三人坐一筏，筏由七根大楠竹扎成，楠竹在闽北山中多见，取之方便。筏顺水漂去，又是红色山体的狰狞诡怪，山高，水曲，无惊无险，但景野，山深，这漂流就很特别，我等湖北人，多有“漂”处，不过上清溪的漂法，还是头一遭碰到。上清溪有“九十九曲，八十八滩，七十七湾，六十六潭”之说。撑筏的是小伙子，我坐后头，还要我拿一短篙撑筏尾，防筏尾碰撞山体。山势本有各异，名字却有些牵强，全国景区尚一样，使有些感受被俗名破坏了。小伙子介绍，这是鲨鱼嘴，这是壁画，这是鲤鱼跳龙门，这是空中楼阁……上清溪两边的山体每一处都叫绝，没有平庸处，岂是能用一种名称可以界定的？我宁愿把这些景名想象成别的，或者没有任何想象。景就是景，石就是石。筏逐溪水，水清如玉，风吹如兰——因峡谷阴湿，长有许多兰草，且为野生，风中兰花香味阵阵扑来，如山中精灵。水边还多水芋头，也为野生。

溪岸山石虽有命名，但更多的地方也未命名，有一约十里峡谷，怪石累累，应接不暇，却也无名。大约是当初命名者也被这峥嵘鬼怪的石头弄疲劳了。有叫帆船的，有叫骆驼的，猫头鹰、大象、象脚、兄弟、双乳、蛤蟆、金龟之类，撑筏者说出来，也不过是想打破漂流的沉闷。这上清溪漂流路线太长，加之撑筏者既不会唱歌，也不会讲古，没有刺激感，一路看去，也会出现审美疲劳。不过初入者还是有进奇幻洞天之感，特别令人不忘的有几处峡谷可记：

兰花峡，兰花尤其集中，蕙兰、墨兰、建兰、报岁兰，等等，确是空谷出幽兰。因此峡山势陡峻，人不得攀，兰花生长于绝处，也安然无恙，一溪香水，悠然自流。栖鹰峡崖上一洞穴，洞中可见一编织精巧的巨大鹰巢。这是本人第一次见鹰巢。在其他绝处也一路见到过几个鹰巢，有鹰在天空中翱翔。另有一小三峡，用的是长江上的名字，但也有它的“撒手锏”，这便是赤色山岩对峙，有窄险极致之美。“千峰断壁路无从，一水清漪若可涉。”这两句赞美上清溪的古诗，道出了漂流的价值。有水可穿千山，可览千崖，可看千景，可置身于万紫千红的丹山倒影中，如此漂流，何处觅得!

为防止人在水路观景困乏，上清溪分十筏漂流。人可以分段斩获各式快感。当地人查出了第一个漂流此溪的是明代贡生陈九畴，本是泰宁人，事后写过几句赞美诗 :“混沌乃人生，山泽发其窍。不睹清溪奇，不识玄化妙。天地玄化之妙，开人心窍者，尤在此也! ”

拈花雨

小说家能否作为一个审问者和挑衅者，一开始就由他的境界决定了。对现有的、横亘在人们面前和内心的政治秩序、精神秩序与艺术秩序，保持持久的警惕和叛逆，这是塑造自我的基本内核。那些试图规范他们说话和行事的冷漠强权——无论怎样以生活搭配和洗脑兜售，以中心傲慢和美化推销，都是不合理的。必须用摧毁的信念和勇气思考写作。一个作家纵然无法摧毁旧的秩序，无法摧毁人们的心灵，也没有迎合和汇入的义务，不做大军，只做孤兽。

我喜欢陡峭的文字，充满了断裂危险的气息，它们展现的气象有千崖万壑的风景。

在小说中，其实象征不是象征，现实不是现实，人物不是人物，故事也不是故事。它们表达的是另外的东西。

这个时代不需要小说。作家生不逢时。但时代会囤下一些优秀的作品给后来的人读，上帝不会让有才华的人浪费掉他们的才华。既然是给后人写作，不需要赶鲜货，取悦这个时代不懂文学的人，更无必要跟当下的官府献媚。要相信，人类会有一天抛弃手机，回到书本中。就像无情抛弃电视和固话一样。就像他们得意地离开森林，总有一天会回到森林一样。

刚开始可能会喜欢一百个作家；后来会喜欢十几个作家；最后只喜欢三两个作家。譬如现在，我说的是外国作家。

人应该证明自己的异质，不应该证明自己的优质。在千篇一律的熟悉赞美中活着，不如在极其陌生的争议中活着。我说的是写作。

乔治·哈斯凯尔的《看不见森林》里讲到山雀在寒风中会挤成团。伯格曼定律：抱成一团，则体积更大。小鸟如此。诗人成团，小说家单枪匹马，这证明诗人自感体积太小，而优秀的小说家则体积大，并且充满能量。神农架人说虎豹都是独心独肝，而羊子（各类偶蹄动物草食动物）抱团。鸟在冬天不停地颤抖获得热量，但一头大熊干脆睡觉。对，面对冬天，颤抖个毬呀，睡觉。

我写作不是在你们中间出名，而是离你们更远。卡夫卡的这句话我想改一个字：我写作不是在你们中间出现，而是离你们更远。

把生活写得很像有什么意思？像极了，像得就像发生在我们周围。过去我也曾这么想这么写。后来，我发现是不是你视野很局促，心怀很小，就想着你那些实实在在的事放不下，让你的文字对此纠缠不休。可不可以想远一点儿，可不可以故意写得不像？写得在像与不像之间？很像，又很不像。

无声的文字和念出来的文字是完全不同的。我喜欢文字在无声时浩大汹涌的、超越时空的穿透力，它的深邃的传递能力，它沉默中的能量。文字一旦朗读出来会突然失去神秘感和神性。我相信作家的前世都是哑人，今生将他所感知的世界用文字表达出来了。文字的特性就是无声，一个沉默中的人会获得更多的文字和神示。

恶毒的作者才有幽默感，而单纯的读者才有幽默感。

小说是一门克制的艺术，把想说的话不说出来，把不想说的话有趣地优雅地说出来。也就是把想说的话通过不想说的废话闲话表达出来。

当别人都写救人的时候你写杀人。当别人都去写杀人时，你写救人。当别人写感人时你写仇恨。当别人写仇恨时你写感人。

文学的重要问题在于，在世俗中超越世俗，在渎神时代中找到神灵。

许多作家诗人在文字中找身份，这个过程有多少彷徨。她试着暗示自己是小女子，于是她的所有作品的视角、语气、文字的选择把她推向了一个小女子。他把自己写得很闲适超逸，于是他往那无人间爱恨情仇的情绪里扎，虽然内心交错纠葛诸事忙乱也有疾恶如仇。寻找并定位自己是个难事，滑入旁门左道也很容易，便于敷衍自己。咬定青山也是一种寻找自己，有咬牙切齿之心，之痛。往大处靠，比往易处行，往往有大收获。

写小说想上手快，还是莫言的办法天下第一管用：把好人当坏人写，把坏人当好人写。罗布—格里耶也看透了，说现实主义的，不过是便于用自己的现实主义去攻击和否定别人的现实主义。

其实真实与虚构，说了一万遍，这不是问题了。什么是好作家，就是挣脱了这个死结的人。套用莫言的逻辑：把真实当虚构写，把虚构当真实写。

日新月异对文学有没有用？写一个高科技诈骗犯故事与写一个深山里的牧羊人哪个更有意味？我不认为文学写过时的生活就是落伍。一个农民过现在的生活虽然原始，但他是几千年延续下来的，没有中断，是有历史感的。如果认为这种生活已经成为历史，那我就干脆承认我是写历史的作家。

一切伟大的文学作品都建立或瓦解了某种文体，也就是说，它们都是特例。但在那些特例中，这一部作品属于最深不可测的一类。它的一切都超越了常规，这是本雅明评普鲁斯特。也可以说，一切有风格的作品都是特例，一切风格都是特例。

美国或者西方，有一类作家，压根儿就不把小说当小说写，玩儿似的，又一本正经，往歪处用力。就像撒种子，他撒的是盐，还能让它长出庄稼来，长成参天大树的盐。他们的想法宽阔，诡异，随便。但随便得很敬业。没有章法，没有主义，没有算计，甚至眼里没有人类。松弛，自己想的语言就是创世纪，为一个独立的想象系统命名。

我们的作品不是为了让读者睡一个好觉的，是要让他们夜不能寐，噩梦连连的，不是给他们灌心灵鸡汤让他们舒舒服服地进入梦乡。我的小说至少不是这样，是要把他们轰出梦乡。几十年来，那些从书里纷纷掉下的是舌头，而甩一下我的书，掉下的是一把把刀子。

文学不能弄得太整齐，文学本是荒凉之地，有野草、野花、野水，有坟墓，有凶杀，有蛙鸣鸟叫。文学要单纯。

贪婪的算计者，内心阴暗，作品散发着鬼头鬼脑的老鼠气味。我把一些人称为膀胱型人格。浑身骚臭，喜欢脏尿去泼别人，躲在阴暗的角落里去攻击诽谤他人，怀疑他人。连名字都不敢出现。这种人想想也怪可怜的。高手是孤高，不屑于也无必要干阴暗之事，一切在明处，连博客微博都是实名。

不要回答文学是什么，不要回答你为什么写作，不要回答你的某个小说究竟表现了什么。写作码字跟吃饭睡觉是一种生命的必需，不要拔高和感慨。问以上的问题，就跟问你今天为什么要吃饭？今天你睡这一觉究竟有什么深刻的意义一样无聊，你怎么回答都会是可笑的，肤浅的。

写作当然也是一种符号意义上的创造。符号犹如农产品的“地理标识”，符号很重要，比如，×× 辣椒、×× 甜瓜、×× 葡萄，等等。但是最重要的是符号的厚度和特色。你写某山、某坡、某村、某水，你写得面目不清，浅尝辄止，插科打诨，对你的符号轻佻下手，仿佛符号是你的一沓一次性纸裤衩，如果符号不赋予它神性，不对它发怵，这个符号不要也罢。

我有一句话：上帝住在神农架。我不会写一些恶心的故事加在神农架头上，神农架一定是众神之山。神农架不能把你的小说折烂污的都算在神农架身上。世俗世界发生的破铜烂铁的故事都堆砌给它，不就是个世俗世界了吗？神性和现实性的天衣无缝的融合倒是最大的挑战。需要说的是，“世俗”并不是“现实”。“现实”要比“世俗”伟大得多。

只有沉淀过的生活才是真实的生活。比如，现在的生活，是不真实的。

神性是一种伟大的虚拟性，虚拟性与现实性完美统一才是好小说。

马洛斯认为，人的精神会有一种“高峰体验”，这种高峰体验是让人一生中最快乐、最个性、最完美、最有人性的时刻。高峰的尺度是一种伦理的尺度，是近神的，与神相遇的，与神为伴，与神为邻的。

谭盾说，音乐感觉麻木，成不了画家，视觉想象痴呆，成不了音乐家。我把指挥棒当画笔，把颜色画到了耳朵里……我在湖南做过巫师，我指挥《图画展览会》就是视觉道场，心灵幻地。那么，音乐感觉和视觉想象都不发达且麻木痴呆的，且没有巫师感的人成不了好作家。

文坛最不缺的是主义，最缺的是生活。

阿巴斯说，对某些人来说，山顶是一个用来征服的地方。但对那座山来说，它只是下雪的地方。

文本最快地进入象征，但写作途中，必须全面撤离象征。

在构思的时候是上帝视角，在写作的时候是蚂蚁视角。

乱麻集

想起我二十世纪八十年代左右，因为抽烟喝酒，饥一顿饱一顿，胃痛剧烈，疼得在地上打滚，在县医院搞钡餐造影，有一次诊断为十二指降部扭曲。问一个脸上冰冷的中年女医生，扭曲后果危险不？她说消化的东西通不过，以后就穿孔。我说怎么办，她说把扭曲的弄正，要剪断肠子再顺接。开不开刀，开刀就给你办入院。我犹豫了，说回去再说。

我当时在文化馆，藕池镇医药公司有个业余作者夏佐清，得知我吃了不少药还是疼，告诉我有一种荷兰进口的胃药叫胃得乐，有点贵，但可以治，效果很好。我好像买了四盒，吃完后胃就不疼了。二十多年后，在神农架回来又犯了，搞胃镜，显示是胃炎，但有胃溃疡瘢痕，这就是当年胃得乐治好的地方。夏佐清后来调到县志办，我的同治本《公安县志》就是他寄给我的。我非常感谢他。后来，又搞过钡餐造影，没有什么十二指肠扭曲，公安县当年的医疗水平可见很差，差一点儿让我白挨一刀。再后来搞胃镜，也没说扭曲。

我们小时候住瓦池湾，那儿据说是一条过阴兵的通道，就是农历七月半鬼节过阴兵。每到这个时节当地人很紧张，他们说过阴兵的晚上遍野鬼火荧荧，有车马之声。阴兵队伍前不见头，后不见尾。

这地方经常闹鬼，到处是鬼火。还有鬼常在野地里叫。我父亲有天晚上回来，一团鬼火跟着他，怎么吼也吼不走。我父亲后来脱了一只鞋子，鬼火才离开。

我家住在黄金口诊所旁边，但我小时候每到夏天双腿长疮，父母基本不带我们去诊所看，让其溃烂，烂成大洞，可见骨头。有一年头长疮灌脓，医生给我吸出脓再上药捻子，上了几尺长的药捻。我的脑子没坏是奇迹。有一天，老师问我你脑壳怎么一边大一边小，这才去诊所发现灌了脓。那个诊所经常有半夜拖来难产的产妇，一般救不活，医疗条件太差。半夜常有痛哭之声。但诊所却可以割包皮，我一个同学就是在这诊所割的。

1988 年 9 月，我父亲中风在县中医院住院。那时中医院住院的病人很少。半夜值夜班的护士欧阳燕一个人突然在值班室大喊有人，我第一个听到可怕的叫喊声，就跑过去，问清什么事，她说在里边的临时处置室（换药什么的）有人。加上另外一个人，我们拿着电筒进去，里面什么也没有。后来到处找，也没有人。在这个医院里，我父亲未治好，半月后去世。

在我三十多岁时，没有任何医学知识。我从未洗牙，有牙石自己用剪刀刮，因牙石导致的牙龈炎让牙龈长期出血，牙齿稀疏。我父亲整夜咳嗽，不知是炎症到医院消炎，就买些痰咳净吃，毫无效果。父亲上厕所摔倒后不能言语半边身子不能动弹，也以为他只是摔跤造成的，没想到是中风。第二天才去找一个住在不远的医生，医生问明情况对我们说这是中风，赶快送医院，但错过了最佳溶栓时间，导致一病不起。父亲长期血压高，达两百二十，我们也很少给他弄药，他自己开药吃一天停一天，最终中风。

我在公安县城住时，有天晚上在父母住的那条街上，发现一条蛇。现在早没有了。在安全区堤脚下一条小水沟，应是死水，看到有人钓出一条条大黄鳝，这些鳝鱼从哪儿来的呢？在 1995 年左右，省文联围墙内有条小排水沟，里面有小龙虾。现在盖了大楼。我租住三官殿时，旁边一个大水塘，过去是树林和荒草。有天我和老婆去散步，看到一蓬茅草上盘着一条大蛇晒太阳。过个马路是两口野塘，我常在塘里钓鱼，鱼有鲫鱼、胖头、鳊鱼等。现在，我说的这些地方全是高档小区了。我住三官殿时，常晚上去省作协打麻将，有天半夜回来，没手电筒，走的是《湖北日报》旁的小路，比较高，两边是菜地。没有任何灯光，伸手不见五指。我完全靠记忆摸索走路，心中有恐惧。现在，这条小路成了武汉最漂亮的景观大道。

我住汉口新华下路小区时，小偷撬开厕所窗户进去，我们并不在家。不知为何，小偷又爬出来了，连客厅也没进去。后来我们说，因我大姐夫最后住同济医院日前住在我们家，住院在手术台上没醒来，可能小偷看到了我姐夫。后搬到武昌东亭小区，铁门被撬了，但木门未打开。后住作协大院，院子里常有小偷撬窗撬门，我住一楼，小院将院墙砌高，全部用钢筋焊成网笼，窗户用钢筋加钢网，完全是铜墙铁壁，小偷无法下手。后来搬到东亭花园，住五楼，心想小偷爬不上来，有个当街的客厅窗户从未打开，有天太热，开了半个，遭了小偷，洗劫客厅包里的钱和手机，损失七千多元。房门未闩，小偷若进房不仅损失巨大且有性命之虞。因为小偷那晚偷了七八家，在一家阳台上还丢下一把菜刀。

在武汉这些年，我们共丢了六辆自行车。

1976 年，我作为县委工作队队员在乡下，一天在禾场翻稻草，有戴黑纱的陌生人来说，周总理走了。又有一天，工作组在南闸黄山头开总结会，突然听到收音机播哀乐，播音员又说周总理走了，后改口说毛主席走了，大家都哭起来，我从来不会哭，竟也憋出了几颗泪。接着大家发言，讲若是没毛主席，我们还在受什么罪，几个女工作队员哭得死去活来。大家戴着黑纱白花，在公社照相馆照了一张“团结战斗在上升”合影，神情凝重。又过了几天，半夜有人来通知华国锋抓了“四人帮”，于是敲锣让社员起来游行……

我的《还魂记》燃灯原型就是当年严打时判死缓的一个张姓犯人，我在荆州监狱采访过他，面色惊恐灰暗。他不停申诉，怎么申诉也没用，狱警天天劝，他们也认命了。

微信上记2015年10月24日海口吃自助早餐见闻：早餐在海口某酒店，俩北方客人桌子上七八个盘子四五个碗、杯。全空了，满桌酒足饭饱的狼藉。瘦子又给胖子搜来了一碗，胖子吃了一口："贼难吃。"几口呼呼地吃得差不多，起身去给瘦子和自己又弄了一碗稀罕的，黏糊糊的。瘦子尝过说："啥玩意儿，酸毬毬的。"我走时，胖子又在啃烤排骨。估计这个早餐价是要吃回来的，每一种都不会放过。

鳖，公安人也叫水鱼、鳖、团鱼、甲鱼、脚鱼。公安做鳖火锅叫脚鱼炉子，但钓鳖叫钓团鱼，养鳖叫养甲鱼，吃鳖叫吃脚鱼。一个东西怎么讲真复杂。

想起某作家儿子结婚，他本不是省作协人，却把我们单位所有人包括几个司机都发了请帖，反正是广种薄收吧。

大约是2013年，文化厅来电话说请我去俄罗斯参加莫斯科"湖北文化周"，我说谁是团长，他说是熊××，我说对不起，我不去。

我们大约1969年被强行全家下放，先是去胜利大队联系，我跟我母亲去的，不知怎么后来未成。后来又去了卫东大队，住在生产队的牛棚里。几个月后又转到金星大队五生产队。第一次挖沟渠，队长给我们分了一段，用锹将泥巴甩到渠顶，一要锹好，但我和两个姐姐的锹是过去铲猪屎用的，太大，不锋利。农民锹是两个角的，锋利无比，切割干泥不用劲；二是要有相当的力气才能将一锹泥甩上渠顶。我那时从未干过农活，手无缚鸡之力，只能甩到中间，我姐姐再铲到渠顶。队长直摇头，说你们干不了。但还是得干。一天下来满手血泡，双臂生疼。后来插秧割谷全学会了。那是悲惨世界。我高中毕业后"回乡"劳动，吃尽苦头，参加过灭螺队，去埠河修过公路。后来安排我去闸口电排工地，要独轮车。我母亲找搬运站弄了个旧板车轮子，打了一辆独轮车。我从未推过独轮车，竟将车推到了离黄金口五十公里的闸口镇，而且开始装石头，一车一两百斤从河边推到工地。那也是悲惨世界，想到此泪流。如果不是我有一点儿写写画画的才华，这辈子早废了。推石头两个月后，我在工地指挥部政工组的同学文学平邀我帮指挥部画一组宣传漫画，因为我高中画画有点名，于是画了那些漫画在工地展览，大多是临摹。这样就留在了指挥部办墙报，写诗，写小演唱。从此，我才脱离了苦海。

突然想到在北京学习习近平总书记文艺座谈会上讲话回来，在北京西站候车，看到一对父子打架，两个人都瘦仃仃的，仿佛不属于北京。父子打在地上，你来我往，不可开交，最后儿子打输了，白惨着脸去一边抽烟。一看都是出外打工的。我上去对这儿子说，再怎么样也不可对父亲动手。一个人悄悄靠近我说，这孩子有神经病。但看起来，他的父亲也不正常。

二十世纪七十年代末，我在公安县水运公司工作，因单位在长江边，基本每年淹水。有一条路通往江堤上，左边是收购废铁的一个单位，将废钢铁堆在路两边，有几个小坑。汛水退后小坑积水。那年水退后到了秋天，有人发现这些小坑有鱼。于是大家去捉。越捉越多，全是半斤重鲫鱼。这些只有一两尺深的小坑里这么多鲫鱼吃什么？坑里全是铁屑，估计吃的铁屑。但我们每天路过却没发现。

著名评论家孟繁华几次对我说，说原中国作协副主席、著名作家陈建功一次在北海对他说，如果中国作家都写得像陈应松的中篇小说，中国的小说就有希望了。

春风文艺出版社的常晶有一次让莫言比较陈应松与毕飞宇的小说。莫言说："毕飞宇的小说我能写出来，陈应松的小说我写不出来。"这话没给谁说，怕人说我狂妄。但话不是我说的，立此存照。

我们读高中是住读。每人一个木箱子。周末走回十几里家去，星期天下午走回学校。背着十几斤米和一罐头瓶子酱菜，我家主要是青辣椒炒豆瓣酱。我与我小姐同班。因为“文化大革命”到“复课闹革命”，耽误了几年，三四届学生混在一起了，同学年龄相差很大。常常没米吃，一个星期就这一瓶辣椒炒酱，没有蔬菜更没有肉吃。还得锁在箱子里，防同学偷吃。如果别人分食，你以后几天只能吃光饭。牙膏也得锁住。有个同学一管牙膏可用一年，洗时挤几颗米粒大一点儿。农民孩子，一律皆穷。

我进武汉大学读书没几天，一条牛仔裤因为天黑忘了收，等从教室自习回来，被人偷走了。这件事打破了我对武大的神秘感和敬畏感。二十世纪八十年代中期穿牛仔裤的不多，我是因为与人合伙做了一笔生意，分得八千元暴富后，去广州玩时买的。又过了几天，在桂园食堂吃饭，新伞放在门口，饭后找伞就不见了。这些偷衣偷伞的人，也许成了各行各业的精英——武大那时的学生如今肯定个个都有点成就。但偷窃过的人一定不是什么好货。

我三次去俄罗斯，第一次去圣彼得堡，有一个小偷紧紧跟着我们，结果把同行的一位包拉开了，但被发现，没有偷到东西。导游要我们小心。第三次去圣彼得堡，接待方也是这句话。第一次在莫斯科一个公园，一个女人带着一只狗熊，她吃雪糕，她吃一口，给狗熊吃一口，然后她又放到自己口里，莫非这女人将狗熊当作了自己？

我写字

书法就是写字。理论很多，但书法真的就是写字，就是把字写好。汉字有汉字的美妙之处，因为结构复杂，每一笔都是有趣味的，有意味的，每一笔的位置放在哪儿才最好看。拉丁字母就那么几个笔画，使用的人研究出了许多美妙的线条。韩文那些圈圈洞洞，怎么写都不会好看，但到了韩国一看，那些招牌也费尽了心思，竟鼓捣出了那么多字体。而且字也有时代性，在中国台湾，汉字被赋予了装饰感，非常时尚。

对汉字有敬畏感，是因为一个传说中的仓颉，造了那么多字，《淮南子》里说，“昔者仓颉作书而天雨粟，鬼夜哭”，一个人能够有那么多造字的办法，一定是神示，别无其他。如果老天会因这些字的出现下粟米，鬼会因为这些字而害怕到夜哭的地步，这是一个多么伟大的事件。

讲到汉字之美，古人时间多，研究了每一个字的结构与意蕴。既然仓颉造每一字是有意思的，余下来的，后来人就要琢磨其中三昧。笔画与结构，整篇造势，慢慢形成规矩。一个字是一个建筑，是一个宇宙。有的人将字写得有趣，有的人写得无趣。这就是一个人的所有素养在这里，他的全部智慧、趣味、学识，甚至他这个人仪表咋样，也会在字里显现出来。轻佻的人写轻佻的字，稳沉的人写稳沉的字，敦厚的人写敦厚的字，循规蹈矩的人写循规蹈矩的字，风流倜傥的人写风流倜傥的字。我信这个。

时代造就书家。金文有金文之美，魏碑有魏碑之妙。无论是碑还是帖，我一个作家，没有师承，只喜欢野路子书，一些不出名的碑，为我所爱。有名的也有野路子，比如“二爨”（爨宝子碑），我认为这就是野路子的伟大胜利，那么多他自以为是的字的结构，他认为这样美，那一定就是美，今人看分明是错别字，这种野路子碑，哪里有什么规矩可言，就是好看，有个性，不与人同，哪怕他生造了一些结构，但因为好看，被书界接受，且人人摹之，这些山野书法，讲求的就是率性，无他，无范，因而让人快慰。今人书法，雷同之作十有八九，还说是临了帖的，出自哪里，说得头头是道，就算出自王羲之你也不能成为王羲之第二，你千人一面，有什么意思？我一个作家，对文字有我的理解，文字还随意走，更随本人喜好走。我喜欢这几个字的说法：奇、古、拙、野、疏。有野相的，为最靓，不顺前人规矩来的，最好。我手写我心，最好。但不是鬼画桃符，轻佻邪态。有一条粗壮且明确的历史脉络，是为汉字增添韵味而不是将汉字丑化。

有一些人瞧不起作家的书画，不入门。比如贾平凹，记得老贾的字出来后，书家们认为那不是书法，全是侧锋，不屑一顾。可人家的字越卖越高。其实老贾的字就是好看。有厚度，有古貌，像秦岭老树。湖北大画家周韶华老先生的字，书家们一开始也说不好，起笔都不对。但你的一切对，却没有特点，写了一辈子，谁都记不住，也分不清谁是谁的字，你对，有个什么用？不对的，越写越好看，越写越潇洒，人家就要他的字，趁手，有力。还有一个叫启功的，当年也说他的字不是字，不合法度，可如今人家成了电脑中的一种字体。看来法无定法对写字也适用。

学过北碑，学过汉篆，也学过汉简，后来琢磨所有我喜欢的字，不问出处，然后融为一体，为我所用。有人问，老陈你这是什么体？我说，是“我体”。我还有一体会：写字，钢笔功夫很重要。一些钢笔字写得很烂的人，本身对汉字的美就一窍不通，再搞毛笔书法，结果也一样。钢笔字练的是字的结构，毛笔字练的是笔锋墨气的氤氲，所谓满纸烟霞。那些硬邦邦的、或者笔画含混的、一笔一画交代不清的，视为对汉字没有敬畏感，也与汉字没有灵犀。我特别不喜欢匠气之作，僵硬之书。另外，有些非书家写字，常常流于轻佻，浮皮潦草，有强烈的表演唬人欲望，声色俱厉。我爱有高远感也有亲切感的字，既有骨，也有韵，一笔落下，光明磊落。将自己的才华变为笔画，是很难的事，文字尚可以直接显示，但书法是让线条说话的。

我说过自古文人字画，重在笔墨趣味。文人写字，必是自己喜欢的诗词警句，有时干脆就是自己的作品。我从来不写海纳百川、天道酬勤、厚德载物之类，写时没有激情，没有自我塑形。写一个内容，尺幅之间，一定是自我内心世界的表达，有自己的体温，所谓见字如面，一幅字，就是一个活生生的人站在你面前。虽有野气，也得优雅。

社会·现实·魔幻

进入二十一世纪的某年，我在《俄罗斯文艺》上看到过一篇文章，说俄罗斯在经历了现代主义和后现代主义之后，开始向现实主义回归。作为一个曾经深受俄罗斯文学影响的作家，这个信息给了我鼓舞。那时候，我正在写作我的神农架系列小说，对现实主义文学的力量感慨尤深。现实主义的力量来源于社会生活的直接加持，来源于作家对现实思考与行动的力度，来源于社会本身的静水深流。当然，它主要还是来源于作家那种“为生民立命”的悲天悯人的写作观和责任感。如果承认读者在文学参与中的重要性，那么，文学改造和重建一个更为理想社会的愿望是非常必要的，它可以从一个阶层一个阶层唤起人们的思考，从而唤起整个社会从焦虑、迷惘、无序到警醒、坚定和变革的转变，这也是文学应该承担的使命与后果。美国犹太作家伯纳德·马拉默德说：“文学要摧毁人们的心灵。”这就是从改变人心到改变社会。鲁迅和以后的中国作家大多是怀着改变人心、改造社会的愿望投身写作的。俄罗斯（包括苏联）与我们有着相似甚至相同的路，有相同的命运和苦难，当然也有相似的社会动荡及转型。但无论时代怎样明暗，每一个历史时期，优秀的作家都是社会良知和真理的化身，作家从来就是一个民族的先知先觉者和沉思者，是与这个社会和它的人民同呼吸共命运的。文学与社会的关系，不仅仅是跟随、反映和同路人，作家应该引领和矫正他所处的时代，最终成为呼喊者。

但不可否认，文学在当下生活中的角色变得十分尴尬。网络的兴起和娱乐化时代的来临，让思想退出了文学。文学本身受制于社会生活，是现实裹挟的结果。飞速变化和转型中的社会生活会深刻地影响作家们的写作，过去作为见证者和记录者的角色已经力不从心，被边缘化成为必然，作家遭受的命运在这个地球村是一样的。

我们要承认过去纯粹的现实主义甚至在俄罗斯达到巅峰的批判现实主义，太过贴近社会，作为某种咄咄逼人的杀器，也就是鲁迅先生说的投枪，马尔克斯说的火器，对读者产生的巨大冲击和杀伤，历史的真相被划开。但在写作方式上的陈旧和叙述手段上的单一，会让读者的接受产生疲倦。在读者和阅读已经完全改变的时代，在传媒把我们剥夺得手无寸铁的时代，作家应该调整他的写作姿态和讲述方式。

我也曾自称和被称为对现实生活有强烈介入企图的作家，并且承认自己是现实主义作家，但这并不妨碍我使用魔幻现实主义的手法结构和讲述故事，表达我的爱恨。去年我写了长篇小说《还魂记》，虽然是魔幻的，但对现实生活的发言并没有减弱，即便是隐藏在魔幻背后，但读者依然会感觉得到这个亦幻亦真的村庄的一切，都是发生在当下社会的。并没有与我们的时代、我们的立场虚与委蛇。

太过沉重的、忧郁的俄罗斯文学传统，比如，批判现实主义，介入现实，救赎灵魂，等等，在中国这块世俗生活的土地上，有时显得过于奢侈，但中国的志怪小说却能满足世俗生活的需要。中国文学从小说的源头《山海经》、六朝志怪《神异经》《搜神记》到《聊斋志异》《夜雨秋灯录》，再到《西游记》，到看起来不是志怪却也有魔幻的《水浒传》《红楼梦》，有着清晰的脉络和传承。只是在一百年间中断了。但是，中国文学传统中的奇妙部分却被来自拉丁美洲的魔幻现实主义唤醒了。魔幻现实主义一旦与中国的乡土文学结合，更是所向披靡。因为乡村大地和自然山川是神灵和鬼魂居住的地方，加上乡村是民间故事、传说和神话的保存与肆虐之地。乡村在我们现实和传媒比较幽暗的地方，有偏远的非中心话语叙述特点和稗官野史的味道。同时，我们看到，魔幻现实主义对社会的关注程度并不比批判现实主义弱，对社会的批判更加剧烈和野性。正因为表现方式的自由，也让作家们更加大胆、泼辣，将微言大义隐藏在荒诞不经的故事中，表现最好的是莫言，特别是他的

《酒国》。就像佛教的本土化一样，不管是来自哪儿的种子，不管是否外来物种，一旦有了可以滋生的土壤，它就会枝繁叶茂，开花结果。马尔克斯曾经说他并不是什么魔幻现实主义，而是地道的现实主义作家，他的宣称耐人寻味。我相信，中国作家特别是乡土作家，在未来的写作中，一定会让魔幻现实主义更加本土化，并且会方兴未艾、佳作频出。

作家的在场

对于文学的第一现场，我的理解是，作家的在场。一是参与长篇小说的建设；二是参与社会变革的建设。直接反映国家、民族、社会和文化的内在变化。在这个野马脱缰的时代，作家该如何去寻找一条缰绳，或者说这条缰绳在哪里，怎么勒住这匹野马。这就要求作家得站在文学的前沿，即文学的第一现场。而长篇小说，就像一场残酷的战役，不同于游击战之类的小战斗，长篇小说是刺刀见红的。作家的使命，就是在最前线的堑壕里，直接向社会报告这儿发生的事情。他有可能被流弹击中，有可能以身殉职，作家这种职业要为自己增添风险，而不是规避风险。

谈到长篇小说，我这两年写了一部魔幻现实主义的长篇小说《还魂记》，引起了一些好的反响，获得腾讯评选的2016年文学类十大好书。所以对于长篇小说的内部建设问题，我感触颇深。

第一，中篇小说是现实主义的，长篇小说可以不是现实主义的，但是它的骨子里是现实主义的。也就是说，你先锋也好，魔幻也好，它只是一种技巧，而不是写作的信仰。归根结底，一个作家的写作信仰还是现实主义的。就像马尔克斯宣称的，他从来不承认自己是魔幻现实主义作家，我所有的故事都是我听来的，我从未进行过加工，我是一个地地道道的现实主义作家。即使是先锋文学，本质上也是如此。如今，我们看到很多先锋作家开始向现实主义回归，今年我在俄罗斯参加中俄文学论坛，我了解到，在俄罗斯，在现代主义与后现代主义盛行之后，文学开始大量地回归现实主义，这种趋势是必然的。因为，文学的责任要反映当下时代，就必须是现实主义的。

第二，中篇小说是为别人写的，长篇小说是为自己写的。还可以换一个说法，六十岁之前是为别人写作，六十岁之后是为自己写作。所以，写作者要忠于自己的内心。而长篇小说是一种虚构文学的顶尖的表现方式，它虚构几十万字、几百万字，当虚构成为一种手段的时候，就不要依靠虚构，我们依靠的应是现实生活的赐予。

我的读书

“文化大革命”十年，正是我的成长时期，从十岁到二十岁。在我们那个公社小镇，几间破房子，一些手艺人，读书人并不多。我父母是裁缝，基本文盲，家里没有书。但这并不能说明我不读书。恰恰相反，我酷爱读书。我们小镇有几个小孩是书痴，结果这几个小孩都成了有学问的人。而不读书，学手艺的，最后就成了可怜的手艺人，未老先衰，一辈子待在那条破街上。

因为镇上有一些单位，这些人会有书。在“文化大革命”开始的时候，我们小镇书依然是可以借到的，如《红岩》《野火春风斗古城》《青春之歌》《小城春秋》《家》《三家巷》《欧阳海之歌》《林海雪原》《创业史》《三里湾》《太阳照在桑干河上》《暴风骤雨》《山乡巨变》《红旗谱》《苦菜花》等。四大名著中，我最早看到的是《西游记》和《水浒传》。这些书到手时全是缺页破损的，但也有包得很好的。不过没有封皮的还是多些。我记得在“文化大革命”最初时，我还看到过只剩下一半的《肉蒲团》。也许是别的一种。有一个细节我记得很清楚，两个妇人谈自己的男人，一个说自己男人的那东西像个田螺。

另外我的书的来源是偷。真偷。我们小学有个图书室，有一年暑假，不知是谁翻进了图书室，于是都去偷。这屋子有个窗户，可以翻动的，但非常狭窄，小孩子要很瘦的人才能挤进去。我试了一下，把自己弄得像只蟑螂，进去前不能吃饭，空着肚子才能爬进去。我就偷过这一次，弄了几本小说。但翻出来时遇到了麻烦，脸都挤扁，挤破了皮才将书带出来。

我看书另有一个重要来源，就是镇供销社的收购门市部。这个地方收购破铜烂铁、野兽皮张，竟然也收来了非常多的书。那些书都是当年难得在书店一见的。“文化大革命”几年后，书店除了马恩列斯毛，就是鲁迅的书了，而收购门市部收来的书中，我弄到手并且十分喜欢的有一套装订好了的1958年的全年《漫画》，一本不少。里面有大量的华君武、毕克官、陈跛子等人的漫画。当时那漫画除了歌颂“大跃进”放卫星外，还有大量讽刺美帝国主义的漫画和大量生活漫画，真令人大开眼界。另一本是臧克家编的《1956年诗选》。序言臧克家引用了“年年岁岁花相似，岁岁年年人不同”的诗句，印象颇深。这本书中，有徐迟的诗，有严阵的诗，有张志民的诗。此诗集我保存多年，爱不释手，后来被人“借”走了。而那本《漫画》，被我一个高中同学借走后未还。此外，我还在收购门市部弄到了几本“文化大革命”期间的《文艺新天》杂志，武汉造反派编的（好像是一个什么“文艺公社”的组织），里面有白桦等人的批判文章与诗歌，有李建纲批判肖洛霍夫《一个人的遭遇》的文章。另一本让我最喜欢的是钢九一三武钢分团、《武钢战报》、钢二司武测总部、钢工总青印兵团编的诗集《狂飙曲》，里面让我记忆犹新的是两首诗，一首是《请松一松手》，另一首是《放开我吧，妈妈！》，写得深沉婉转，抒情动人。这本诗集我一直保存到进入省作家协会。因为要搞关系，给了一个写诗的领导，我痛苦了好长时间。收购门市部的旧书是我用破烂换的。这个营业员小伙子会吹笛子，对人很好，一般会满足我们小孩子换书的要求。

“文化大革命”最火爆的时候，有在城关中学读书的造反派（驱虎豹兵团的）回镇上宣传共产主义，给我们带来了《共产党宣言》《联共（布）党史》，列宁的《国家与革命》《左派幼稚病》等，但我们读不懂。也不理解《共产党宣言》第一句话为什么把共产主义称为“幽灵”。

“文化大革命”几年后，我们镇书店隔三岔五地就会进一本鲁迅的书，当时鲁迅的书不是一次出齐，这个月是到《彷徨》，过两个月来《呐喊》，再来什么《朝花夕拾》《故事新编》，又是什么《野草》《两地书》《而已集》《且介亭杂文》《且介杂文二集》《中国小说史略》，等等，因为时间间隔长，又不贵，一般一两毛钱，我都买，现在，我四十多年前买的这套鲁迅的书依然保存完好，也有的被老鼠啃了些边角。可以这么说，我之前读了那么多书，语言一下就吸引我的只有鲁迅，其他如茅盾、巴金等的小说只有故事，而没有让我对他们有崇拜和模仿的冲动。鲁迅的风格真的非常怪，非常的黑色幽默，非常孤峭，有一点儿偏执，有一点儿恶搞，有一点儿不近人情，都深深地影响了我。我以后写日记写散文，基本上是模仿《野草》的，《野草》把人的孤独感写到极致了。当然还模仿他小说中的语言和行文风格。他的语言和行文风格适合青少年时期叛逆、孤傲的我。

我在少年时期还花过九毛钱，订了一个季度的《荆州报》。为什么订？因为上面有副刊，副刊上有诗歌和散文。后来我又订了《朝霞》，上海的文学刊物，里面有许多好小说。

我家非常穷，但我只要有点钱就会买书。我的钱主要是捡破烂，割草卖给搬运站喂驴，给人做小工。我买小说是在读高中后。那时有了一些原创小说，如《金光大道》，因为过去读过浩然的《艳阳天》，对他的小说风格非常喜欢。还买过《西沙儿女》，买过《海岛女民兵》《渔岛怒潮》，并且邮购过一些画册。因为我喜爱画画，我画画在我们小镇有点小名气。在我那个乡村高中，我知道找出版社的邮购部可以买到书。这很让同学们羡慕。我买书的虚荣心害苦了我，因为我们住读，家里太穷，一个星期一元钱的菜金，基本是吃光饭和酱菜，为了买书，不吃蔬菜，严重便秘，拉屎拉得嗷嗷叫。想想吧，一本小说一元多，你想买书，就没有菜吃，二选一。但我饿肚子也得买。现在想来多么丧心病狂。

因为看书，我的作文从小学到高中，永远第一，不是全班，而是全校。我也写诗，也写大批判文章，写得慷慨激昂，设问反问、排比句，像水一样涌来。表示转折的关联词什么“不但，而且；首先，然后；不但不，反而；何况，甚至；虽然，但是；因为，所以；一面，一面；首先，然后；宁可，也不”，等等，用得滚瓜烂熟。作文永远是范文，不管是议论文、记叙文，一写好就在全年级传看，老师介绍。

但是虽然我成绩如此好，毕业依然下放农村。在农村时，还读到了像《三曹诗选》这样高古旷远、文采卓绝的诗集。整本的《三曹诗选》我都抄下来了。

在上水利工地期间，我借到了一本《普希金诗选》，也是全部抄下来了。这本抄在日记本上的《普希金诗选》如今保存完好。

在“文化大革命”快结束的时候，我读到了手抄本的《一只绣花鞋》《少女之心》。《少女之心》又名《曼娜回忆录》，讲述的是主人公曼娜和表哥少华、同学林涛之间的三角恋情。我看到的版本里面有性描写。但我感觉这书写得太差，太粗糙，有的地方不合情理，于是我将它重新改写了一遍，使之更有细节，更真实。虽然那时候我不知道男女之事，还没有谈恋爱，完全是凭想象。因为也是手抄本，我借给他人，再也没有回到我的手中。但愿这本我改写的《少女之心》如今还在世上。

方 言

我老家黄金口小镇的方言，只与远隔几十里路的杨厂镇某村相同，即“面”“命”不分，“钱”“晴”不分，“电”“定”不分。有笑谑我们小镇的一段话是：“花了五分晴，吃了一碗命，看了一个定影。”人家说，黄金口的人把“命”都吃了。

这自然说的是黄金口仅仅有别于其他乡镇的个别方言。黄金口土语中与普通话所异的方言，我曾在小说《大寒立碑》中说过几句：“这个地方的土语深厚、幽默、表现力强。所以有人说它属于与世隔绝的蛮夷话，懂得历史的人称我们为‘荆蛮子’……这儿的艺术中有一种令人喷饭的‘说鼓子’，说鼓子是用当地的方言边说边敲鼓的，……说鼓子的韵脚多用‘波梭’韵，因为幽默风趣的土语全押在这个韵上。”

另外，我在一篇《土语》的文章中谈到一些我们的土语：“说到公安土语中有一种浓厚的古风，这也许是与这块土地的开化程度相关联的。比如，我们那儿大字不识的老太太也会用‘穷斯滥也’来感叹家中的困窘，而‘穷斯滥也’并不是许多城里人能够说得出或者能懂的古话。我们的土话把礼貌叫礼性，把颜色叫色气，把荸荠叫池米，把邮票叫邮花，把声腔叫板口，把娇纵叫惯肆，把继母叫晚娘，把公猪叫豮猪，把糊涂人叫梦惑虫，等等，都可见这些土语的文气，就像统统出自一个乡村老先生之口。”

“说到土语中的幽默，也是很宽容很厚道的幽默，当然也很犀利，也有浓郁的文学色彩。如果你只有一只眼公安人决不叫独眼龙，而叫你‘半边街’；而喜欢整天瞎吹神侃的人，我们那儿叫‘日白佬’。这种侃爷式的‘佬儿’肯定是带贬义的游手好闲之徒。”

在我们的土语中，颠倒的话还有许多，让外人摸头不是脑，就像在另一个使用汉语的国家一样。我们把爹叫爷爷，把爷爷叫爹，把弟弟叫兄儿，而姑娘家并非你的女儿，其实就是自己的爱人。

“公安土语是一种与世隔绝的土语，它的许多约定俗成的叫法已经猜不出当初的原意了。比如，处女为什么叫七叉姑，厉害为什么叫蒿佬，吝啬为什么叫屌气，干净为什么叫‘灵感’？任何语言学家怕都难做解释了。……”

下面还录一些让大家一笑：

晚上称为满界，彩虹称为马栏，洗澡称为擦汗，不够朋友称为差火，结婚称为过会头，骂人称厥人，雨具称为脚手，颈子称为嗝晃，蛔虫称为嘈虫，臭虫称为香姑娘，洗衣为濯衣，出洋相称为出挺，毛病或者生病为毛窍，无可奈何为无乞奈何，一年四季为五年四季，凝视叫盯故，故意叫跳故，等等。还有好些字根本在字典上是没有的。

另外，为了加重语气，常把三声发成一声，四声发成二声。为了表示亲昵，常在后面加“阿子”，如刀阿子、凳阿子、狗阿子、猪阿子；在强调好恶的程度方面，为了表示到极致，除了发音的变化外，还有许多办法。如加“神”，加“气”，第一字加拖音，等等。如碰碰神（碰撞）、穿穿神（打瞌睡）、转转神（眩晕）、刮气（漂亮）、肉气（有肉感）、色气（颜色）、屌气（吝啬）。

方言是博大精深的，是一个地域的文化的集大成者。方言十分顽固，我在我们明代的公安老乡三袁的文章里，就看得到现在仍在使用的方言。无论地球多么小，无论与外界如何交流，一个地方的方言总体上说不会有什么变化，特别是用方言表达的语气，百分之百不会改变，永远亲切，永远是那个味儿，永远带着特有的气息，让你触摸到故乡中最可亲近的部分。

读张炜的《丑行或浪漫》，他的胶东方言是如此让人着迷，一旦出现在小说中——一旦成功地进入小说，它就不是方言了，就成了全体华人的共同财产，成了文学的优秀收获，由方言变成了全民语言。《红楼梦》中的方言，《水浒传》中的方言，不就成了我们惯常的大家共同使用的语言了吗？

我也有一种梦想，用公安方言来写一部长篇，并且这些年常常通过听与忆记下了一本方言。除了以上的，现拣一些大家能明白，也自认为很有文学韵味的方言召示如下：

先说常用语："耷个"是什么；"稀忽"是差一点儿；"恁"是这，有古风；"恰恰"是刚好；"恁个"是这样；"龙个"是那样；"咧里"是这里，"糯里"是那里；"他郎"是他的尊称。

晚上说成是"满界（读盖）"，是有一定道理的，一天满了界嘛；说此人心机很深，很阴，谓之"阴奥"，真是生动至极；出洋相称为"出挺"；骂你"翘贱"就是找死的意思；"嗑德行"是开玩笑；"黄浑"就是糊涂。

身体一些部分的叫法：耳朵为耳懂；脖子为嗝晃；肋骨为勒榨骨；鼻子为鼻拱；膝盖为磕膝包；脚踝为螺蛳拐；手臂为手杆子；胳肢窝为胳榨窝；肚脐眼为肚脐拱子；手指为指嘎；鼻涕为鼻舔；涎沫为涎水泡子；脚跟是脚蔸子；拳头叫拳坨。

我曾在小说中使用过"游尸舞荡"，其实就是游手好闲，但表现力更强，说一个人"五年四季不归家"，是不是比说"一年四季不回家"更有表现力？说一个人瘦而有劲，称为"铁骨膘"。说一个人虚胖，是"泡肉巴子"。说一个人矮是"矮趴尿罐"。说没有为"哈欠"，比如有人问你：赚了大钱吧？你答：赚个哈欠。说这人奸滑虚伪，一个字就够了：拐。"聊呆子"是喜欢开玩笑的人；"急捉宝"是傻里傻气的人；"嚼筋坨"是啰里啰唆的人；"闷子哼"是沉默寡言的人；"蛮机抓"就是很机灵；"嚼蛆"就是说人闲话，无事生非；"卵蛋琴"就是乱弹琴；"划二五六"就是想主意；"酒醉阳罡"形容醉态；"斜费"就是麻烦；"晒胸"就是胸挺得很高；"焦辣火疼"是水火烫烧伤后的疼；"清喊辣叫"是歇斯底里的叫；"溜人"就是痒；"中界"就是中午；"即日"就是今天——有古风吧？"末日"就是明天；"切日"就是前天；"撮日"就是昨天；"日厥"就是挖苦讽刺；"血泡子""化生子""囚儿苞子"都是很古老的骂人话；"失错"是对不起的意思；"滑稽"是油滑；"暮气"是很傻，不开窍；"放骗"是撒泼；"花闹天空"是富丽堂皇；"皮实"是结实；"跌"是用脚狠狠踩踏；"呈"是用手压，也意指压制别人，如：他要呈我，让我不得翻身；"无聊"不是没意思的意思，是指这人很流氓。说这人是聊犯，就证明这人是个色鬼。“尿天锤”是吹牛的人；“癞丁光”是癞子；“快”是蔫。如：草晒快哒，这几天人蛮快。

还有一些很有意思的说法：如一个人讲仪表穿得少，叫“卖凉酱”；胃不舒服说“胃煎人”；太阳大说太阳好射人；“尖嘴”就是打小报告；“空”就是倾倒东西；“泥糊嚣天”就是浑身泥巴；“带信”就是连累；“捞”（读一声）就是动手拿，摸；“喜得”“得起”都是得亏的意思，分不同情绪分别使用；“脱甩”就是形容这人很轻松、清闲，没有负担；“嘲”就是吮吸，又是一个古词；“热乎”就是暖和；“皮面”就是表面；“眼浅”就是眼馋，眼红，这我在小说中用过。

以上不过是一小部分，还有大量无法写出来的语言。就像许多少数民族只有语言没有文字一样，中国的各地方言也有此类现象，而且大量存在，至少在我的家乡是如此。四万多汉字，够用否？肯定不够用。我曾花了很多工夫去找同音字，找到了一些，如騣、唠、潽、捎等，但大多无功而返。就像一块土地，会生出许多稀奇古怪的植物，它也能生出许多闻所未闻的语言并一直流传下去，不需要文字来记载它。这就是民间语言——方言的巨大生命力。张炜说过这样的话：“只有方言才是真正的语言。”这是振聋发聩的。

图书在版编目（CIP）数据

鼓岭遇雨 / 陈应松著. -- 南京 : 江苏凤凰文艺出
版社, 2020.10（2025.3重印）
（陈应松文集）
ISBN 978-7-5594-4432-5

Ⅰ. ①鼓… Ⅱ. ①陈… Ⅲ. ①散文集 – 中国 – 当代
Ⅳ. ① I267

中国版本图书馆 CIP 数据核字 (2020) 第 004364 号

鼓岭遇雨

陈应松 著

出 版 人　张在健
责任编辑　张　倩
特约编辑　王美元
装帧设计　WONDERLAND Book design 仙境 QQ:344581934
出版发行　江苏凤凰文艺出版社
　　　　　南京市中央路 165 号，邮编：210009
网　　址　http://www.jswenyi.com
印　　刷　三河市兴国印务有限公司
开　　本　650 毫米 ×920 毫米　1/16
印　　张　14.25
字　　数　229 千字
版　　次　2021 年 1 月第 1 版
印　　次　2025 年 3 月第 2 次印刷
书　　号　ISBN 978 - 7 - 5594 - 4432 - 5
定　　价　69.80 元
